HEYNE <

Carla Berling

Was nicht glücklich macht, kann weg

Roman

WILHELM HEYNE VERLAG
MÜNCHEN

MIX
Papier aus verantwortungsvollen Quellen
FSC® C014496

Penguin Random House Verlagsgruppe FSC® N001967

Originalausgabe 09/2021

Neumarkter Str. 28, 81673 München
Printed in Germany
Redaktion: Steffi Korda,
Büro für Kinder- und Erwachsenenliteratur, Hamburg
Umschlaggestaltung: Bürosüd unter Verwendung
von Abbildungen von © Gerhard Glück
Satz: Satzwerk Huber, Germering
Druck und Bindung: GGP Media GmbH, Pößneck
ISBN: 978-3-453-42492-0

www.heyne.de

1

Als der Anruf kam, hockte ich in den Johannisbeeren. Mein Handy lag auf der Terrasse, und so musste ich mit knackenden Knien unter dem Netz hervorkriechen, das ich über die Buschreihe gespannt hatte, um die Vögel fernzuhalten. Nicht dass ich was gegen Vögel hatte, im Gegenteil, neben dem Blumengarten waren sie mein liebstes Hobby. Ich erkannte fast alle heimischen Singvogelarten am Zwitschern. Das hieß aber nicht, dass ich meine Johannisbeeren mit ihnen teilen wollte.

Als ich endlich beim Handy ankam, hatte der Anrufer aufgelegt. Gott sei Dank hatte ich kürzlich die Schriftgröße auf dem Display umgestellt (das ist der Beginn des körperlichen Niedergangs!) und konnte ohne Lesebrille erkennen, dass es Jonas gewesen war. Schon wieder?

Unser Sohn rief niemals an, wenn er keinen triftigen Grund hatte. Das letzte längere Telefonat war vor einem Jahr und drei Monaten gewesen. Immerhin hatte er uns damals mitgeteilt, wann Caro bestattet wurde. Wäre ja auch noch schöner gewesen, wenn er uns zur Beerdigung seiner Frau nur eine Karte geschickt hätte.

Wir waren nach Köln gefahren, hatten während der Trauerfeier abseits gestanden und mit niemandem groß geredet. Natürlich kondolierten wir Caros Eltern, und natürlich versuchte ich, unseren Sohn zu trösten. Was mir nicht gelingen konnte, denn ich hatte ihn zu dem Zeitpunkt seit drei Jahren nicht gesehen.

Den vierjährigen August hätte ich niemals wiedererkannt; er hatte mit dem pummeligen Kleinkind aus meiner Erinnerung keinerlei Ähnlichkeit. Er stand mit gesenktem Kopf neben Jonas und hielt seine Hand. Nach dem Beerdigungs-Kaffeetrinken hatte ich kurz Gelegenheit, mit dem Kleinen zu reden. »Du bist Papas Mama«, sagte August, und bevor ich überhaupt antworten konnte, »*Meine* Mama ist mein Schutzengel.« Er blickte zum wolkenlosen Himmel und zuckte mit den Schultern. »Schade, jetzt sind da keine Wolken. Mama wohnt im Himmel auf einer Wolke und passt auf mich auf.«

Ich fand ihn entzückend, er war gut erzogen und ausgesprochen hübsch, die blonden Locken waren für einen Jungen viel zu lang, aber es stand ihm.

Nach der Beerdigung seiner Mutter hielt ich es für unangemessen, ihm zu nahezukommen, schließlich war ich für ihn eine fremde Person und wollte mich nicht aufdrängen. Aber ehrlich gesagt, war ich total unsicher und wusste auch gar nicht, wie ich mit ihm hätte umgehen sollen. Zwar war er mein einziges Enkelkind, aber durch die besonderen Umstände, die den Umgangston in unserer Familie bestimmten, musste ich verhindern, mich gefühlsmäßig an den Kleinen zu binden. Damit war ich immer gut gefahren, denn wenn man den eigenen Enkel nicht kennt, weil man ihn nur zweimal in vier Jahren gesehen hat, ist eine emotionale Bindung eher ungünstig. Was mir beim letzten Treffen sehr schwerfiel, zugegeben, denn er war ein toller kleiner Kerl.

Und nun das.

Ich rief Jonas sofort zurück. »Hier ist Mama, entschuldige, ich war nicht schnell genug, das Handy lag auf der Terrasse, und ich war in den Johannisbeeren, sie sind wieder ganz pünktlich, als wüssten die Pflanzen, dass sie um den Johannistag herum reif zu sein haben ... Wusstest du, dass sie daher ihren Namen haben? Es hängen so viele an den Sträuchern, die müssen bald runter, sonst werden sie faul. Ich werde sie einfrieren, Marmelade kochen lohnt sich für uns beide nicht, Papa isst ja keine Marmelade ...«

Wie immer, wenn ich eins der äußerst seltenen Gespräche mit meinem Sohn führte, sabbelte ich mich um Kopf und Kragen. Vielleicht hatte ich Angst, dass er wieder zu früh auflegte oder wir sekundenlang in die Hörer schweigen würden, weil wir uns eigentlich nichts zu sagen hatten.

Aber dieses Mal war es anders. Jonas begann sofort zu reden, als ich schwieg, um Luft zu holen.

»Mama, ich habe eine große Bitte.«

Oha.

Das hatte er noch nie gesagt.

Als er hinzufügte: »Ich brauche eure Hilfe, und es ist leider keine Kleinigkeit!«, begann mein Herz laut zu wummern. Auch das hatte er noch nie gesagt.

Er braucht uns, jubilierte ich innerlich. Tausend Gedanken dachte ich in einer Sekunde, überlegte blitzschnell, ob es vielleicht um Geld ging und wenn, um wie viel und wofür, oder ob er, um Gottes willen, krank war. Oder ob er sogar nach Hause zurückkommen wollte, jetzt, wo Caro nicht mehr da und das Trauerjahr längst um war, und ob er August mitbringen würde.

»Meine Direktion schickt mich nach London, als Risikomanager. Für sechs Monate. Ich muss das machen, es ist wichtig für meine Karriere.«

Ach so. Na ja.

Ob mein Sohn in Köln wohnte und wir uns nie sahen, oder ob er in London wohnte und wir uns nie sahen, machte für mich keinen Unterschied.

Lahm sagte ich: »Schön. Gratuliere. Ein toller Erfolg für dich, Jonas, ich bin stolz auf dich. Es wird auch für August ein großer Schritt sein, zweisprachig aufzuwachsen ist heutzutage wichtiger denn je.«

Ich hörte Jonas schlucken. »Um August geht es.«

Er machte eine Pause, die ich aushielt, weil ich einatmete, aber nicht ausatmete.

»August kann leider nicht mit, ich bin doch den ganzen Tag in der Bank, wie soll ich das machen. Es gibt natürlich in London Ganztagsbetreuung für Sechsjährige, aber nach allem, was der Kleine schon mitgemacht hat, will ich ihn nicht aus seinem Zuhause und seinem Umfeld reißen. Er hat sich gerade ein wenig von allem erholt …«

Ich fiel ihm ins Wort. »Wie hast du das denn bis jetzt geregelt? Ist er nicht im Kindergarten?«

»Doch, wir haben ein Au-pair-Mädchen, das ihn morgens hinbringt und nachmittags abholt, aber sie geht zurück nach Amerika. Caros Mutter war nach der Beerdigung ein paar Wochen hier. Aber das war keine Dauerlösung, sie musste wieder in ihre Pension am Tegernsee. Augusts Großeltern sind ja erst Mitte fünfzig und stehen noch mitten im Berufsleben.«

Eifersucht bohrte sich wie eine heiße Nadel in mein Gehirn. Erstens, weil wir ja wohl auch Augusts Großeltern und sogar noch ein bisschen jünger waren. Und zweitens, weil Caros Eltern immer Kontakt zu ihrer Tochter und somit auch zu meinem Sohn und meinem Enkel gehabt hatten. Sie waren mehrmals im Jahr in Köln gewesen, sie hatten August aufwachsen sehen und sie wussten, wie mein Sohn lebte. Sie wussten mehr über mein eigenes Kind als ich. Dieser Gedanke war immer der, bei dem mir sofort die Tränen kamen.

Aber dann sagte Jonas: »Mama, jetzt, wo die Firma verkauft ist ... Papa und du, ihr habt doch Zeit ... ich meine ... ihr seid doch eh zu Hause ... ihr müsst nicht mehr arbeiten ...«

Er begann tatsächlich zu stammeln, und ich genoss diesen langen Moment, in dem ausnahmsweise mal ich Oberwasser hatte und nicht um seine Aufmerksamkeit und seine Zeit buhlen musste.

»Ja, und?«, fragte ich freundlich.

»Ich wollte fragen, ich meine, ich wollte euch bitten ... also, ist es vielleicht möglich, dass ihr ... also könnt ihr ... geht es, dass ihr für eine Weile in mein Haus zieht und euch um August kümmert? Er kommt nach den Ferien in die Schule, dann ist er den halben Tag aus dem Haus ...«

Ja!, wollte ich jubeln, *Ja, mein Sohn, danke, danke, danke! Endlich, du brauchst deine Eltern wieder, du brauchst deine Mama. Ich bin für dich da, mein Junge, egal, was zwischen uns war, ich komme, wir kommen, Papa und ich, wir lassen dich nicht im Stich! Vielleicht wird jetzt endlich alles wieder gut ...*

Aber ich hatte mit den Jahren gelernt, meine Gefühle unter Kontrolle zu halten. Also sagte ich mit ruhiger Stimme: »Selbstverständlich, Jonas. Du kannst dich natürlich auf uns verlassen. Ich bespreche alles mit Papa. Wir müssen hier ein paar Dinge regeln, und dann wird das schon. Wann brauchst du uns?«

»Nächste Woche.«

Nächste Woche?! Na, der hatte Nerven.

Nachdem wir aufgelegt hatten, hielt ich das Handy noch eine ganze Weile in der Hand und starrte es an, als könne es mir anzeigen, warum ich eben so und nicht anders reagiert hatte.

Thilo wuselte in seiner Werkstatt herum. Obwohl wir über fünfundzwanzig Jahre lang mit einer Bautischlerei selbstständig gewesen waren, hatte Thilo auch in seiner Freizeit immer irgendwas »zu frickeln«. Seit wir privatisierten (ich wehrte mich gegen das Wort »Frührente«, denn mit Mitte fünfzig fühlte ich mich weiß Gott nicht als Rentnerin), verbrachte Thilo ungezählte Stunden in der Werkstatt. In letzter Zeit tischlerte er Vogelhäuschen und Nistkästen, die reißenden Absatz fanden. Das Modell »Kölner Dom« war das beliebteste. Ich unterstützte ihn – zumindest mental – bei seiner Arbeit. Immerhin hatte er mit seinen Vogelbauten verschiedene Meisenarten, Spatzen, Schwalben, Stare und Trauerschnäpper in unseren Garten gelockt.

Der Garten ... er war der Ersatz für meine Arbeit, die ich vermisste. Heimlich hatte ich sogar neulich Stellenangebote studiert, aber nirgends wurde eine erfahrene Buchhalterin gesucht.

Als ich in der Tür zur Werkstatt stand, ließ Thilo sofort seine Zigarette unter dem Turnschuh verschwinden und trat sie auffällig unauffällig aus – offenbar hatte er mich dieses Mal nicht kommen sehen. Er hatte nicht mal gehört, dass ich an den Rahmen der offenen Tür geklopft hatte.

Kein Wunder, es lief Musik, Queen, *Don't stop me now*, so laut, dass ich zuerst zu dem alten Ghettoblaster lief, um den Ton abzudrehen. »Das ist zu laut!«, schimpfte ich. Er lachte mich aus. »Ist es zu laut, bist du zu alt!«, sagte er und duckte sich, weil ich eine drohende Handbewegung machte.

Thilo hörte bei der Arbeit immer Queen, Phil Collins oder Joe Cocker. Wenn er ein paar Bier getrunken hatte, lief Helene Fischer. Was Musik anging, so hatten wir einen sehr unterschiedlichen Geschmack. Er stand auf Pop, Rock und ab einem Promille auf Frau Fischer, ich sang seit einem Jahr bei den Krudhofer Singdrosseln. Seit meiner Jugend war ich ein großer Fan von Nena, und ich liebte Madonna und Lady Gaga. 2014 war ich sogar auf ihrem Konzert in Hamburg gewesen, was mir eine Menge Spott und Häme unserer Nachbarinnen eingebracht hatte. Uschi Doberenz-Tiekenheinrich – sie wohnt rechts neben uns, von der Straße aus gesehen – hatte sich über die Hainbuchenhecke hinweg empört: »Ausverkauft? Und du hast direkt vor der Bühne gestanden? In deinem Alter? Billie, das ist nicht in Ordnung. Da hast du einem jungen Menschen den Platz weggenommen. Für uns sind die Sitzreihen auf der Tribüne gedacht.«

Und Rita-Marianne Schnathorst-Bretthauer aus dem Winkelbungalow links von uns meinte, als wir uns am Glascontainer trafen: »Ich finde, man sollte mit Würde alt werden, meine Liebe! Und dazu gehören gewiss nicht Besuche solch schamloser Darbietungen wie die dieser Verrückten.«

Sagte eine, die mindestens fünfzehn Jahre älter als ich war, als pensionierte Erdkundelehrerin ohne Büstenhalter unterm Schlabberlook vor die Tür ging, und die nicht mal versuchte, die Weinflaschen zu kaschieren, die sie in absolut handelsunüblichen Mengen in den Container warf. Die ganze Nachbarschaft nannte sie nur Schlabber-Else, weil sie sich erstens ausschließlich in schlabberige, leberwurstfarbene Leinengewänder hüllte (sie nannte die Farbe »taupe«), und weil sie zweitens täglich ordentlich Wein wegschlabberte. Wo war ich stehen geblieben?

Ach so, bei Thilo in der Werkstatt.

Er trug seine geliebten, verbeulten Jeans und eins seiner unvermeidlichen karierten Hemden. Und seinen stattlichen Bauch trug er seit Langem über der Hose.

Auf seiner Glatze saß eine Baseballkappe, deren Schirm er nach hinten gedreht hatte, seinen Bart hatte er mit einem Haushaltsgummi zu einem Zopf zusammengebunden. Das sah zwar beknackt aus, war aber bei Feinarbeiten wie Schleifen, Feilen, Lackieren und Löten ganz praktisch.

»Billie, du hast mich hier ja lange nicht besucht!«

»Wir müssen packen«, sagte ich.

Er grinste. Ich freute mich spontan darüber, dass wir bei unserem Zahnersatz nicht gespart hatten: Thilos Lächeln mit den neuen Zähnen war wirklich charmant. Wenn man das bei unserer Vorgeschichte und nach all den Jahren vom Ehemann denkt, ist alles gut gelaufen, fand ich. Okay, fast alles. Das große Drama konnte ich meistens gut verdrängen.

»Verstehe. Packen«, sagte Thilo. »Verpacken, anpacken, einpacken, auspacken?«

Mir war nicht nach seinen Scherzen zumute. »Nein, Koffer packen. Wir müssen nach Köln. Zu Jonas. Wir müssen ein paar Monate auf August aufpassen.«

Thilos Grinsen erstarb und verwandelte sich in eine Art grenzdebile Grimasse. »Wir. Nach Köln. Monate.«

Ich erklärte es ihm. Thilo brauchte eine ganze Weile, um es zu verstehen. Er nahm die Kappe ab, fuhr sich mit der Hand von hinten nach vorn über die Glatze, griff nach seinem krausen, weißen Bartzopf und zupfte ihn nachdenklich. Diese Gesten rührten mich irgendwie, sie waren mir unendlich vertraut. Schon damals, als er noch ein paar Haare gehabt hatte, hatte er sich immer auf diese Art über den Kopf gestrichen und mir damit gezeigt, dass er ratlos war.

»Papa rauft sich die Glatze«, hatte Jonas mal gesagt, und Thilo hatte würdevoll gekontert: »Wo der Verstand wächst, müssen Haare weichen.«

»Bahnhof«, sagte er jetzt, »Sybille, ich verstehe nur Bahnhof.«

Wenn er mich nicht Billie, sondern Sybille nannte, war er wirklich durch den Wind. Ich erklärte es geduldig nochmal. »Jonas braucht uns. Er muss nach London und wird nur am Wochenende zu Hause sein, deswegen müssen wir uns um August kümmern.«

»Aber ... wie sollen wir ... er kennt uns doch gar nicht ... Billie, ich bin zweiundsechzig, wir sind viel zu alt, um ein Kind zu betreuen ...«

Ich unterbrach ihn: »Wenn du dich zu alt fühlst, okay, aber ich traue es mir sehr wohl zu!«

Er ging nicht darauf ein und fuhr fort: »Wie hat Jonas das in den letzten Monaten organisiert?«

»Erst mit Caros Mutter, dann mit einem Au-pair-Mädchen. Das geht aber zurück nach Amerika.«

»Und jetzt fragt er uns? Ausgerechnet uns?«

»Thilo, wen denn sonst? Wir sind immer noch seine Eltern. Wenn er uns braucht, sind wir da. Trotz allem. Nicht nur für ihn, sondern natürlich auch für August.«

Beim Abendessen besprachen Thilo und ich die Details. Im Prinzip hatten wir im Rest des Jahres nichts weiter vor. Auf das Feuerwehrfest in zwei Wochen konnte ich gerne verzichten, und der Tag der offenen Tür im Heimatmuseum war mir auch nicht wichtig. Im November stand allerdings die Eiserne Hochzeit meiner Schwiegereltern an. Aber bis dahin floss noch viel Wasser die Weser hinunter. Wer wusste schon, ob sie dann überhaupt noch lebten. Gut, der Chor würde mir fehlen. Besonders, weil wir kürzlich einige Musicalstücke ins Repertoire aufgenommen hatten, auf die ich mich gefreut hatte.

Mein größtes Problem aber war der Garten. Wer sollte sich um ihn kümmern? Ausgerechnet in der schönsten Zeit würde ich ihn nicht genießen können, sondern abgeben müssen. Ich schaute aus dem Küchenfenster hinaus in den Staudengarten, der mein ganzer Stolz war: Prachtspieren in satten Rottönen, die jetzt herrlich blühten, daneben standen üppige Sterndolden in Rot und Pink, und diese Farbenpracht hatte ich mit lila Eisenhut kombiniert. Die Rot- und Lilatöne gingen erst in eine breite Partie Schleierkraut und dann zu den weißen und gelben Blumen über. Der Garten war ein Blütenmeer. Ich hatte ihn nach ausgetüftelten Plänen angelegt, damit ich zu jeder Jahreszeit Freude daran hatte. Und nun musste ich ihn allein lassen.

Weder Uschi noch Rita-Marianne alias Schlabber-Else konnte ich ihn anvertrauen, und auch der alte Dieckmann von gegenüber war als Gartensitter nicht geeignet. Ich meine, jemandem, der sich den kompletten Vorgarten einbetonieren und den antiken Jägerzaun abbauen lässt, damit das Auto zwanzig Zentimeter von der Haustür entfernt stehen kann, kann man keine lebenden Pflanzen überlassen. Außerdem hatten wir mal einen Disput wegen einer Feuerwanzenplage. Beziehungsweise er hatte die Feuerwanzen im Vorgarten gehabt, und ich beobachtete zufällig eines Tages, dass er sie mit Handfeger und Kehrschaufel zusammenfegte, sich verstohlen umschaute und sie dann in unserem Vorgarten über das Mäuerchen kippte.

Wir hatten damals immer Unmengen Hasenköddel auf der hinteren Wiese, die sammelte ich daraufhin auf, nahm sie mit in die Küche, überzog sie mit flüssiger Schokolade und verpackte sie anschließend hübsch. Ich stellte sie dem Alten nachts auf die Fußmatte vor der Haustür.

Am nächsten Morgen waren sie weg.

Ich machte mich daraufhin den ganzen Morgen im Vorgarten zu schaffen. Dem Geräusch aus seinem auf Kippe stehenden Klofenster neben der Haustür entnahm ich, dass er die Hasenköddel gegessen hatte. Das war eine ganz besondere Erfahrung, die ich nicht missen möchte.

Und so gaben wir nach einigen Überlegungen meinen geliebten Garten in die Hände des Friedhofsgärtners, der auch unser Familiengrab pflegte, ließen die Jalousien runter, verriegelten unser Haus, schalteten die Bewegungsmelder ein und reisten für unbestimmte Zeit nach Köln.

2

Wir waren früh um fünf in Krudhof losgefahren, um dem Berufsverkehr auf den Autobahnen auszuweichen, und kamen fünfeinhalb Stunden später an.

Jonas wohnte am Ende einer Sackgasse im Kölner Stadtteil Weiß. Genau genommen sah es dort nicht wie im Viertel einer Großstadt aus, sondern so ähnlich wie in den meisten Dörfern in unserer Heimat. Zumindest was die Wohnsituation anging, hatte Jonas sich wohl kaum verbessert, das alles hatte er in Krudhof auch gehabt. Frei stehende Einfamilienhäuser, Wiesen, grasende Kühe auf großen Weiden, Felder, Pferdekoppeln, Wälder.

Wir parkten am Straßenrand, stiegen aus, sahen uns um. Hier wohnte also unser Sohn. Hübsch. Idyllisch, ruhig. Aber sein Haus war rosa.

Man konnte es von der Straße aus kaum sehen, so verwildert war der Garten, der es umgab. Alter Baumbestand, Birken, Rotahorn, Blutbuche, Flieder, Rosen. Wir ließen das Gepäck im Auto, öffneten eine hölzerne Gartenpforte, an der die grüne Farbe abblätterte, und folgten einem geschwungenen Weg, der mit kleinen Findlingen abgegrenzt war. Rechts und links steckten bunte Plastikwindmühlen in der Erde. Vor dem Haus blieben wir stehen. Es war eine Art Schwedenhaus mit umlaufender Veranda, weißen Fensterrahmen und dieser unglaublichen rosa Holzverkleidung.

Ich zog die Augenbrauen hoch. »Fehlt nur noch das Pferd auf der Terrasse, und Pippi Langstrumpf mit dem Affen auf der Schulter, dann ist das Bild komplett.« Thilo lachte. »Und Jonas ist der dicke König von Taka-Tuka-Land?«

Jonas war alles andere als dick, im Gegenteil, bezüglich der körperlichen Merkmale hatte er wohl meine Gene und nicht die seines Vaters mitgekriegt.

Kurz bevor wir auf die Klingel drücken konnten, wurde die Tür aufgerissen. August trug einen Pyjama, das wuschelige Blondhaar war ungekämmt, und er hatte einen Nutella-Schnurrbart.

»Hallo August.« Mehr fiel mir nicht ein. Thilo kraulte sich den Bart, den er heute offen trug, und grinste bloß. August musterte uns von oben bis unten, drehte sich um und rannte ins Haus. »Sie sind da!«, rief er.

Wir blieben unschlüssig stehen.

Jonas tauchte in der Diele auf, und mein Puls beschleunigte sich. Mit einem Blick scannte ich seine Statur, die schmalen Lippen, das markante Kinn, die grauen Augen. Mein Gott, wie ich diesen Burschen liebte! Und wie sehr ich ihn vermisst hatte. Jeden gottverdammten Tag, nachdem er uns verlassen hatte, hatte ich ihn vermisst. Ich hätte ihn so gern umarmt, aber das wagte ich nicht. Wir gaben uns die Hand, als seien wir gute Bekannte. »Hallo, danke, dass ihr da seid!«

Förmlicher ging es kaum. Die dunklen Bartschatten verstärkten die ungesunde Blässe seiner Haut. Er hatte abgenommen, war viel zu dünn für seine Größe, und ich bemerkte, dass er Geheimratsecken bekam. Der arme Kerl hatte offenbar Thilos Haarpracht geerbt und war schon auf dem Weg zum Kahlkopf.

Jonas machte einen Schritt zur Seite, wir traten ein.

Und blieben sprachlos in der Diele stehen. Das Haus war alt. Jonas bemerkte meinen entsetzten Blick und erklärte, dass er und Caro das meiste selbst renoviert hatten. »Wir haben außen die Holzverkleidung angebracht, neue Fenster einsetzen lassen und selbst gestrichen.«

Ja. Rosa. Ich konnte es nicht fassen und stellte mir vor, was die Leute zu Hause in unserer Straße über jemanden sagen würden, der sein Haus rosa anstrich. Und den herrlichen Garten dermaßen verwildern ließ. Schlabber-Else würde wahrscheinlich wütende Leserbriefe an die Tageszeitung schreiben oder sich beim Arzt ein Attest über Augenschmerzen aufgrund zu hoher Rosa-Belastung holen. Rita-Marianne würde Unterschriften sammeln und eine Petition für einheitliche Fassadenfarben starten. Und Dieckmann traute ich zu, dass er sich ein Bataillon Dickmaulrüssler besorgen und heimlich in einem solchen Garten aussetzen würde, damit da mal richtig Grund reinkam.

Im Erdgeschoss waren einige Wände herausgerissen und eine schicke offene Küche eingebaut worden. Es schien allerdings, als wären die Renovierungsarbeiten ganz plötzlich abgebrochen worden. Styroporfliesen mit braunem Holzdekor klebten im Flur unter der Decke, die hölzernen Treppenstufen waren zwar abgeschliffen, aber nie neu lackiert worden, es gab einen roten Handlauf und ein gedrechseltes Geländer. Das Badezimmer war scheußlich hellblau gekachelt und hatte uralte Sanitäranlagen, in der Küche gab es keinen Fußbodenbelag, sondern provisorische Filzmatten auf blankem Estrich.

Thilo sagte es zuerst. »Oha. Hier muss aber noch ordentlich was gemacht werden!«

Jonas nickte müde. »Ich weiß. Aber in den letzten Monaten gab es Wichtigeres. Jetzt muss die Renovierung warten, bis ich aus London zurück bin.«

Es lag mir auf der Zunge, meinen Sohn darauf hinzuweisen, dass er jederzeit die tatkräftige Hilfe seines Vaters hätte in Anspruch nehmen können. Thilo war schließlich Tischlermeister und hatte bis zum Verkauf unserer Firma überwiegend im Innenausbau gearbeitet. Aber ich sagte nichts.

Thilo und Jonas trugen unsere Koffer über die knarrende Treppe ins Dachgeschoss.

»Das war früher eine abgeschlossene Wohnung, wir haben Wände entfernt und einen großen Raum daraus gemacht.«

Ich sah mich um, nickte anerkennend. »Schön. Grau, Weiß und Gelb, das mag ich.«

»Unser Au-pair hat hier gewohnt, ich hoffe, ihr fühlt euch wohl. Ist nicht so groß wie bei euch ...«

Schon wieder bekam ich einen Stich in der Magengegend. *Bei euch* ... das war mal sein Zuhause gewesen, und wenn alles normal gelaufen wäre, hätte er jetzt *bei uns* gesagt. Er zeigte uns das Bad, soweit ich es auf die Schnelle erkennen konnte, war alles sauber. Die moderne Kochnische hinter einer Schiebetür sah aus, als sei sie noch nie benutzt worden.

Wir sahen uns noch das Kinderzimmer und die Kellerräume an, und Jonas zeigte mir den Raum mit Waschmaschine, Trockner und Bügelbrett.

»Putzen musst du nicht, zweimal die Woche kommt unsere Anna und macht alles sauber.« Er bemerkte meinen

Blick und erklärte eine Spur zu aggressiv: »Ich bin seit fünfzehn Monaten Witwer mit einem kleinen Kind und arbeite fünfzig Stunden in der Woche. Das Au-pair-Mädchen hat sich fabelhaft um August gekümmert, aber fürs Putzen war sie nun wirklich nicht zuständig, dafür haben wir Anna eingestellt!«

Ich spürte irgendwie, dass wir uns auf dünnem Eis bewegten, und beschwichtigte ihn. »Mir macht es nichts aus, wenn ich mich nicht um den Haushalt kümmern muss, ich freue mich auf August.«

Und über August redeten wir schließlich bei Schnittchen und Kaffee.

Jonas hatte – ganz der Sohn einer Buchhalterin – eine ordentliche mehrseitige Liste angelegt und sie für Thilo und mich kopiert. Punkt für Punkt gingen wir sie gemeinsam durch. Telefonnummern und Adressen des Kinderarztes, der Giftnotrufzentrale, des nächsten Krankenhauses, des Kindergartens und der Grundschule, die er ab Sommer besuchen würde, standen ganz oben.

»Sie sind im Telefon gespeichert, wir sollten aber alle Nummern auch in eure Handys übertragen«, sagte er.

Natürlich.

Auf der nächsten Seite hatte er Daten über August notiert: Geburtsdatum (13.01.), Größe (1,21 Meter, also recht groß für sein Alter), Gewicht (20,5 Kilo, das war wohl der Größe entsprechend), Blutgruppe, (A+), Datum der letzten Untersuchung beim Kinderarzt und beim Zahnarzt. August hatte keine Allergien und keine Lebensmittelunverträglichkeiten, was mich sehr beruhigte. Man hört ja von modernen Kindern, dass sie oft keine Milch, keine Kekse, keine Gummibärchen und was weiß ich noch alles nicht vertrugen, und ich hätte mich in kindgerechte Diäten wirklich erst mal einarbeiten müssen.

Auf der nächsten Seite der Gebrauchsanweisung für unseren Enkel fanden wir die Kontaktdaten von Familien und deren Kindern, zu denen er zum Spielen gehen durfte. Dann stand da die Telefonnummer einer Elfie Konstantino, zu der Jonas uns später mehr sagen wollte, und eine Aufzählung von Augusts Lieblingsessen, -spielen und -liedern (»Die Affen rasen durch den Wald« kannte ich noch aus Jonas' Kinderzeit. Ich freute mich darauf, es mit August zu singen, und hatte sofort einen Ohrwurm).

Nach dem Studium dieses Dossiers wussten wir mehr über unseren Enkel, als wir in den vergangenen Jahren über ihn erfahren hatten.

Zuletzt legte Jonas eine Liste mit den Adressen der wichtigsten Geschäfte in der Umgebung in die Mitte des Tisches. »Ich schlage vor, dass wir nachher alle Strecken gemeinsam fahren, damit ihr einen Eindruck von unserem Veedel bekommt.«

Er sagte tatsächlich »Veedel« und nicht Viertel. So weit war es also schon gekommen.

Wir nahmen seinen Wagen. Zuerst fuhren wir Richtung Südstadt, denn dort war das nächste Krankenhaus. »Nur zur Sicherheit, Papa, du hast einen guten Orientierungssinn. Wenn was sein sollte, kennst du die Strecke.«

Ich konnte es mir nicht nehmen lassen zu betonen, dass ich mich in meinem Leben noch nie verlaufen hatte.

Thilo lachte. »Du warst ja noch nie irgendwo ohne mich!«

Das kommentierte ich in Gegenwart unseres Sohnes besser nicht.

Mit Jonas und August im Auto zu sitzen, war für mich so ungewohnt, dass ich vor Aufregung nicht reden konnte. Was bei mir relativ selten ist, Thilo kann es bezeugen. Ich saß hinten neben August, der sich lässig in seinem Kindersitz zurücklehnte und mich höflich anlächelte. Vielleicht war er auch freundlich und nicht bloß höflich, ich kannte ihn nicht näher und konnte sein Verhalten nicht einordnen.

Thilo fragte Jonas über das Auto aus, wollte wissen, wie schnell es fahren konnte, wie viel PS und welche Sicherheitsassistenten es hatte und weiß der Kuckuck was noch. Er interessierte sich absolut nicht für Autos, also wusste ich, dass er genauso nervös war wie ich. Nun ja. Kein Wunder.

August tippte mit dem Finger auf meinen Arm. »Guck mal Oma, da drüben, das ist der Rhein!«

Ich erstarrte. Nicht wegen des Rheins, sondern weil er *Oma* zu mir gesagt hatte. Noch nie in meinen fünfundfünfzig Lebensjahren hatte mich jemand als Oma bezeichnet. Oma! Das klang grauhaarig, klein, gebückt, korpulent und senil. Ich war nichts davon: Meine schulterlangen Haare waren in natürlichem Brünett gefärbt, ich war eins zweiundsiebzig groß und stolz auf meine Kleidergröße vierzig, die ich seit meiner Pubertät gehalten hatte. Ich ging so gerade, dass Thilo mich manchmal fragte, ob ich mal wieder einen Stock verschluckt hätte, und senil war ich ganz und gar nicht. Okay, wenn ich wollte, konnte ich Namen oder Termine durchaus vergessen, aber das war Berechnung und keine Altersschwäche.

Oma. Das klang wie ein Schimpfwort.

Nein, als August es gesagt hatte, das war ganz süß gewesen. Aber trotzdem ... Mir war klar: Auch daran würde ich mich gewöhnen müssen.

Ich muss zugeben, dass ich die Infrastruktur am Kölner Stadtrand unterschätzt hatte. Hier merkte man durchaus, dass der kleine Ortsteil Weiß zu einer Metropole gehört. Aldi, Lidl, Penny, Rewe, Netto, Edeka – keins der Geschäfte war weiter als ein paar Autominuten entfernt. Außerdem gab es überall genug Parkplätze.

Nachdem wir alles vom Auto aus angeschaut hatten, rauchte mir der Kopf. Eine Million neuer Eindrücke und Informationen rauschten durch mein Gehirn, und ich wollte nur noch schlafen.

3

Weiß gehört zum Stadtbezirk Rodenkirchen, und dessen Hauptstadt Rodenkirchen hat einen richtigen Ortskern. Der Maternusplatz, um den sich etliche Läden gruppieren, ist ziemlich groß, größer als zu Hause unsere komplette Fußgängerzone. Zweimal in der Woche gibt es hier einen gut sortierten, ländlichen Wochenmarkt, den ich bei uns in der Provinz noch nie in solcher Größe gesehen hatte.

Jonas hatte uns diesen Markt ans Herz gelegt, also sahen wir ihn uns gemeinsam am Samstag an.

Früher hatte es in Krudhof einen Wochenmarkt am Wilhelmsplatz gegeben, aber da standen mittlerweile nur noch fünf oder sechs Stände. Die Fahrt dorthin lohnte sich nicht, weil man für Waschmittel, Zeitungen und Bier doch wieder zum Supermarkt fahren musste. Da konnte man auch gleich alles in einem Geschäft kaufen, fand ich. Außerdem war es bei uns auf dem Markt sauteuer. Und ob die Lebensmittel dort frisch waren, konnte kein Mensch kontrollieren, weil es keine Tüten und somit keinen Stempel mit dem Haltbarkeitsdatum gab.

Warum gefühlt alle Rodenkirchener auf dem Markt am Maternusplatz einkauften, obwohl sie so viele Supermärkte vor der Tür hatten, begriff ich schnell: Weil das eine

Art Wochenendaufwärmparty war. Man traf sich, man kannte sich, man trank in den Cafés am helllichten Tag Sekt – vielleicht war es sogar Champagner –, grell orangefarbene Drinks mit einer Apfelsinenscheibe drin oder Kölsch. Menschen, die bei uns daheim längst in Altenheimen wohnen und Mau-Mau spielen würden, saßen hier lachend, schwatzend und in großen Runden zusammen. Sie benahmen und kleideten sich, als seien sie jung, und als wäre das Leben unendlich. Ich versuchte mir vorzustellen, wie sich unsere Nachbarinnen oder meine Schwiegermutter, schick aufgebrezelt und fröhlich, in einer solchen Clique tummelten. Undenkbar.

Wir bummelten zwischen den Reihen umher, und ich beobachtete das Treiben. Meine Güte, so wie die Leute hier zum Markt gingen, zog ich mich zu standesamtlichen Trauungen oder ähnlichen Festivitäten an!

Zum ersten Mal sah ich Frauen mit aufgespritzten Lippen, straffen Stirnen, gepolsterten Wangen und operierten Augenlidern in natura. Während sie mit gepflegten Händen und langen, lackierten Fingernägeln jede einzelne Möhre oder Tomate vor dem Kauf prüften, hatte ich genügend Zeit, sie genau zu betrachten. Schön fand ich diese getunten Gesichter bei den meisten nicht. Jünger sahen sie dadurch auch nicht aus. Manche der Damen hatten Brüste, die so stramm und so hochgestemmt waren, dass man das Kinn darauf hätte legen können (wenn die Hälse nach den Straffungen überhaupt noch beweglich genug dafür waren).

Nachdem ich mir die gepfefferten Preise für Gemüse, Obst, Fleisch und Fisch angeschaut hatte, kaufte ich nur ein Pfund Kirschen. Alles andere würden wir im Supermarkt besorgen.

Wir setzten uns auf eine Bank unter Bäumen, aßen ein Eis und beobachteten ziemlich fasziniert dieses affektierte Schaulaufen und die übertriebenen Bussi-Orgien.

»Nie im Leben werde ich fremden Leuten um den Hals fallen, Sätze wie ›Großartig siehst du aus, Liebelein‹ oder ähnlichen Schwachsinn flöten und rechts und links in die Luft küssen. Jetzt mal ehrlich: Würde ich mich zu Hause so verhalten, würden sie mich direkt einweisen lassen«, sagte ich.

»Das machen die bloß, weil sie sich freuen, wenn sie sich treffen«, erklärte August. »Ist doch nicht schlimm, wenn sie sich schön finden.«

Ich widersprach ihm nicht, obwohl ich anderer Meinung war.

Kopfschüttelnd widmete ich mich wieder meinem Basilikum-Zitronen-Eis. Was, zugegeben, lecker schmeckte. Basilikum gehörte eigentlich auf Tomaten und nicht ins Eis, aber man musste offen für Neues sein.

Abends kochte ich für alle; Jonas hatte sich »Linseneintopf à la Mama« gewünscht, und natürlich bekam er den. Es war das erste Mal seit seinem Auszug, dass ich für ihn kochen durfte. In seiner Küche fand ich mich schnell zurecht, Geräte und Geschirr waren sinnvoll und logisch platziert.

Während ich Suppengemüse putzte, Kartoffeln schälte und alles in kleine Würfel schnitt, saß August auf der Arbeitsplatte und schaute mir aufmerksam zu.

»Kann ich eine Möhre?«, sagt er. Ich erwiderte sofort: »Haben? Essen? Schneiden?«

Er sah mich mit großen Augen an, und ich ärgerte mich über meine kleinkarierte Reaktion. Aber August begann zu lachen und sagte: »Oma, du bist immer so komisch!«

Bei dem Wort Oma zuckte ich wieder zusammen.

»Wieso komisch? Wenn du eine Möhre haben möchtest, musst du sagen: ›Kann ich bitte eine Möhre haben.‹ Wenn du sie anschauen willst, musst du das auch sagen. Aber *kann ich eine Möhre*, tut mir leid, das verstehe ich nicht.«

Ich reichte ihm eine Karotte, er biss hinein und beobachtete mich die ganze Zeit. »Ich habe noch eine Oma, die ist ganz anders als du.«

»Tatsächlich? Nun, Menschen sind verschieden.«

Er antwortete nicht. Ich bohrte nach. »Wie ist denn die andere Oma so?«

August zuckte mit den Schultern. »Ach, die ist lieb, aber sie weint immer. Wir haben schöne Blumen zu meiner Mama gebracht, zum Friedhof. Mama wohnt im Himmel, aber wenn man zum Menschengrab geht und Blumen hinbringt, sieht sie das und freut sich.« Ich wunderte mich über den Ausdruck »Menschengrab«, aber dann kamen Jonas und Thilo aus dem Garten ins Haus, und unser Gespräch war beendet.

Ich ärgerte mich über meine Eifersucht. Natürlich hing August an der anderen Oma, und dass sie viel weinte, weil ihre Tochter gestorben war, verstand ich natürlich. Ich war mir nicht sicher, ob ich mit dem Kind und der Situation klargekommen wäre, wenn seit Caros Tod nicht schon eine Weile vergangen wäre.

Am Sonntag übte ich mit August »Oma und Enkel«. Es war der letzte Tag mit Jonas, sein Flieger nach London ging am nächsten Morgen um fünf vom Köln-Bonner Flughafen. Dann begann der Ernst des Alltags im rosa Haus.

Ich weckte meinen Enkel, stellte ihn unter die Dusche und seifte ihm die Haare ein, bürstete später seine Locken und achtete darauf, dass er die Zähne ordentlich putzte. Der Junge war wirklich brav, und ich hatte das Gefühl, dass Jonas ihn gut auf die nächste Zeit vorbereitet hatte. Hoffentlich blieb das so, wenn wir mit allein zurechtkommen mussten.

Am Frühstückstisch strich Jonas ihm liebevoll über den Kopf. »Morgen fliege ich mit dem Flugzeug nach London.«

August riss plötzlich die Augen auf. »Fliegst du durch den Himmel?«

Mir stockte der Herzschlag, denn ich wusste genau, was er jetzt dachte. Jonas wusste es auch und reagierte ehrlich. »Du fragst, weil Mama im Himmel ist? Ich glaube nicht, dass ich sie vom Flugzeug aus sehen kann. Aber du weißt, dass sie immer bei dir ist, und sie passt auch auf, dass Oma und Opa hier alles richtig machen!« Dann sagte er mit spitzbübischem Blick auf Thilo und mich: »Und wenn die beiden Blödsinn machen, erzählst du mir das jeden Abend, wenn wir facetimen, okay?«

Plötzlich begann ein Hund hysterisch zu bellen. Ich wurde stocksteif, denn ich habe Angst vor Hunden. August rannte wie gestochen zur Haustür und riss sie auf. Das Bellen verstummte.

Es dauerte einen Moment, bis ich begriffen hatte, dass es die Klingel war, die gekläfft hatte.

Ich atmete tief durch. »So was habe ich schon mal im Fernsehen gesehen«, rang ich mir ab. »Das soll Einbrecher abschrecken, oder?«

Jonas grinste. »Genau. Aber nur die, die vorher klingeln.«

August kam mit einer großen, korpulenten Frau herein, die ein auberginefarbenes Zeltkleid trug. Ihre grauen

Haare waren zu einem kinnlangen Bob geschnitten, in den vorn rechts und links pinkfarbene Zöpfchen eingearbeitet waren.

Jonas stellte uns vor: »Mama, Papa, das ist Elfie, unsere Nachbarin. Elfie, meine Eltern Billie und Thilo Berthold aus Krudhof.«

Die Frau strahlte mich an und schüttelte erst meine Hand und dann Thilos. »Hächzlisch willkommen in Kölle, isch bin janz sischer, dattse sisch hier rischtisch wohlfühlen! Schön, dattse sisch um Aujust kümmern wollen, dat is en janz toller Junge, und so tapfer, de janze Zick, wo de Mama krank jewesen war, war der oft bei mir aufm Friedhof. Is ja jut für de Pänz, wennse mit de Tiere wat zu tun kriejen, auch wennse tot sin.«

Ich verstand kein einziges Wort.

Thilo übersetzte: »Pänz sind Kinder, und Zick heißt Zeit.« Weiß der Geier, woher er diese Vokabeln kannte.

»August war bei Ihnen die ganze Zeit auf dem Friedhof?«, fragte ich zur Sicherheit nach. Bestimmt hatte ich da was falsch verstanden.

Elfie fasste mich an die Schulter. »Solle mer du saren? Mir sin ja im Rheinland, hier isset immer jesellisch, sojar bei mir aufm Jelände!« Sie lachte dröhnend.

Dann ging sie zum Schrank, nahm sich eine Tasse, marschierte zur Kaffeemaschine, machte sich einen Cappuccino und setzte sich zu uns.

Jonas erklärte: »Hinter unserem Grundstück betreibt Elfie einen Tierfriedhof.« Während ich diese Information sacken ließ, sagte Elfie: »Un isch bin jekommen, um mit Aujust ne Prozession zu bespreschen, bei der er Flöte spillt.«

»Flöte spielt ... «, wiederholte ich dümmlich.

»Für Pitty?«, fragte August, der offenbar genau Bescheid wusste.

»Jenau, die Jrube ist schon ausjehoben, dat Kreuz ist fertisch und Pitty is schon im Sarsch. Un am nächsten Tach is die Urnenbestattung von Charlys Vojel, mit Jesang vorwesch, da kannste direkt wieder flöten.«

Jonas aß ungerührt sein Brötchen weiter. Die Merkwürdigkeiten, die diese Frau von sich gab, schienen ihn nicht im Mindesten zu irritieren.

Elfie plapperte die ganze Zeit in einer Sprache, die ich kaum verstand und der mein Göttergatte selig lauschte. »Jötterjatte«, hätte Elfie gesagt, denn soviel hatte ich verstanden, im Kölschen kannten die kein »g«.

Um zu verstehen, was Thilo an diesem Dialekt so faszinierte, musste man wissen, dass er ein völlig bekloppptes Hobby hatte: Karneval. Das ist für einen gebürtigen Krudhofer aus meiner Sicht so etwas wie eine genetische Störung, denn der Krudhofer an sich ist für »Gelage im Kostüm« nicht geschaffen.

Natürlich gibt es Ausnahmen. In manchen Gegenden haben sich auch bei uns Gleichgesinnte zusammengeschlossen, in Holtenburg zum Beispiel. Da stürmen an Weiberfastnacht komplett durchgedrehte Frauen die Rathäuser und hissen Fahnen. Außerdem schneiden sie den Männern unterwegs ihre Krawatten ab, keiner ist vor denen sicher, ohne Ansehen der Person.

Für mich hat das Symbolcharakter. Das sind wahrscheinlich Frauen, die mit ihrer stumpfen Schere eigentlich gern weiter unten am Mann agieren würden. Dann betrinken sie sich gemeinsam mit den Kerlen und singen fragwürdige Lieder, geben sich nicht mal die Zeit, ihre Räusche auszuschlafen, sondern toben fast übergangslos auf sogenannten Sitzungen weiter.

Thilo und seine Kumpels feierten den Weiberdonnerstag mit frenetischer Begeisterung, und am darauffolgenden Wochenende saßen sie auf der Prunksitzung, was bedeutet, dass die vorgeschriebenen Kostüme und der Eintritt noch teurer waren als sowieso schon.

Thilo war an den »tollen Tagen« meistens nicht in der Firma gewesen, und wer von der Belegschaft mit ihm feiern wollte, bekam drei Tage Sonderurlaub. Kein Wunder, dass er so beliebt gewesen war. Dann blieb ich im Kontor, um normalen Leuten am Telefon zu erklären, warum der Chef unseres seriösen Betriebes über Karneval absent war.

Der Wahnsinn erreichte seinen Höhepunkt, wenn Thilo und seine jecken Kollegen am Rosenmontagszug standen (der höchstens aus zehn oder zwölf Wagen bestand) und Bonbons und andere Süßigkeiten vom Boden aufklaubten, die von den Wagen aus in die Menge geworfen wurden. Wahrscheinlich war das Zeug mit abgelaufenem Haltbarkeitsdatum, das irgendwie unter die Leute musste. Mich jedenfalls konnte man damit jagen.

Am schlimmsten aber war es in den Jahren, in denen Thilo *nicht* am Zug stand. Einmal hatte er sich den großen Zeh gebrochen, ein anderes Mal lag sein Arm in Gips, und nach der Bandscheibenoperation blieb er auch zu Hause. Dann saß er, als Biene, Clown oder Pirat verkleidet, auf dem Sofa, schaute sich den Kölner Rosenmontagszug im WDR an, prostete den Leuten auf den Wagen mit Kölsch im Reagenzglas zu und grölte »Viva Colonia« oder das Lied von der superjeilen Zick. Dass mit »Zick« die Zeit gemeint war und keine Ziege, wurde mir erst nach Jahren klar.

Ansonsten war mein Mann aber eigentlich ganz normal. Dass er Vogelhäuschen tischlerte, war unbedenklich, mit seinem Musikgeschmack konnte ich leben, nur dieses durchgeknallte Hobby, das konnte ich nicht nachvollziehen. Zumal er Jonas damit angesteckt hatte: Der war schon als kleiner Junge verrückt danach gewesen, mit dem Papa im Kostüm loszuziehen. Eigentlich hatte sogar das ganze spätere Drama mit Jonas an seinem achtzehntem Geburtstag begonnen, in Köln.

Das war nämlich Thilos Geschenk gewesen: Seine Volljährigkeit konnte der Junge beim Karneval in der Kölner Südstadt beginnen, weil dieser Geburtstag ausgerechnet auf den Rosenmontag fiel. Und da lernte er dann Caro kennen. Der Rest ist Geschichte.

Themenwechsel, darüber rede ich nicht gern, es ist zu schmerzhaft. Weil ich, weil wir nie verstanden haben, was dann geschah.

Jedenfalls: Feiern und fröhlich sein auf Kommando, das ist nichts für mich. Kann ich einfach nicht, da fehlt mir ein Gen. Außerdem trinke ich so gut wie keinen Alkohol, somit ist es für mich unmöglich, dasselbe Humorlevel zu erreichen. Von der Ausdauer ganz zu schweigen: Thilo kann ohne Probleme zehn Kölsch trinken, aber ich krieg keine zehn Wasser runter.

»Billie, bei jeder Party, jeder Hochzeit und jedem Geburtstag feiern wir auf Kommando!«, sagte Thilo manchmal zu mir. »Sogar Weihnachten und Silvester sind feste Termine. Da macht man sich schick, isst was Feines, trinkt was Leckeres, tanzt und ist fröhlich. Auch das ist Feiern auf Kommando, wenn du so willst, das ist nicht nur im Karneval so!«

»Ja, aber trotzdem!«, sagte ich dann – das ist meine Standardantwort, wenn ich nicht zugeben will, dass jemand anderes recht hat, oder wenn ich nicht weiß, was ich sagen soll.

Als Jonas damals seine Koffer packte und Knall auf Fall, ohne Erklärung und fast ohne Abschied, ausgerechnet nach Köln zog, frohlockte Thilo: Vielleicht konnte er über Jonas Kontakte knüpfen! Sein allergrößter Traum war es nämlich, einmal im Kölner Rosenmontagszug auf einem Wagen mitzufahren.

Nun, daraus wurde nichts. Der Kontakt zu Jonas fand quasi nicht mehr statt, und Thilo und ich wussten nicht, warum.

Und nun waren wir tatsächlich in Köln, würden ein paar Monate auf August aufpassen und hatten soeben die dicke Dame vom Tierfriedhof kennengelernt, die nur in ihrer kölschen Muttersprache redete und die Augen meines Mannes allein damit zum Leuchten brachte.

4

August hatte schon nach dem Aufstehen auf seiner Blockflöte *Halleluja* geflötet. Für mich klang es, als würde er immer und immer wieder das Gleiche spielen. Aber Thilo lobte ihn überschwänglich. Das war so eine Art an ihm, um die ich ihn beneidete. »Positive Motivation« nannte er das, als wir die Firma noch hatten; er lobte seine Leute, auch wenn sie Mist gebaut hatten. Aber das war seine Baustelle gewesen, nicht meine, ich hatte nur das Büro geleitet und war nun froh, dass wir privatisierten, sonst hätten wir das »Abenteuer Köln« gar nicht wagen können.

Unser Sohn war jetzt auf dem Weg nach London.

An diesem ersten Morgen ohne Jonas waren wir um halb sechs aufgestanden, das war für August wohl die übliche Zeit. Ich hatte in der halb fertigen Designerküche Frühstück zubereitet und später dafür gesorgt, dass er sich die Zähne putzte und die Haare kämmte. Anziehen konnte er sich allein, und ich muss komisch aus der Wäsche geguckt haben, als der Steppke im schwarzen Anzug, weißen T-Shirt und Turnschuhen vor mir stand. »Oma, guck nicht so, der Lyzinder kommt noch!«

Und dann stülpte er sich einen Zylinder auf den Kopf und schmunzelte so niedlich, dass sich auch mein Gesicht zu einem Grinsen verzog. Eigentlich gehöre ich nicht zu diesen Grinsekatzen, aber sein Anblick war einfach zu goldig.

Dann gingen wir hinüber zum Tierfriedhof.

Der Eingang sah aus wie der zu einem Streichelzoo: Das Gelände war von einem Zaun umgeben, und man betrat es durch ein mannshohes Gittertor, das nachts abgeschlossen wurde. August erzählte, dass »Gangster« schon mal Spielsachen gestohlen hätten, die auf den Gräbern der Tiere gelegen hatten.

Über dem Tor gab es ein Schild. »Friedliche Höfchen« stand in bunten Lettern darauf. Jeder Buchstabe hatte eine andere Farbe, besonders auffällig war jedoch das grüne F in Höfchen. Später erklärte mir Elfie, dass der Schildermaler »einen im Tee« gehabt hätte und anstelle eines F ein S gemalt hatte. Elfie hielt sich den Bauch vor Lachen, als sie sich daran erinnerte: »Verstehste, friedlische Höschen sin wat janz anderes …«

Allerdings. Der falsche Buchstabe war in der Hektik der Einweihungsfeier (Einweihungsfeier eines Friedhofs, ist es denn zu fassen?) niemandem aufgefallen, Elfie hatte es erst am nächsten Tag auf dem Foto in der Zeitung bemerkt. Aber sie nahm sogar eine solche Peinlichkeit mit Humor und postete auf der Instagramseite (Friedhof online, #friedlichhöfchen, ja, kein Scherz!) des Tierfriedhofs Bilder vom Tor vorher und nachher.

Thilo und ich schritten also mit August durch das Tor, das von bunten Hundeskulpturen flankiert wurde. Ein Kiesweg führte zu einem flachen weißen Gebäude mit rot lackierten Fensterrahmen, davor blühten Geranien in weißen Blumenkästen. Es gab vier Eingangstüren: eine führte zum Büro, eine in den Abschiedsraum, eine in den Shop (!) und auf einer war ein Schild mit der Aufschrift »Nur Personal«. Das sei die Leichenhalle, erklärte August, und dann sei da noch das *Kremorium* auf der anderen Seite des Hauses, da dürfe aber nur Gus rein.

»Was ist Gus?«, fragte ich.

»Gus ist ein Mann, der kann gestorbene Tiere reparieren und ausstopfen, dann sehen sie wieder lebendig aus, und man kann sie ins Wohnzimmer stellen. Aber wenn Leute das nicht wollen, kommen die Tiere ins Kremorium und dann in einen Topf, der heißt Urne«, erklärte August fachkundig. Okay, jetzt hatte ich verstanden, was ein Kremorium war.

Die Tür zum Büro stand offen, wir gingen hinein, begrüßten eine blonde Frau, die hinter einem Schreibtisch saß und telefonierte, mit freundlichem Kopfnicken und nahmen in einer bunten Sitzecke Platz.

Die Frau nickte die ganze Zeit und machte sich Notizen.

»Ja ... traurig ... lange Zeit ... wie lange war der Sammy ...? ... Ach ja ... Wir können ihn abholen, Frau ...« Sie schaute auf ihren Zettel und fuhr dann fort: »... Klamor, wir holen den Sammy heute noch zu Hause ab und kümmern uns um alles Weitere ... Sie möchten eine Einzeleinäscherung, natürlich, keine Sammelbestattung ... das kostet zweihundert ... Die Urne können Sie auf unserer Homepage aussuchen oder hier im Shop ...« Die Blonde hörte ihrer Gesprächspartnerin konzentriert zu, nickte. »Das kommt darauf an, wie schwer der Sammy war ... acht Kilo, oha ... nein, nein, alles in Ordnung, er war eben ein großer Kerl ... ich empfehle eine Urne für Tiere bis zehn Kilo ... die reicht in jedem Fall ... Kommt auf das Material an. Sie können wählen zwischen Keramik, Metall und Holz oder eine Öko-Urne nehmen. Die gibt es aus Zellulose, Terrakotta oder Lehm ... Keramik, ja, gute Wahl, Frau Klamor, hätte ich Ihnen auch empfohlen ...«

Das Gespräch ging noch eine ganze Weile weiter, und am Ende wusste ich, dass man die Urne mit Laserschrift, Fotos, Airbrush, Handmalerei oder Aufklebern verzieren konnte, dass man sich aus der Asche des Tieres Schmuckstücke wie Ringe, Amulette oder Kettenanhänger fertigen lassen konnte, und dass ein Katzenreihengrab mit einer Laufzeit von vier Jahren dreihundertfünfzig Euro pro Jahr kostete. Die Dame am Telefon entschied sich für einen Grabstein mit der Aufschrift: *Hier ruht Sammy. Danke für die schöne Zeit. Deine Mami.*

Die blonde Frau legte auf. August erklärte weltgewandt, wer wir waren, und sie stellte sich als Gitta Kuhn vor, sie sei hier für Grabbepflanzungen, Grabpflege und Blumenschmuck zuständig. »Und ab und zu mache ich Dienst am Telefon oder im Shop, wenn Elfie und Gus anderweitig beschäftigt sind.« Sie schaute auf ihre Armbanduhr. »Wir beginnen gleich mit der Erdbestattung eines Hundes, Sie können die Prozession gern begleiten«, sagte sie und fügte hinzu: »August ist wirklich ein Naturtalent – freundlich, höflich und so begabt mit seiner Blockflöte! Sie sind bestimmt stolz auf ihn?«

Ich nickte nur, während Thilo rief: »Ja, das könnense wissen!«

An diese rheinländische Freundlichkeit und Zugewandtheit würde ich mich nie gewöhnen, so viel Nettigkeit konnte gar nicht echt sein.

Wir verließen das Büro. Just in dem Moment kam ein auffallend großer Mann um die Ecke, der mich sofort an die Fernsehfigur »Alf« aus den Achtzigerjahren erinnerte, jedenfalls hatte er eine ähnliche Frisur. Er zog einen Handkarren hinter sich her, auf dem zwischen kleinen Kränzen und Blumengestecken ein himmelblauer Sarg stand.

»Da ist Pitty drin!«, erklärte August, und Gitta ergänzte flüsternd: »Pudel, an Altersschwäche gestorben …«

Nun öffnete sich die Tür des Abschiedsraumes und Elfie kam mit einer Dame heraus, die leise weinte.

August stellte sich vor den Handkarren mit Pudel Pittys sterblichen Überresten in Position. Die trauernde Dame zupfte schniefend an einer Kranzschleife herum. Ich konnte die Aufschrift lesen: *Die Liebe bleibt. Ein letzter Gruß, deine Carola*

Nun begann der Mann mit der Alf-Tolle, den Handkarren zu ziehen, August rückte seinen Zylinder zurecht und flötete *Halleluja*, das verwaiste Frauchen ging an Elfies Arm, ihr folgten Gitta, dann kamen Thilo und ich. Die Sonne schien, die Vögel zwitscherten, kein Wölkchen war am Himmel zu sehen.

Wir schritten den Kiesweg an bunten Grabstätten entlang, an steinernen Bällen, Knochen und Skulpturen vorbei. Manche sahen aus wie Katzen, es gab aber auch eine Dogge (*Hier ruht Frau Meier*), die Statue eines Dackels namens Waldi und die von Schildkröte Hulda. Ich sah Gräber mit Stelen, auf denen steinerne Vögel ihre Schwingen ausgebreitet hatten, Grabsteine mit Fotos von Kaninchen, bunte Bilder auf bunten Steinen, flackernde Grablichter und Unmengen von Spielzeug auf liebevoll bepflanzten Ruhestätten.

Meine Güte, dachte ich, *was tun wir hier?* Bis gestern hatte ich keine Ahnung gehabt, dass es solche Tierfriedhöfe überhaupt gab. Jonas hatte als Kind ein Aquarium und wenn die Guppys das Zeitliche gesegnet hatten, wurden sie mit einem Stoßgebet im Klosett bestattet. Sie gehörten ins Wasser, das war ihr Element.

Okay, kurz vor der Jahrtausendwende kam B-zwölf zu uns ins Haus. Er war mein erster und letzter Hund, mein Seelenfreund, einer, dem man nur einmal im Leben begegnet. B-zwölf war ein brauner Labrador, gehörte zum zweiten Wurf seiner Mutter, war also ein B-Wurf und der jüngste von zwölf Welpen. Wir besichtigten ihn im Garten des Züchters. Er war das letzte Exemplar, mager und schwächlich und deswegen im Preis reduziert. Auf seinem Nacken klebte ein Pflaster mit der Bezeichnung B-12. Der Name gefiel uns, er blieb. Eigentlich sollte es ein Hund für Jonas sein; er war nach meinen Fehlgeburten Einzelkind geblieben und sollte einen Kameraden haben. Aber Jonas hatte kein Interesse an Welpenerziehung, Gassirunden, am Spielen und Bürsten. Also blieb alles an mir hängen, an wem auch sonst. Ich weiß nicht, wie ich die Zeit nach dem rätselhaften Zerwürfnis mit Jonas ohne den Hund überstanden hätte. B-zwölf ist dreizehn Jahre alt geworden, wir haben ihn im Garten unter dem Fliederbusch bestattet. Grube ausheben, Karton rein, Grube zuschaufeln, Stein drauf, fertig. So einen Zirkus wie hier auf den Friedlichen Höfchen gab es bei uns nicht. Und das hieß nicht, dass ich B-zwölf nicht sehr geliebt hatte.

Als wir an dem Grab ankamen, in das der tote Pudel hinabgelassen wurde, Elfie eine pathetische Ansprache mit Gedicht und penetrantem Endreim hielt und danach eine Art Gospelsong sang, schaltete ich auf Durchzug. Das war einfach viel zu viel Theater für mein einfaches, provinzielles Gemüt.

Nach Pittys Beisetzung hatten wir eine Pause, die Elfie nutzte, um uns herumzuführen und uns ihr »Himmelreich« zu zeigen. Dabei erzählte sie frei von der Leber weg, dass sie den Friedhof vom Erbe ihres ersten Mannes finanziert hatte. Ich war starr vor Entsetzen, als Elfie schilderte, dass Walter – sie sprach es mit mindestens drei l aus, also »Wallllter« – auf einem Golfplatz ums Leben gekommen war. »Er hat am sechsten Loch en Ball versiebt und ist darüber so wütend jeworden, dass er seinen Jehstock mit janzer Kraft jejen einen Baum gedroschen hat.«

Der Stock war zerbrochen, der Stiel zurückgeprallt und hatte dabei sein Herz durchbohrt. Aufgespießt!

Ich hielt die Luft an, als Elfie den Unfall schilderte. *Die arme Frau*, dachte ich, *was für eine Tragödie.*

Dann aber erzählte sie, dass sie sich danach in den Bestatter ihres Mannes verliebt hatte und nun mit ihm verheiratet war. Danach hatte sich das mit meinem Mitleid. Hat man so was schon gehört? Der Ehemann stirbt auf elendige Weise, und die Frau heiratet ein paar Monate später seinen Bestatter? Ich war fassungslos.

Da konnte Elfie hundertmal sagen: »Dat war ne janz romantische Jeschischte, als Jildo und isch zusammenjekommen sind. Eijentlisch wollt isch nämlisch nach Jomera auswandern und misch um herrenlose Hunde kümmern, aber dann kam allet janz anders.« Sie kicherte. »Wo die Liebe hinfällt ...«

Ich fand es besonders geschmacklos, dass Thilo ihr die ganze Zeit nickend beipflichtete, so, als verstünde er diese »Umstände« ganz genau.

Jedenfalls hatte sie nach »Wallllters« Ableben Haus und Hof verkauft, war zu Gildo gezogen und hatte mit seiner Hilfe die »Friedlichen Höfchen« eröffnet. Als Bestatter war er vom Fach und kannte sich in der Branche aus.

Nachdem Elfie uns auf dem »Jelände« herumgeführt hatte, besichtigten wir den Shop und darin eine beeindruckende Auswahl an Urnen, Grabschmuck für alle möglichen Kleintiere und einen Fotokatalog mit Särgen. Bunte Särge, bemalte, beklebte, lackierte, mit Fotos verzierte – ich hätte nie geahnt, welche Auswahl es auf diesem Markt gab.

Wir sprachen kurz mit Gus-Alf, der nicht nur tote Viecher ausstopfte, sondern die Verblichenen auch für die Einäscherung oder die Erdbestattungen herrichtete. Die Hinterbliebenen konnten dann im Abschiedsraum einen letzten Blick auf Hund, Katze, Kaninchen oder weiß der Geier wen werfen.

Gus trug fleckige Latzhosen und ein T-Shirt, seine Alf-Tolle fiel ihm immer wieder über die Augen, dann schüttelte er den Kopf und pustete die Strähne mit Schmackes aus dem Gesicht. Er hatte riesige Hände, ich konnte mir überhaupt nicht vorstellen, wie er mit diesen Schaufeln einen Kanarienvogel ausstopfen konnte. Gus war wortkarg, aber nicht unfreundlich. Er winkte uns mit einer Handbewegung in den Abschiedsraum. Dort hatte er den nächsten Toten aufgebahrt, Brahms, einen Beo.

Wir standen nun in dem großen, freundlich wirkenden Raum, Elfie und August, Gus, Thilo und ich. Teelichter flackerten in farbigen Gläsern auf einem Regal, Blumen standen in kleinen Vasen auf der Fensterbank. Ein Klavier auf einem Podest an der Stirnseite, ein Hocker, mit rotem Samt bezogen. Ein Windlicht auf dem Klavier.

In der Mitte ein hüfthoher gekachelter Tisch, darauf ein schmuckloser Kiefernsarg mit einem Kranz in der Größe einer Torte. Auf der Schleife stand: *Ab zu Edu, lieber Brahms, macht's euch schön!*

Ich ging näher ran, weil ich dachte, mich verlesen zu haben. Hatte ich aber nicht. Komischer Trauerspruch.

»Hier sieht es aus wie in einer Galerie für infantile Kunst«, raunte ich Thilo mit einem Blick auf die Bilder an den Wänden zu.

Der verbesserte mich sofort: »Naive Kunst, Billie, naiv!«

Hatte ich Ahnung von Kunst? Nein. Es gibt Bilder, die mir gefallen, und welche, die mir nicht gefallen. Diese Bilder fand ich schön, auch wenn mir das Fröhliche, Farbenfrohe, Bunte in dieser Umgebung absurd vorkam. Das war ein Friedhof, hier wurde bestattet, das bedeutete traditionell Tränen und Traurigkeit.

Da hatte ich aber Charly noch nicht gesehen.

Die Tür ging auf, und ein attraktiver Mann wehte herein. Er ging nicht, er schritt nicht, nein, er wehte. Beziehungsweise wehte seine knielange, schneeweiße Leinentunika, die er über einer schneeweißen Hose zu lila Wildlederslippern trug, in der Füße ohne Socken steckten. Der Mann hatte welliges dunkles Haar, an den Schläfen silbern, das er lässig nach hinten gekämmt trug. Hinter einer auffälligen grün gerahmten Brille funkelten dunkle Augen in einem sonnengebräuntem Gesicht. Im ersten Moment dachte ich, dass ich noch nie einen Mann gesehen hatte, der dermaßen den Schalk im Augenwinkel hatte wie dieser Typ. Und obwohl er bis auf die Schuhe komplett weiß angezogen war, hatte ich das Gefühl, einen bunten Menschen zu sehen. Wahrscheinlich war die überbordende Farbenpracht des Friedhofs mir aufs Gemüt geschlagen.

Elfie fiel ihm direkt um den Hals. »Charly, mein Schatz, da biste ja endlisch, und wie jut de wieder aussiehst!«

Charly lächelte mit schicken, weißen Zähnen, die mit Sicherheit ein Vermögen gekostet hatten. Er trug einen breiten Goldring am rechten Ringfinger. Also war er verheiratet, kombinierte ich. Ich schätzte ihn auf Anfang sechzig. Er begrüßte uns mit festem Händedruck. Damit hatte er einen weiteren Pluspunkt bei mir, denn ich hasse es, wenn jemand mir so lasch die Hand reicht, dass man denkt, man würde ein Pfund Gehacktes drücken.

»August hat mir erzählt, dass seine Großeltern kommen. Na denn, herzlich willkommen im Kölner Süden!«

Meine Güte, was für ein charmanter Typ. Und so höflich. Er wandte sich August zu, trommelte mit den Fingern auf dessen Zylinder und sagte: »Na, Sportsfreund, bist du bereit?«

August nickte eifrig, und ich hatte den Eindruck, als wären wir hier nicht auf der Beerdigung eines Haustieres, sondern auf einem fröhlichen Freundetreffen.

Der Eindruck festigte sich, als Charly die Schleife auf dem Sarg des toten Vogels zurechtzupfte.

»Sind Sie traurig, dass der Beo ...«, fragte ich höflich, bemüht, mich der regionalen Freundlichkeit anzupassen.

Er lachte. »Nein, ganz im Gegenteil, ich konnte das Vieh nicht ausstehen! Ich hätte mir nie im Leben einen Beo gekauft, auch wenn sie mit ihrer Quatscherei durchaus unterhaltsam sein können. Aber sie machen auch jede Menge Dreck und schnappen Sätze auf, die sie nicht hören und erst recht nicht an falscher Stelle zitieren sollten.«

»Was denn zum Beispiel?«, fragte Thilo.

»Na, wenn die Nachbarin zu Besuch ist, und der Beo begrüßt sie mit *alte Krawallschachtel* … oder *Trümmerlotte, Trümmerlotte*!«

Thilo musste so laut lachen, dass es mir peinlich war. Immerhin waren wir auf einem Friedhof und nicht auf einer Party. Obwohl ich Charlys Anekdote auch lustig fand, fragte ich mit angemessen ernster Miene: »Sie lassen ihn aber aufwendig bestatten?«

Ich wusste ja seit eben, was das kostete.

Er habe den Vogel geerbt, erzählte Charly. »Da hieß er noch Rocco und war schon sechzehn. Ich hätte nie gedacht, dass der noch so lange hält.«

Nun mischte August sich ein: »Brahms gehörte früher Edu, aber der ist auch schon gestorben.«

Ah, ich verstand. Charly hatte den Beo von einem Freund geerbt, wie nett von ihm, sich um das Tier zu kümmern. Jetzt verstand ich auch den Spruch auf der Schleife. *Ab zu Edu, lieber Brahms, macht's euch schön!*

»Und warum haben Sie ihn umgetauft?«, wollte ich wissen. Charly legte die gebräunte Stirn in Falten und sah mich über den Rand seiner Brille an. »Ich bin Musiker. Nach meinem Studium in der Meisterklasse bei Professor Friedberg war ich der jüngste Konzertmeister des Landes, und zwar beim Rheinländer Sinfonie-Orchester! *Brahms* lag mir allein wegen meines Berufes und der kulturellen Vorbildung mehr als *Rocco*.« Er blickte mich an, als müsse ich Bescheid wissen und Worte wie Meisterklasse und Konzertmeister verstehen. Ich nickte stumm und machte ein kluges Gesicht.

»Aber seit ich verwitwet bin, meine Uschi hat mich vor zwei Jahren verlassen, habe ich mich ins Privatleben zurückgezogen. Musiker bin ich natürlich immer noch, und das ist das Stichwort: Ihr Lieben, wollen wir?«

Und so zog Gus den Handkarren samt Beo und dem komischen Kranz Richtung Grabstätte.

Charly, August, Elfie, Gitta, Thilo und ich standen im Halbkreis und sahen zu, wie Gus die Kiste in die Grube senkte. Und dann begann ein Schauspiel, das ich nie vergessen werde.

Zuerst flötete August *Halleluja*, dann setzte er die Flöte neu an, Charly hatte plötzlich eine Geige in der Hand, Gus zog eine Mundharmonika aus der Tasche, und sie begannen *Sailing* zu spielen.

Elfie und Gitta summten das Lied mit, die zweite Strophe sangen sie, laut, inbrünstig.

Den Text kannte ich, wir hatten das Lied gerade zu Hause im Chor eingeübt. *I am flying, I am flying, Like a bird, Cross the sky ...*

Die Truppe musizierte so schön, dass Thilo sich am Ende vergaß und begeistert applaudierte.

Im Laufe der Zeit lernte ich, dass diese Strophe immer bei den Vögeln gesungen wurde. Das meistgewählte Lied für Katzen war: *I did it my way*, und die Mehrzahl der Hundewitwen- und Witwer entschieden sich für *Somewhere Over the Rainbow* oder *Stairway to Heaven* von Led Zeppelin. Der Friedhofshit aber war das Lied von Trude Herr, Wolfgang Niedecken und Tommy Engel: *Niemals geht man so ganz.*

An diesem ersten Tag meiner aktiven Großmutterschaft aber dachte ich erst mal nur, dass die Leute in Köln alle ziemlich bekloppt waren.

5

Am Tag nach den Begräbnissen kümmerte ich mich zunächst um den Haushalt. Bis ich den Bogen raushatte und wusste, wo was untergebracht war, wie Waschmaschine und Trockner funktionierten und wo ich Bügeleisen und Putzmittel fand, verging ein halber Tag. Ich inspizierte Zimmer für Zimmer und bekam zum ersten Mal ein Gefühl dafür, wie mein Sohn lebte. Wie traurig eigentlich, denn Jonas war im Februar dreißig geworden. Und in einem kompletten Drittel seines Lebens hatte ich ihn nicht begleiten können.

Oje, die Tränen kamen heute besonders schnell. Ich war daran gewöhnt, mich zusammenzureißen, wenn dieses Thema mich übermannte, Putzen half erfahrungsgemäß am besten. Natürlich wusste ich, dass Anna, die Haushaltshilfe, morgen kommen würde, aber ich wollte, dass dann alles tipptopp war und sie keinen falschen Eindruck von uns bekam.

Ich begann meinen Putzparcours, fing im Wohnraum in einer Ecke an und arbeitete mich im Uhrzeigersinn Stück für Stück vor. Nach vier Stunden hatte ich jedes Teil außerhalb der Schränke und Schubladen in der Hand gehabt und abgewischt und konnte in dieser Zeit meinen Gedanken nachhängen. Putzen ist für mich keine Arbeit, sondern eine Art Meditation. Ich wischte die Küchenfronten feucht ab und polierte sie mit einem Baumwolltuch nach.

Meine Gedanken schwirrten hin und her. Was für ungewöhnliche Menschen hier lebten. Wenn mir zu Hause jemand erzählt hätte, dass ich eine Frau treffen würde, die den Bestatter ihres ersten Mannes geheiratet hatte, einen kunterbunten Tierfriedhof mit Herzblut und guter Laune betrieb und an den Gräbern von Kaninchen, Katzen und Kötern Rod-Stewart-Lieder sang, ich hätte es nicht geglaubt.

Als ich auf dem Lampenschirmen staubwedelte, dachte ich an den attraktiven Charly, der gestern in seiner Tunika wie ein Maharadscha ausgesehen hatte, barfuß in lila Schuhen herumlief und auffälligen Schmuck trug. Zu Hause hätte ich ihm hinterhergeschaut und fassungslos den Kopf geschüttelt. Ich putzte Lichtschalter und Türklinken ab und dachte an Thilos Füße und die dicken Adern auf seiner käsigen Haut. Er hatte mehrere fiese Hühneraugen und immer Hornhaut an den Hacken. Undenkbar, mir seine Füße ohne Socken in lila Slippern vorzustellen.

Während ich im Bad die Fliesen ablederte, fragte ich mich, wie Charlys verstorbene Uschi wohl ausgesehen hatte. Bestimmt war sie ein eleganter Iris-Berben-Typ gewesen, oder nein, sie war gewiss blond gewesen, mediterrane Typen wie Charly standen doch fast immer auf Blondinen. Er war Musiker, Geiger, ich hatte noch nie darüber nachgedacht, dass so was ein richtiger Beruf war, von dem man leben konnte.

Die Fensterbänke waren schnell geputzt, es stand kaum Deko darauf, drei Pflanzen auf einem länglichen Tablett oder drei Kerzen, symmetrisch alles, das fiel mir auf.

Während ich staubsaugte und in der Küche feucht durchfeudelte, sah ich aus dem Fenster in den verwilderten Garten. Konnte mir doch niemand erzählen, dass dieser Urwald erst während der letzten Monate von Caros Krankheit entstanden war. Da war doch ewig nichts gemacht worden!

Thilo und August tauchten in meinem Blickfeld auf, sie inspizierten die Äste der alten Bäume. Der große Glatzkopf mit dem weißen Bart und der Junge mit den langen Locken fachsimpelten gestenreich. Ob es Zufall war, dass beide Jeans und karierte Hemden trugen? Rasch holte ich mein Handy, machte ein Foto und schickte es Jonas. Auf solche Nachrichten würde er bestimmt reagieren. Ganz kurz dachte ich an die vielen Jahre, in denen er keine SMS, keinen Brief, keine Mail und erst recht keinen Anruf beantwortet hatte.

Die beiden lachten. Thilo hatte die geniale Idee gehabt, eine Schaukel für August aufzuhängen, die er mit ihm zusammen bauen wollte. Das Kind war begeistert.

Thilo hatte schon immer den besseren Draht zu Menschen gehabt. Ich tat mich da schwer.

August stand unter dem Kirschbaum, legte den Kopf in den Nacken und blinzelte. Er zeigte auf einen dicken Ast, der fast waagerecht gewachsen war, Thilo nickte eifrig. Sie hatten also den Platz für die Schaukel gefunden. Ich beschloss, mich später mit einer Schüssel Schokopudding und Vanillesoße bei dem Kleinen beliebt zu machen, nahm ein frisches Einweg-Staubtuch aus dem Spender und widmete mich wieder der Hausarbeit.

Würde ich es schaffen, eine richtige Beziehung zu August aufzubauen? So eine, die auch halten würde, wenn Jonas aus London zurück war und wir wieder in Krudhof lebten? Wie kam man denn an einen Sechsjährigen heran? Wäre ich pathetisch veranlagt, hätte ich mich gefragt, wie ich sein Herz gewinnen konnte – aber solche Sätze passten nicht zu mir. Ich konnte sie denken, würde sie aber niemals aussprechen.

Auf dem Schreibtisch im Arbeitszimmer standen gerahmte Fotos. Eins zeigte Jonas, Caro und August am Strand. An welchem Strand? In welchem Land? Wo hatten sie ihre Ferien verbracht? Was hatte diese kleine Familie ausgemacht? *Mein Fleisch und Blut, und ich kenne sie nicht,* dachte ich und wischte mir eine Träne weg. Mist. Jetzt wurde ich doch pathetisch.

Auf einem anderen Bild war August älter, er und seine Mama waren im Profil zu sehen, hatten die Augen geschlossen, die Stirnen aneinander gelegt und lächelten. Ein rührendes Bild, und es kullerten noch mehr Tränen über meine Wangen.

Das dritte Foto zeigte nur Caro. Nachdenklich betrachtete ich meine verstorbene Schwiegertochter.

Sie wurde nur neunundzwanzig Jahre alt. Wie mussten Jonas und August gelitten haben. Und ich hatte nicht für sie da sein dürfen.

Caro war hübsch gewesen, glatte blonde Haare, große blaue Augen, Typ Hanseatentochter. Wie schön wäre es gewesen, wenn ich mit ihr nicht meinen Sohn verloren, sondern eine Tochter gewonnen hätte.

Meine Mutter hatte immer gesagt: »Mädchen bleiben bei der Mutter, Jungs gehen zur Mutter der Mutter ihrer Kinder.« Da hatte sie ausnahmsweise mal recht gehabt.

An jenem Karnevalsabend in Köln war Thilo nach dem Ende des Rosenmontagszuges ins Hotel gegangen und hatte seinen karnevalistischen Rausch ausgeschlafen, während sich der volljährige Jonas und Caro in einer Kneipe in der Kölner Südstadt begegneten – und zusammenblieben.

Im März besuchte Caro Jonas bei uns in Krudhof, blieb ein paar Tage und alles war wunderbar. Plötzlich war ein junges Mädchen im Haus, ich fand es herrlich. Natürlich hatte Jonas schon vorher Freundinnen gehabt, wir hatten ihm, seit er sechzehn war, erlaubt, dass sie bei ihm übernachteten – sehr zum Unwillen von Schlabber-Else, die jedes einzelne Mädchen aus dem Haus gehen sah und wahrscheinlich darüber Buch führte.

»Ich bin nicht sicher, ob es den Tatbestand der Kuppelei noch gibt, ich wäre da an eurer Stelle nicht so sorglos ...«, zwitscherte sie eines Tages, während sie die Waschbetonplatten vor ihrer Haustür fegte.

Thilo verstand sie absichtlich falsch: »Was für 'ne Kumpelei? Welcher Tatbestand?«

Schlabber-Else zog die Brauen bis zum Haaransatz hoch und sagte mit spitzen Lippen: »Ich meine es ja nur gut ... Ich habe die Gesetze nicht gemacht!« Sie sah mir meinen Schrecken an und zitierte voller Wonne: »Es heißt im Wortlaut, wer durch Verschaffung von Gelegenheit der Unzucht Vorschub leistet, wird wegen Kuppelei mit Gefängnis nicht unter einem Monat bestraft ...«

Natürlich wusste ich nicht, ob sie recht hatte. Jonas war sechzehn und hatte Freundinnen, na und? Knutschen würden sie sowieso, dann sollten sie es wenigstens in seinem Zimmer tun können. Und außerdem war er aufgeklärt. Jedenfalls weitestgehend. Thilo hatte das irgendwann übernommen und ihm mit einem Päckchen Kondome und einer Zucchini erklärt, worauf zu achten war. So was fiel unter Männersache, dafür war ich als Mutter nicht zuständig.

Jedenfalls war es natürlich Thilo, der Schlabber-Else schlagfertig antwortete: »Unzucht, so so. Das mag anno Muff, also in deiner Jugend, Gesetz gewesen sein ... Ich möchte ja gar nicht wissen, woher deine Info noch stammt ... Hoffentlich warst du nicht selber mal in Verlegenheit ...« Dann fasste er sich an die Nase, schnitt eine Grimasse und rief frech: »Immer schön an die eigene Nase fassen, Wohlsein!«

Ich konnte mich gar nicht an den Namen des Mädchens erinnern, um das es damals ging. Mona? Mara? Mira? Lana? Lena? Lina? Vier Jahre später jedenfalls kam Caro ins Haus.

Ich sah Jonas plötzlich in einer neuen Rolle, nicht mehr als unseren Sohn, als Kumpel in seinem Freundeskreis, als Abiturienten oder als Heranwachsenden, sondern auf einmal war er auch ein Partner. Ein Lover, der feste Freund von Caro. Plötzlich sagte er nicht mehr »Ich gehe ...«, plötzlich war er immer »wir«. »Wir mögen Sushi«, »Wir hören die Musik von ...«, »Wir wollen Urlaub in Vietnam machen.«

Ich wischte den Bilderrahmen mit Caros hübschem Gesicht sorgfältig ab und stellte ihn wieder genauso hin, wie ich ihn vorgefunden hatte.

Caro und ich verstanden uns zuerst gut, dachte ich jedenfalls. Sie war freundlich, zurückhaltend, hatte Manieren und kam niemals – wie einige andere vor ihr – halb nackig in Hemd und Schlüpfer zum Frühstück (mir hätte das im Prinzip nichts ausgemacht, aber ich musste auch an Thilo denken).

Tja, und dann kam sie eines Tages nicht mehr. Jonas redete auf einmal mit mir nur noch das Nötigste, er erklärte nichts und verließ sofort den Raum, wenn ich ihn darauf ansprach. Er machte nach dem Abi ein Freiwilliges Soziales Jahr, fuhr an seinen freien Tagen nach Köln, und auf einmal hieß es: »Ich habe eine Lehrstelle bei der Sparkasse, ich ziehe zu Caro, in ihrer WG wird ein Platz frei.«

Das war's. Das alles passierte zu allem Unglück auch noch in einer Zeit, in der Thilo und ich die schlimmste Krise unserer Ehe durchlebten. Die trat allerdings durch das Drama in den Hintergrund.

Fortan lebten wir ohne Jonas und Caro. Dass die beiden in Köln geheiratet hatten, erzählte er uns erst Tage später am Telefon.

Für mich gab es keine andere Möglichkeit, als Caro zu hassen, denn wer sollte sonst an unserem Leid schuld sein? Es hatte mit ihr begonnen, also musste sie es bewirkt haben.

Und nun war Caro gestorben, und wir mussten sie in Köln vertreten. Ich wusste: Das war die einzige Chance, die ich je haben würde, meinen Sohn zurückzugewinnen.

Meine Gedanken wurden unterbrochen, als August ins Haus stürmte, Thilo ihm folgte und die beiden fragten, ob wir zum Mittag bei Burger King essen könnten.

Als August mein entsetztes Gesicht sah, fragte er: »Oma, was ist? Das ist doch eine gute Idee!«

Thilo lachte. »Deine Oma hat noch nie in ihrem Leben einen Burger gegessen, weil sie denkt, sie kriegt den Mund nicht weit genug auf.«

Ich kann das Gesicht meines Enkels nicht beschreiben, als er seine kleine Hand auf meinen Arm legte und treuherzig sagte: »Du musst keine Angst haben, ich zeige es dir, das ist ganz einfach und megalecker!«

»Aber ... das ist doch ... total ungesund!«

Er nickte. »Hat meine Mama auch immer gesagt, deswegen gibt's die auch nur ausnahmsweise. Heute ist ausnahmsweise!«

Natürlich willigte ich ein. Wenn das der Preis war, um meinen Enkel von mir zu überzeugen, würde ich ihn zahlen.

Und so musste ich erst Großmutter werden, bevor ich lernte, einen Burger zu essen. Ich spielte das Spiel nach Augusts Anweisungen tapfer mit, nahm das weiche, pappige Brötchen in beide Hände, quetschte es zusammen, ignorierte, dass wässrige Salatfetzen und Mayonnaise unten rausflutschten und neben dem Plastiktablett auf dem Tisch landeten und mir eine undefinierbare Soße über die Finger lief. Tapfer kaute ich etwas, das nach gegrillten Frotteesocken schmeckte, und beantwortete Augusts gespannte Frage: »Siehste, lecker, oder?«, mit dem breitesten Grinsen, das mir mit vollem Mund möglich war.

6

Ich hatte mich eigentlich auf einen ruhigen Abend vor dem Fernseher gefreut. Die ganzen neuen Umstände ohne meine gewohnten Abläufe waren für mich ziemlich aufregend, und ich sehnte mich nach etwas Ablenkung, um die konfusen Gedanken in meinem Kopf auszublenden. Jonas hatte uns vor seiner Abreise erklärt, wie man dieses Netflix einschaltete, und ich hatte im Internet gelesen, dass es dort eine Serie über die englische Königin gab. The Crown. Die wollte ich unbedingt sehen. Dazu wollte ich einen Kaffee Hag und eine Tafel weiße Schokolade genießen, die Füße hochlegen und mich um nichts kümmern (Ich liebe Kaffee zu jeder Tages- und Nachtzeit, vertrage aber neuerdings nach drei Uhr nachmittags kein Koffein mehr. Ich kann dann nachts nicht schlafen.).

Nach dem Abendessen räumte ich die Spülmaschine ein, Thilo und August spielten noch eine Runde Memory, bevor der Kurze mit seinem Vater facetimte und dann ins Bett ging. Thilo las ihm aus seinem Lieblingsbuch vor, die Tür zum Kinderzimmer stand offen, und ich konnte hören, dass es um einen Mondscheindrachen ging.

Wir schauten gerade die Tagesschau, als die Klingel bellte. Vor der Tür standen Elfie und Gitta.

Nun, ich bin überhaupt kein Fan spontaner Überfälle, und so habe ich wohl auch aus der Wäsche geguckt. Die beiden hatten zwei Flaschen Wein dabei und eine XXL-Packung Pralinen. Meinen erstaunten Blick darauf kommentierte Elfie: »Jonas hat mir jezwitschert, dassde bei Schokolade nisch Nein saren kannst.«

Jonas wusste das noch? Ein leises Glücksgefühl ließ mich lächeln.

Thilo freute sich. »Wenn du Besuch hast, kann ich doch Fußball gucken, oder?«

Sofort fühlte ich mich in meiner Meinung über offene Küchen in Wohnzimmern wieder bestätigt: Es gab nämlich keine Küche, in die wir Frauen uns nun hätten zurückziehen können.

Also gingen wir auf die Terrasse, saßen auf schwarz-weiß gepunkteten Polstern in weißen Korbmöbeln vor dem rosa Haus, die beiden tranken Wein, ich mischte mir eine Apfelsaftschorle, und wir naschten Pralinen.

Gitta und Elfie taten so, als würden wir uns ewig kennen. Sie fragten mich Dinge, die sie eigentlich nichts angingen, aber da sie nicht neugierig, sondern wirklich interessiert wirkten, spielte ich mit und unterhielt mich mit ihnen.

Mit der Frage nach meinem Alter und meinem Beruf hatte ich kein Problem, darüber konnte ich locker reden. Es ist nichts dabei, mit Mitte fünfzig zu privatisieren, und dass ich als gelernte Buchhalterin in unserem Betrieb eine wichtige Person gewesen war, verstand sich von selbst.

Elfie zog die Augenbrauen hoch. »Also mit Zahlen komm isch nisch parat, als isch noch mein Lingerie-Jeschäft (›Löngdscherie‹) in der Schilderjasse hatte, wäre isch ohne meinen Steuerberater aufjeschmissen jewesen ...«

Ich verzichtete darauf, sie darauf hinzuweisen, dass es zwischen einem Steuerberater und einer Buchhalterin durchaus Unterschiede gab, spielte ja keine Rolle, ich arbeitete eh nicht mehr.

»Is dir dat nicht langweilisch?«, fragte Elfie.

Ich log: »Nein. Ich kenne keine Langeweile. Wir haben einen großen Garten. Allerdings haben wir jemanden, der die Hecken und Büsche schneidet und die schweren Dinge übernimmt.« Missbilligend schaute ich auf den verwilderten Garten vor uns. Ich verkniff mir, darauf hinzuweisen, dass ich mit solchem Wildwuchs nicht leben könnte, denn mir war klar, dass die Frauen meine verstorbene Schwiegertochter gut gekannt hatten, und ich wollte mich nicht unbeliebt machen. Keine Ahnung, ob sie überhaupt wussten, dass es zwischen uns keinen Kontakt gegeben hatte.

Ich halte nichts von belanglosen Plaudereien, die wohl den Sinn haben sollen, neue Freundschaften zu schließen. Zu Hause vermeide ich solche Kontakte jedenfalls. Es ist doch immer dasselbe: Man sitzt mit Leuten am Tisch, isst zu viel, trinkt zu viel und erzählt einander währenddessen sein Leben. Je älter man wird, desto länger dauert es naturgemäß, bis man alle Phasen geschildert hat, und es ist immer so, dass derjenige, der die meisten Schicksalsschläge überstanden hat, eine Art Sieger ist. Je nach Alkoholkonsum bedarf es mehrerer gegenseitiger Einladungen, bis man alles übereinander weiß und somit angreifbar und verletzlich ist.

Man erfährt, ob der Gastgeber sein Auto gekauft oder finanziert hat, von welchem Geschirr bei welchen Anlässen gegessen wird, ob sein Besteck Wasserflecken oder Flugrost hat und wie viel die neue Heizungsanlage gekostet hat. Man weiß, wie andere mit ihren Haustieren umgehen, wie sie sich am Telefon melden, ob die Wohnung vernünftig geputzt ist, wie die Handtücher im Bad riechen, und was aus ihren erwachsenen Kindern geworden ist – wobei da fast alle Eltern lügen. Ich auch. Sollte ich fremden Leuten erzählen, dass Jonas uns nicht mal zu seiner Hochzeit eingeladen hatte? Sollte ich zugeben, dass Thilo und ich nie herausfinden konnten, welcher Teufel unseren Sohn bei seinen Entscheidungen geritten hatte? Bestimmt nicht. Sollte ich sagen, dass ich als uneheliches Kind ohne Vater aufgewachsen bin, dass es in den Sechzigerjahren eine Katastrophe war, mit einer berufstätigen ledigen Mutter zu leben und dass man sich als Kind gegen alle möglichen hässlichen Bemerkungen wehren musste, obwohl man auf das eigene Leben weiß Gott keinen Einfluss hatte? Also hörte ich bei solchen Treffen fast immer nur zu. Die waren eh mehr oder weniger alle von Thilo eingefädelt worden, weil er der gesellige Typ war und sich gern mit anderen verbrüderte. Er konnte von seiner Arbeit erzählen, Anekdoten aus dem Alltag, von seinen Karnevalserlebnissen.

Aber dann, nach ein paar Abendessen mit Nachbarn, Kollegen oder guten Kunden, dann hat man keinen Gesprächsstoff mehr. Weil man weder die Vergangenheit noch den gegenwärtigen Alltag miteinander teilt. Es gibt also nichts mehr zu erzählen, man langweilt sich miteinander, trifft sich immer seltener – und irgendwann gar nicht mehr. Es sei denn, man macht es wie Thilo und engagiert sich im Verein, dann gibt es einen gemeinsamen Nenner.

Bei mir blieb immer wieder das vage Gefühl zurück, bei dem wenigen, was ich über mich erzählte, vielleicht doch zu viel von mir preisgegeben zu haben.

Als mir nach ein paar Monaten zu Hause die Decke auf den Kopf gefallen war, brauchte ich eine lange Zeit, um mich für den Chor zu entscheiden. Ich liebte es zu singen, mochte Musik, ging gern zu den Proben – aber ich hütete mich vor dem anschließenden geselligen Beisammensein im Rolandseck. Aus den genannten Gründen.

Meine Gedanken kehrten zurück in den Wildwuchsgarten meines Sohnes.

Ich beobachtete Gitta. Sie war ein bisschen propper, was ihr aber gut stand. Ihre lässig hochgetüddelten Haare waren blond gesträhnt, die blauen Augen strahlten, und sie hatte zwei entzückende Grübchen, wenn sie lachte. Gitta lachte oft und laut, damit passte sie schon mal gut zu Elfie. Ich hielt mich dezent zurück, fand vieles gar nicht lustig, lächelte aber an den Stellen, an denen ich es für passend hielt. Dass Gitta am Telefon gut mit trauernden Katzenwitwen umgehen konnte, wusste ich ja schon. Und dass die hübschen Kränze, Gestecke und Grabbepflanzungen auf den Friedlichen Höfchen von ihr waren, auch. Höflich fragte ich, wo sie gelernt hatte, solche Kunstwerke herzustellen.

Sie erzählte, dass sie Floristin sei, und dass sie nie etwas anderes habe tun wollen. »Aber dann sind mir die Männer dazwischengekommen!«

Ich neigte interessiert den Kopf und sagte: »Tatsächlich?«

Das Wort »tatsächlich« provoziert immer eine längere Antwort, und man erfährt einiges, manchmal sogar Interessantes. Zahllose gesellige Abende hatten mich das gelehrt.

Auch Gitta sprang darauf an. Sie nahm eine Praline mit einer halben Walnuss auf der Oberfläche, steckte sie in den Mund, kaute genüsslich und spülte mit einem großen Schluck Wein nach. »Ja. Jedes Mal, wenn ich im Beruf wieder Fuß gefasst hatte, kam mir ein neuer Ehemann dazwischen.«

Elfie prustete und schlug sich mit beiden Händen auf die Schenkel. »Dazwischenkommen ist jut, wenn er dazwischen *kommt*!« Sie saß ziemlich breitbeinig, was ich auf den Umfang ihrer Oberschenkel zurückführte, die sich unter dem ethnisch gemusterten Kaftan abzeichneten. Vermutlich waren sie zu dick, um sie sittsam übereinanderschlagen zu können.

Ich überspielte mein Entsetzen mit höflichem Grinsen.

»Neuer Ehemann,« echote ich, um Gitta zum Weiterreden zu animieren.

Sie nickte. »Gelernt hab ich in dem Blumenladen im Hauptbahnhof, da war immer Action, das hat mir gut gefallen. Dann hab ich Hanno kennengelernt, wir haben geheiratet, unsere Tochter bekommen, und ich blieb zu Hause. Nach der Scheidung bin ich zur Meisterschule gegangen. Ich war gerade fertig, als ich Holm traf. Wir haben geheiratet, ich blieb wieder zu Hause, weil er es toll fand, sich eine Hausfrau leisten zu können.« Sie zog ein Päckchen Zigaretten aus der Handtasche. »Darf ich?«

Ich zuckte mit den Schultern. »Hier draußen, warum nicht …«

Elfie stand ächzend auf, ging ins Haus und kam mit einem Aschenbecher zurück. Ich registrierte sehr wohl, wie gut sie sich hier auskannte, sagte aber nichts.

Sie rauchten beide. Sodom und Gomorrha, Raucherinnen, auch das auch noch. Mir reichte es schon, dass Thilo heimlich in seiner Werkstatt qualmte.

Ungerührt erzählte Gitta, dass auch ihre zweite Ehe gescheitert war, dass es einen dritten Gatten namens Heiner gegeben hatte, dass diese Ehe sechs Jahre gehalten hatte, aber letztlich auch geschieden wurde. Sie nahm einen tiefen Zug und blies den Rauch in Elfies Richtung.

»Immerhin sechs Jahre«, sagte ich.

»Dann war ich kurz mit Hubert zusammen«, erzählte Gitta weiter. »Den hab ich nicht geheiratet, aber es ging trotzdem nicht gut. Und jetzt nehme ich nie wieder einen Kerl, dessen Name mit H anfängt!«

Sie bemerkte mein verständnisloses Gesicht.

»Hanjo, Holm, Heiner und Hubert. Und mein Erster, also der, mich entjungfert hat, hieß Harald! Ist das nicht schräg?«

»Allerdings« sagte ich.

Ich dachte an Gittas Tochter, die mit mindestens drei Vätern aufgewachsen war, und verwarf den spontanen Gedanken wieder, dass es eigentlich ungerecht war: Manche Kinder wuchsen mit drei Vätern auf, während ich nicht mal einen einzigen gehabt hatte.

»Und dann hab ich mich mit einem kleinen Laden selbstständig gemacht und zuerst lief das wunderbar.« Gitta zuckte mit den Schultern. »Aber bald haben auch Supermärkte und Tankstellen Schnittblumen angeboten, im Nachbarort hat eine frühere Kollegin die Filiale eines Franchiseunternehmens eröffnet, und schließlich musste ich beinahe Insolvenz anmelden.« Sie seufzte. »Aber ich bin ja ein Glückskind, schließlich ist immer alles gut gegangen.«

Das war zu viel für mich. »Du bist über vierzig, dreimal geschieden, hast deine Tochter mit etlichen Männern konfrontiert, bist pleitegegangen – und siehst dich als Glückskind?«, platzte es aus mir heraus.

Sie lachte. »Natürlich! Es ging doch gut aus, weil Elfie die Höfchen aufgemacht und mich als Blumenfee verpflichtet hat. Und jetzt kann ich davon leben!«

Elfie mischte sich ein: »Un dat bleibt auch so, jestorben wird immer, dat is en krisensischeres Jeschäft! Und weil wir ne jute Öffentlischkeitsarbeit machen, werden bei uns auch immer mehr Tiere liebevoll bestattet.« Sie drückte ihre Zigarette aus, beugte sich dabei vor, und ich warf einen Blick auf den Ansatz ihres imposanten Dekolletés. Sie erklärte mir, dass es in vielen Bereichen unserer Bestattungskultur eine immer stärker werdende Entsorgungsmentalität gäbe, nicht nur bei den Tieren, sondern auch bei den Menschen.

Ihr »Jatte Jildo« war Inhaber des Institutes »Pietät und Takt«, und er habe immer öfter mit Leuten zu tun, die ihre Verwandten »Hauptsache billisch« loswerden wollten. Sie erzählte vom Tod einer alten Dame, die über neunzig gewesen war und die letzten Jahre im Altenheim gelebt hatte. Ihre Söhne stritten sich nach dem Ableben der Mutter wegen der Beerdigungskosten. Der eine hatte sich aufgrund seines hohen Einkommens an den Kosten für den Unterhalt der Mutter beteiligen müssen und weigerte sich nun, auch noch die Beerdigung zu bezahlen. Der andere behauptete, beim Ausräumen des elterlichen Hauses von seinem Bruder betrogen worden zu sein, und überhaupt sei er nicht in der Lage, auch nur einen Cent zu bezahlen. »Stellt eusch dat mal vor: De Omma hat wochenlang im Kühlschrank jelejen, weil keiner die Einäscherung bezahlen wollte!«

»Wie geschmacklos!«, rief ich aus.

Ich war heilfroh, dass ich in weiser Voraussicht vor Jahren ein Beerdigungskonto eingerichtet hatte, von dem nach unserem Ableben alle Kosten bezahlt werden konnten. Sogar das anschließende Kaffeetrinken, bei uns hieß das »Fell versaufen«, hatte ich bedacht.

Ein Gedanke ließ mich innehalten. Wer würde zu meiner Beerdigung kommen? Jonas und August, natürlich Thilo, wenn ich zuerst ging, und wer noch? Ich hatte keine lebenden Verwandten außer ihnen. Wenn du ohne Vater aufwächst und deine Mutter genau wie du selbst ein Einzelkind war, hast du schon mal keine Tanten, Onkel, Nichten, Neffen, Cousins und Cousinen. Wer würde an meiner Kiste heulen? Der Gärtner? Ein paar frühere Kolleginnen und Kollegen? Freunde hatte ich keine. Ein paar Sangesschwestern aus dem Chor, ja, aber das waren maximal gute Bekannte. Mein bester Freund war B-zwölf gewesen, und dessen Überreste lagen im Karton unterm Fliederbusch.

Es war schon fast Mitternacht. Elfie und Gitta waren vor einer halben Stunde gegangen. Ich hatte noch mal nach dem Jungen gesehen. August schlief tief und fest, mit seinem Kuschelhasen im Arm. Ich löschte das Nachtlicht, ließ die Tür einen Spalt auf und ging über die unrenovierte, knarrende Holztreppe hinauf.

Thilo war guter Dinge, irgendeine Fußballmannschaft hatte gegen irgendeine andere gewonnen. Ich erkannte seine gute Laune daran, dass er im Badezimmer fröhlich pfiff und damit sogar die Klospülung übertönte. Fußball war übrigens auch eine Leidenschaft, die ich nicht mit ihm teilte.

Apropos Leidenschaft.

Wenig später saß ich in meinem Sommernachthemd auf der Bettkante und hatte meine Füße mit Melkfett eingecremt. Das ist das Beste gegen raue Hacken, viel billiger und effektiver als all die teuren Ureaprodukte aus Apotheken und Drogeriemärkten. Ich nahm meine Beißschiene aus dem Plastikbehälter und setzte sie ein. Seit ich die Kronen hatte, musste ich sie tragen, weil ich mit den neuen Zähnen im Schlaf knirschte.

Es folgten jeden Abend dieselben Handgriffe in derselben Reihenfolge: Nach dem Einrasten des Zahnschutzes drückte ich mit Daumen und Zeigefinger der rechten Hand meine Schaumstoff-Ohrstöpsel in die richtige Form, steckte mir den linken ins Ohr und wartete, bis er sich durch die Körperwärme ausdehnte und den Gehörgang sicher verschloss. Ich hätte neben einem startenden Düsenjet schlafen können, aber nicht neben Thilo. Er schnarchte dermaßen, dass ich nachts schon oft geflüchtet war und auf dem Sofa geschlafen hatte. Ich hatte sogar getrennte Schlafzimmer vorgeschlagen, aber das lehnte er rigoros ab.

Ich zwirbelte den Lärmschutz für mein rechtes Ohr in die richtige Form, als ich seine Hand auf meinem Rücken spürte. Was? Heute?

Rasch drehte ich mich um. Thilo lag auf dem Rücken, einen Arm hinter den Kopf geschoben. Seine Schlafmaske lag noch auf dem Nachttisch. Er lächelte mich aufmunternd an und wackelte mit seinen buschigen Augenbrauen.

War denn heute schon Mittwoch?

Ich kam hier total durcheinander, weil alles anders war als zu Hause. Aber nein, wir hatten erst Dienstag. Ich wollte freundlich zurücklächeln, ließ es aber, weil mein Lächeln mit Knirschschutz ziemlich blöde aussah. Also schüttelte ich nur den Kopf, runzelte die Stirn und sagte mit leichtem Zischlaut (wegen der Beißschiene): »Käuzchen, bist du ein bisschen durcheinander? *Morgen* ist erst Mittwoch!«

Sein Lächeln erstarb, meins auch, er griff enttäuscht nach seiner Schlafmaske, zog sie sich über die Augen und drehte mir den Rücken zu.

Ich tat das Gleiche, setzte meine Brille auf und tat so, als würde ich lesen. Meine Gedanken wanderten von einem Thema zum anderen. Käuzchen nannte ich Thilo nur, wenn wir allein waren, schon vor langer Zeit hatte ich ihm diesen Kosenamen gegeben. Na ja, eigentlich hatte er ihn sich vor über dreißig Jahren selbst gegeben. In irgendeinem Zusammenhang hatte ich zu ihm gesagt, er sei zuweilen ein wenig kauzig, was ich auch heute noch unterschreiben würde. Und Thilo reagierte so, wie kein anderer Mann der Welt reagieren würde, wenn man ihn kauzig nennt: Er spitzte seine Lippen und gab Laute von sich, die denen eines Käuzchens tatsächlich ähnlich waren. Damals hatte ich noch keine Vogelstimmen-App, mit der ich jedes Zwitschern bestimmen konnte, aber wie ein Käuzchen rief, wusste ich natürlich auch ohne Smartphone. Ich hatte lachen müssen. »Mein Käuzchen ...«, hatte ich zu ihm gesagt. Und dann hatte Thilo ein ernstes Gesicht gezogen und mit Oberlehrerstimme gefragt, ob er mich Mäuschen nennen dürfte. Klar, das war ja ein durchaus netter Kosename. Sofort war der Schalk in seinen Augen aufgeblitzt: »Schön ... du weißt, dass ein Käuzchen so ein Mäuschen gern vor dem Frühstück vernascht?«

Der Rest ist Ehegeschichte. Während dieses Frühstücks hatten wir unseren Sohn gezeugt.

Am nächsten Tag lernte ich Anna kennen.

Jedenfalls ihre Stimme. Eine Frau rief an und meldete sich mit: »Hallo, Weißbrot.«

Woraufhin ich sagte: »Danke, ich esse nur Vollkornbrot«, und auflegte.

Das Telefon klingelte sofort erneut. »Berthold«, meldete ich mich knapp.

»Bitte legen Sie nicht auf! Mein Name ist Anna Weißbrod, mit D am Ende, nicht mit T. Ich helfe Herrn Berthold im Haushalt und wäre eigentlich heute gekommen, aber meine Tochter ist krank, und ich muss mit ihr zum Kinderarzt.«

»Aha«, sagte ich.

»Ist es okay, wenn ich erst nächste Woche komme?«

»Ja, wann denn? Wir sind die Eltern von Herrn Berthold.«

Wann sei ganz egal, säuselte Frau Weißbrod, sie habe ja einen Schlüssel. Wir einigten uns auf Montag. Ich würde da sein. Ich wollte natürlich wissen, wer da ins Haus kam.

Anna Weißbrod rief später noch einmal an. »Meine Tochter hat Mumps, und ich kann in den kommenden Wochen nicht arbeiten, tut mir sehr leid.«

Mir nicht. Es war mir egal. Mein Bedarf an neuen Leuten war vorerst gedeckt.

7

Nun waren wir schon ein paar Tage in Köln, und ich hatte einen gewissen Ablauf etabliert. Nach dem Frühstück kümmerte ich mich um den Haushalt und die Wäsche, während Thilo und August sich im Garten beschäftigten. Nachmittags waren wir oft mit dem Jungen unterwegs, verbrachten Stunden auf dem Spielplatz oder spazierten mit ihm durch die Auenwälder im Weißer Rheinbogen. Wir fuhren mit dem Rad am Rhein entlang, gingen Eis essen, und ich kochte ihm seine Lieblingsgerichte (Fischstäbchen, Spinat mit Spiegelei, Milchreis, Nudeln – genau die gleichen Sachen hatte Jonas früher gern gegessen). Meine Angst, als Oma nicht gut zu sein, wurde mit jedem Tag ein bisschen kleiner. Dabei behandelte ich den Kleinen nicht pädagogisch ausgewogen, sondern verwöhnte ihn nach Strich und Faden, damit er mich mochte.

Pünktlich abends um halb acht rief Jonas per Facetime an. Allerdings verbrachte er die meiste Zeit mit August, unsere Konversation beschränkte sich auf die Frage, ob alles okay sei, ob ich Fragen hätte, ob wir klarkämen. Nein, hatte ich nicht. Ja, kamen wir. Noch zwei Wochen, bis Jonas zum ersten Mal übers Wochenende nach Hause käme. Bis dahin würde er schon sehen, wie wichtig es war, dass er uns hier hatte, und wie gewissenhaft ich alles regelte.

Thilo und ich saßen im Bademantel am Tisch und frühstückten noch, August hatte ich vor den Fernseher gesetzt und ihm eine Serie auf »seinem Netflix« eingeschaltet. Daran musste ich mich auch erst gewöhnen, dass Kinder heute nicht mehr Sesamstraße guckten oder einen Videofilm, nein, August hatte eigene Accounts bei YouTube und Netflix. Praktisch war aber, dass Jonas diesen neuen Kram für August »gebookmarkt« hatte, sodass ich nicht darauf achten musste, ob das Kind altersgerecht fernsah und zu viel Werbung vorgesetzt bekam. Zugegeben: Ich ließ ihn jeden Morgen zu lange vor der Kiste sitzen, damit Thilo und ich ein bisschen Ruhe hatten, bevor der Trubel losging. Ein Einzelkind in dem Alter ist ein Vollzeitjob: spielen, toben, turnen, essen, singen, vorlesen, Flöte spielen. Und verkleiden. August liebte es, sich zu verkleiden; es war unglaublich, welche Gene der Vorfahren sich da durchgesetzt hatten. Meine waren es nicht.

Jedenfalls saß August vor der Kiste, mit Kopfhörern, weil wir sonst in der äußerst unpraktischen, zum Wohnzimmer hin offenen Küche nicht mal in Ruhe hätten Zeitung lesen können. Wobei mich die Kölner Tageszeitung nicht wirklich juckte. Jonas hatte sie online abonniert, und Thilo las ganz up to date auf dem iPad. Da ich in den Todesanzeigen niemanden kannte und mir auch bei Überfällen, Unfällen, Mord- und anderen Fällen weder Orte noch Personen etwas sagten, war diese Lektüre für mich völlig uninteressant. Ich saß bei Kaffee und Joghurt mit Früchten und sah dabei aus dem Fenster. Wenn das mein Garten wäre ...

Die Klingel bellte, ich zuckte zusammen, lief zur Haustür und ließ Elfie herein. Ihr wogender Busen kam zuerst ins Haus, dann schritt sie im leinenen Wallekleid schnurstracks an den Tisch und rief: »Morjen! Ob isch bei eusch woll n Tässschen Kaffee kriejen kann?«

August hatte sie wegen der Kopfhörer nicht gehört. Sie schlich sich von hinten an ihn heran und hielt ihm die Augen zu. Zu sehen, wie sehr er sich über Elfies Besuch freute, versetzte mir einen Stich. Würde er mich je so anschauen?

Während Thilo aufsprang, eine Tasse aus dem Schrank holte und damit zum Kaffeecomputer ging, zog ich ein Gesicht. Ich mochte solche Überfälle nicht und fragte mich, ob es im Büro der Friedlichen Höfchen keine Kaffeemaschine gab.

Demonstrativ schaute ich auf meine Armbanduhr. »Waren wir verabredet?« Ich musste laut sprechen, um das Mahlgeräusch der Maschine zu übertönen.

Elfie platzierte ihre (geschätzt) hundertdreißig Kilogramm Lebendgewicht auf einen Stuhl, wartete, bis Thilo ihr die Tasse reichte und bediente sich aus der Schale mit dem Würfelzucker. Vier Stücke plumpsten in ihren Kaffee. Von nix kommt nix, dachte ich angesichts so vieler überflüssiger Kalorien.

»Verabredet? Nee, wieso?«, antwortete sie jetzt.

»Billie will den Grund für deinen spontanen Besuch wissen«, sagte Thilo und erklärte ihr: »Bei uns in Krudhof ist es eher unüblich, spontan irgendwohin zu gehen.«

Elfie lachte. »Ihr seid en komisches Völkschen.«

Ruckzuck waren die beiden im Gespräch, plauderten über einen Artikel aus der Zeitung, über das Wetter, über die Kaffeesorte, die ihr gut schmeckte, über verschiedene Möglichkeiten, Kaffee zuzubereiten. Während wir zu Hause klassisch mit der alten Melitta-Maschine brühten, und Elfie auf die French-Press-Methode schwor, benutzten wir hier diese Hightech-Maschine, für deren Bedienung man einen Computerkurs machen musste.

»Jonas hatte schon immer einen Spleen, was solche Geräte angeht«, sagte ich, um überhaupt irgendwas zu sagen. »Ich will einfach nur einen normalen Kaffee, sonst nichts! Aber hier muss ich erst mal einstellen, ob die Bohnen grob, mittel oder fein gemahlen werden sollen, ob die Tasse halb oder ganz voll sein soll, wie heiß das Wasser sein soll und wie stark der Kaffee ...«

Thilo nahm mir mal wieder den Wind aus den Segeln. »Ist es nicht toll, wenn man die Wahl hat und sich alle Funktionen auf seine Wünsche und Bedürfnisse einstellen kann? Und dann kannst du auch noch zwischen Kaffee, Cappuccino, Latte und Espresso wählen.«

»Ja, aber trotzdem. Ich hab neulich mal ausgerechnet, dass die Zubereitung einer Tasse Kaffee mit dieser Maschine zwölf Cent kostet. Im Internet hab ich nachgesehen: Das Ding hat tausendfünfhundert Euro gekostet – dafür bekommst du, nebenbei bemerkt, einen Gebrauchtwagen!«

»Der kann aber, nebenbei bemerkt, keinen Kaffee kochen!«, witzelte Thilo.

Ich dozierte ungerührt weiter: »Wenn du zwölftausend Tassen Kaffee aus dem Ding gezapft hast, hast du den Kaufpreis wieder raus. Ich schätze, dass hier am Tag etwa fünf Tassen getrunken werden. Wir sind bei zweitausendfünfhundert Tagen. Nach knapp sieben Jahren fängt die Maschine an, sich zu rechnen. Wartungskosten nicht eingerechnet.«

Thilo schüttelte den Kopf. »Einmal Buchhalterin, immer Buchhalterin ...«

Danke, das genügte. Zuerst fiel er mir in den Rücken, indem er so tat, als sei es normal, dass wildfremde Personen uns beim Frühstück störten und belangloses Zeug redeten, und jetzt verteidigte er diese komplizierte Maschine, die nichts anderes tat, als Kaffee zu kochen?

Ich stand auf. »Ihr entschuldigt mich, ich hab noch keine Zähne geputzt, ist ja noch ziemlich früh.«

»Wachte mal, isch wollte disch wat fraren!«, rief Elfie.

Ich drehte mich um und schaute sie abwartend an.

»Erstens würd isch den August jerne mit rübernehmen. Wir haben um elf ne Bestattung, und er könnte flöten. Und dann wollt isch disch fraren, ob du heute Abend zur Chorprobe kommen möschtest?«

»Chorprobe?«, echote ich.

Ja, sie hätten einen kleinen Chor, jeder könne mitmachen. »Jibt nur zwei Aufnahmekriterien: Du musst über fuffzisch sein un en paar Tönschen singen können. Passt doch bei dir, oder?«

Thilo grinste breit. »Mensch, Billie, das ist toll! Wo du doch zu Hause so gerne zu deinem Musical-Chor gegangen bist!« Zu Elfie gewandt sagte er: »Super Idee, und mit dem Flöten, das geht auch klar!« Er fügte grinsend hinzu: »Da simmer dabei, dat is prima!«

Der Refrain der Kölner Hymne, die ich nicht leiden konnte, gab mir den Rest. Mir platzte der Kragen. »Findet ihr nicht, dass ihr ein bisschen zu großzügig mit meiner

Zeit umgeht, und dass es ziemlich unverschämt ist, mir frühmorgens ungefragt zwei Termine für den Tag aufzudrücken?«

Ärgerlich marschierte ich nach oben.

»Hab isch wat falsch jemacht? Isch hatte dat jut jemeint!«, hörte ich Elfie fragen.

»Sie ist morgens ein bisschen empfindlich, das gibt sich, wenn sie geduscht hat«, sagte Thilo.

Dieses Kameradenschwein.

Oben legte ich mir wie üblich alles zurecht, was ich nach der Morgentoilette brauchte und was ich anziehen wollte. Die teure Bodylotion für trockene, reifere Haut kam aufs Bett, ich cremte mich nämlich nicht gern in dem kleinen Duschbad ein. Es war darin eng, und es gab kein Fenster. Ich suchte dunkle Baumwollunterwäsche heraus, eine schwarze Caprihose, ein Top mit Trägern, darauf platzierte ich die Halskette, die passenden Sandalen stellte ich vor das Bett. Ein letzter Blick: Ja, alles okay.

Als ich aus der Dusche kam, hörte ich unten die Haustür zuklappen. Elfie war gegangen.

Während ich mich abtrocknete, fragte ich mich, warum ich vorhin so empfindlich reagiert hatte. Elfie war doch wirklich ein Seelchen, außerdem liebte August sie, und er hatte solchen Spaß daran, die Prozessionen mit seinem *Halleluja* anzuführen. Wir hatten heute nichts vor, Elfie hatte einfach nur freundlich sein wollen.

Wieso konnte ich nicht auf derselben Frequenz reagieren? Ich wickelte mir ein Handtuch wie einen Turban um den Kopf, nahm meine elektrische Zahnbürste, portionierte die Zahnpasta, steckte das Ding in den Mund, schaltete es ein – und flog zusammen, als in dieser Sekunde ohrenbetäubender Lärm durchs Haus dröhnte. Ich warf die Zahnbürste in hohem Bogen weg, sie knallte gegen den Spiegelschrank über dem Waschbecken, gleichzeitig kreischte ich gellend und sprang wie ein junges Ding aus dem Bad.

Nun stand ich, vor Schreck am ganzen Körper zitternd, vor dem Bett und hielt mir die Ohren zu.

Das Geräusch hielt an. Das alles hatte nur wenige Sekunden gedauert, und es dauerte noch einen Moment, bis ich realisierte, dass Thilo unten im Keller die Kreissäge angeschmissen hatte.

Als mir klar wurde, dass meine elektrische Zahnbürste nicht der Auslöser dieses apokalyptischen Höllenlärms gewesen war, ließ ich mich erleichtert aufs Bett plumpsen.

PLOPP! machte es, und ein weißer Strahl schoss unter meinem Hintern hervor, spritzte an das sonnengelbe Velourskopfteil des Bettes und sickerte, eine hässliche Fettspur hinterlassend, Richtung Matratze. Im letzten Moment riss ich mir das Handtuch vom Kopf und stoppte die Sauerei.

Ich hatte mich auf die Flasche mit der Bodylotion gesetzt.

Das war definitiv nicht mein Tag.

Rasch zog ich mich an und lief hinunter, um Eimer, Putzlappen und heißes Wasser zu holen. Als August in Jeans, T-Shirt, schwarzer Weste und mit dem »Lyzinder« auf den Locken in die Küche marschiert kam, entzückend lächelte und sagte: »Den Fernseher hab ich ausgemacht, weil: Ich muss arbeiten. Kann ich so gehen, Oma?«, konnte ich natürlich nicht anders. Ich erlaubte ihm zu flöten, Thilo sollte ihn begleiten – auf diese Weise bestimmte *ich* über *seine* Zeit.

»Ich kann leider nicht mitkommen.«

»Warum?«

»Ich hab keine Zeit, August.«

»Warum?«

»Ich hab viel zu tun.«

»Was denn?«

»Ich muss oben sauber machen, mir ist ein Missgeschick mit meiner Creme passiert.«

Der Steppke nahm meine Hand, zog mich zur Treppe und sagte: »Ich helfe dir, und dann gehen wir zusammen.«

Der Junge war wirklich nicht zum Aushalten. Von mir hatte er dieses freundliche Wesen jedenfalls nicht.

Gott sei Dank hatten wir die Flecken rausgekriegt. Ich räumte noch schnell die Küche auf, und wir warteten auf Thilo. Er hatte mit irgendwas wahnsinnig viel zu tun, schloss immer die Kellertür hinter sich ab und machte ein großes Geheimnis aus seinen Aktivitäten, wahrscheinlich baute er jetzt Riesenvogelhäuser oder was weiß ich. Schließlich kam er die Treppe herauf, schloss ab, versenkte den Schlüssel in der Hosentasche und ging ins Bad, um sich die Hände zu waschen und das Sägemehl aus dem Bart zu bürsten.

Dann gingen wir hinüber zum Tierfriedhof.

August war wirklich zum Anbeißen: Mit ernstem Gesicht schritt er vor dem Sarg des Schäferhundes Cäsar her, gefolgt von Gus, der den Handkarren mit dem Eichensarg (mit Messingbeschlägen!) zog, auf dem tatsächlich ein Lorbeerkranz lag.

Das trauernde Herrchen war ein brummiger Mann, er trug trotz der Hitze einen Hut und ein Sakko, ging am

Stock und hatte einen leeren Blick. Er riss sich sichtlich zusammen.

Elfie sah in ihrem schwarzen Zeltkleid mit dem weißen Kragen aus wie eine Pfarrerin. Wahrscheinlich war das Absicht, denn sie gab sich heute besonders salbungsvoll. »Liebe Jemeinde«, hatte sie eben gesagt, dabei waren außer dem Mann am Stock und zwei alten Damen, die vielleicht zu ihm gehörten, sich aber hinter ihm hielten, nur Gus, Elfie, August, Thilo und ich da.

»Liebe Jemeinde«, wiederholte Elfie, »wir sin hier heute zusammenjekommen, um uns vom Cäsar zu verabschieden, Cäsar dem Jroßen, wie sein Jefährte Erwin ihn liebevoll jenannt hat. Dem Jroßen deswejen, weil er ein jroßer Charakter jewesen ist, en treuer Kamerad, in juten und in schleschten Zeiten ...« Zudem gab mir der Dialekt in diesem Umfang den Rest. Puh. Ich hörte nicht mehr zu; wenn es so schwülstig wurde und solches Pathos ins Spiel kam, war ich raus. Unauffällig ließ ich meinen Blick über den Friedhof schweifen.

An einigen Gräbern wurde von Hinterbliebenen gegossen, sie liefen mit grünen Plastikgießkannen zu den Zapfstellen, schwatzten miteinander, während sie die Kannen füllten, plauderten entspannt auf den Kieswegen und an den Gräbern, auf denen bunte Blumen und noch bunteres Spielzeug leuchteten.

Ich dachte, dass der Name »Friedliche Höfchen« eigentlich ganz gut gewählt war.

Als Cäsar in die Grube hinabgelassen wurde, trat sein »Kamerad« Erwin einen Schritt vor, räusperte sich und zog einen abgewetzten Maulkorb aus der Hosentasche. Wortlos warf er ihn auf den Sarg und schmiss drei Schäufelchen

Erde hinterher. Mit gesenktem Kopf blieb er stehen, dann ging ein Ruck durch seinen Körper. Irgendwie erwartete ich, dass er die Hacken zusammenschlagen würde, bevor er ging und der Moment des Abschieds vorüber war.

August flötete noch einmal *Halleluja*, Elfi stimmte das Lied *Niemals geht man so ganz* an und sang die erste Strophe, anschließend sagte Erwin etwas auf, das sich noch nicht mal richtig reimte. Er holte dafür einen zerknitterten Zettel aus der Innentasche seines Sakkos, hängte den Gehstock über seinen linken Arm, strich den Zettel glatt und deklamierte mit erstaunlich heller Stimme:

»Breite Pfoten und Hundeverstand
Trugen dich durch unsere lange gemeinsame Zeit.
Und bis an den Rand.
Darüber hinaus bist du nun gelangt.
Ruhe in Frieden, mein treuer Freund.«

»Amen!«, sagte Thilo laut und deutlich, woraufhin ich mich erschrak, Elfie ein Grinsen unterdrückte und Erwin ärgerlich aus der Wäsche guckte.

Nach der Zeremonie hüpfte August auf dem Kiesweg vor uns her. »Oma, darf ich noch hierbleiben?«

Ich zögerte.

Gus trat neben mich. »Mach dir keine Sorgen, seine Mutter hat ihm das immer erlaubt. Ich bringe ihn in zwei Stunden nach Hause.«

Soso. Seine Mutter. Dann konnte ich es ja schlecht verbieten. Mich irritierte, dass Gus mich duzte. Diese rheinländischen Sitten überforderten mich immer wieder.

»Oma, bitte, ich bin groß, ich kann im Shop mithelfen, ich weiß, wie verkaufen geht!«, quengelte August.

Fragend schaute ich Thilo an. Der nickte.

Wir lieferten August bei Gitta im Shop ab, ermahnten Gus, den Jungen pünktlich zurückzubringen, und gingen nach Hause.

Insgeheim atmete ich auf.

Vor uns lagen die ersten kinderlosen Stunden, seit wir in Köln angekommen waren. So gern ich August hatte und so glücklich ich war, meinem Sohn zur Seite stehen zu können: Ich war keine vierzig mehr und an diesen Trubel nicht gewöhnt. Wenn August morgens die Augen aufschlug, war er sofort und zu hundert Prozent wach, und außer wenn er vor dem Fernseher saß, stand sein Mundwerk nicht still. Er war süß, keine Frage, er war lieb und wohlerzogen, aber er war auch sehr anstrengend.

Thilo ging es genauso, das sah ich ihm an.

Ohne dass wir ein Wort sagen mussten, gingen wir ins Schlafzimmer, absolvierten um diese Tageszeit außer der Reihe ein Schäferstündchen (okay, es war ein Schäferviertelstündchen, höchstens) und schliefen danach sofort ein.

Erst als die Klingel bellte und Gus den Jungen ablieferte, schreckten wir wieder hoch.

Der Rest der Woche plätscherte so dahin. Ich hatte mit dem Haushalt genug zu tun, Thilo schnitt im Garten Büsche und Hecken in Form, mähte Rasen oder bastelte im Keller herum, August spielte entweder in seiner Nähe, sah fern, oder er war drüben auf dem Friedhof.

Ein paarmal dachte ich, dass es vielleicht doch nicht so schlecht gewesen wäre, zu dieser Chorprobe zu gehen, um mal was anderes zu erleben. Immer nur Kind und Haushalt – das war eine Lebensphase, der ich schon lange entwachsen war.

Dabei war es früher mein Traum gewesen, Mutter, Hausfrau und Ehefrau zu sein. Nichts hatte ich mir so sehr gewünscht wie eine Familie, für die ich sorgen konnte, ein schönes Zuhause, in dem sich alle wohlfühlten, und einen Mann, den ich bis an mein Lebensende lieben konnte.

Gut, Thilo war, bis auf seine kleinen Macken, immer noch mein Traummann (eigentlich musste man sagen: wieder), und ich wollte mir kein Leben ohne ihn vorstellen. Meine Gedanken wanderten in die Vergangenheit, zu diesem Abend, nachdem wir zusammengekommen waren. Meine Güte, über dreißig Jahre waren seither vergangen.

Thilo hatte die blauesten Augen, die ich je gesehen hatte: so blau, dass ich das Gefühl hatte, sie würden leuchten. Bei der Verlobung von Doris Stieghorst hatte ich ihn zum ersten Mal gesehen. Das war im großen Saal des Bürgerhauses gewesen. Er stand mit seinem Glas Bier in der Hand an der Theke und beobachtete das Geschehen. Ich wiederum beobachtete ihn, fand ihn attraktiv und war irgendwann sicher, dass er ohne weibliche Begleitung da war. Ich schlenderte zur Theke, beugte mich neben ihm über den Tresen und bestellte mir ein Wasser.

Als ich das Glas in der Hand hielt, zeigte Thilo darauf und sagte: »Wasser?«

Ich nickte.

»Brauchst du auch ein Stück Seife und ein Handtuch dazu?«

Einige Sekunden dauerte es, bis ich verstand, dann musste ich so lachen, dass ich mich mit dem Wasser bekleckerte.

Es lief das Lied *Es wird Nacht, Señorita*, Thilo sang mit, prostete mir zu und zwinkerte. Ganz süß, wirklich.

Aber ich wusste dann nicht mehr, was ich noch sagen sollte, Small Talk lag mir schon damals nicht. Ich verzog mich mit meinem Wasser in eine Ecke und verlor ihn aus den Augen. Was ich sehr bedauerte.

Dann habe ich ihn ein paar Wochen später im Crazy Horse Saloon getroffen. Das war *die* Diskothek schlechthin. Sie war im Western-Stil eingerichtet, mit Schwingtüren und Barhockern, deren Sitzfläche mit Kuhfell überzogen war. Um die Tanzfläche herum war eine Art Koppelzaun, auf der die Jungs lässig saßen und den Mädchen beim Tanzen zuschauten. Ich tanzte auch, allein, meine Begleiterin Betty knutschte in einer Ecke mit ihrem Schwarm rum. Der DJ spielte Madonna, *Papa Don't Preach,* da war ich natürlich sofort auf die Tanzfläche gestürmt. Ich liebte Madonna, und ich liebte ihren Look. Kurze blonde Haare, tolles Make-up, lässige Klamotten. Mehr Gegenteil zu mir ging gar nicht. Meine dunklen Haare waren schulterlang und dauergewellt, ich trug schwarze Steghosen und Western-Stiefel, dazu ein schwarzes Shirt, dessen Ausschnitt ich mit einer Schere vergrößert hatte. Mein Make-up war längst nicht so gekonnt wie das von Madonna; ich hatte nur meine dunklen Augen mit kohlschwarzem Kajal ummalt und trug blassrosa Lipgloss.

So schlecht konnte ich aber nicht ausgesehen haben, denn plötzlich sah ich Thilo auf dem Koppelzaun sitzen, und als unsere Blicke sich trafen, zwinkerte er mir zu. Ich tanzte mit dem Rücken zu ihm, aber als ich mich wieder umdrehte, war er weg. Mist.

Später holte ich mir an der Bar eine Cola, plötzlich stand er neben mir.

»Na?«, sagte er.

Jetzt wollte ich es wissen und stieg gekonnt in den Small Talk ein: »Selber na!«

Er: »Wie isses?«

»Muss ja. Und selbst?«

Wie oft haben wir später darüber gelacht, dass wir uns schon mit Anfang zwanzig wie typische Krudhofer verhalten hatten. Dann spielten sie *Ich bin der goldene Reiter*, Thilo zog mich auf die Tanzfläche, und wir haben getanzt. Er machte dabei solche Bewegungen wie ein Reiter, der die Zügel hält. Und als Nena sang *Ich hab heute nichts versäumt, ich hab nur von dir geträumt …*«, zeigte Thilo auf mich, wenn sie den Refrain sang. Das war ziemlich romantisch.

Ich ging zum Kaffeecomputer, füllte Milch in den Behälter und drückte auf die Taste mit dem Symbol für Cappuccino. Wie jedes Mal zuckte ich zusammen, als das laute Mahlwerk ansprang.

Mit der Tasse in der Hand ging ich zum Fenster und schaute hinaus. August saß auf der Schaukel, Thilo stand hinter ihm und gab ihm Anschwung. Ich lächelte. Typisch, mir gab er auch immer irgendwie Anschwung. Thilo mit seinem Optimismus, seinem Lächeln und seinen typischen Witzchen. Er war der, der dafür sorgte, dass wir Besuch bekamen, essen gingen, verreisten. Ich war in alldem zurückhaltend. Nach dem Desaster mit Jonas hatte ich in meiner Therapie gelernt, warum ich mich so verhielt. Dass ich den Grund erkannt hatte, änderte allerdings nichts an den Symptomen. Und schon gar nicht rückwirkend. Über dreißig Jahre mit Thilo. Dass er es mit mir ausgehalten hatte …

Ich dachte an unsere Hochzeit. Wir hatten im Hotel Kronprinz gefeiert, mit sechzig Gästen. Es waren von meiner Seite nur wenige gekommen: Außer meiner Mutter hatte ich wie gesagt keine Verwandten. Richtige Freundinnen hatte ich auch keine, jedenfalls keine, die ich länger als ein oder zwei Jahre als solche bezeichnet hatte. Ich dachte an meine Brautschuhe, die besaß ich heute noch, perlmuttfarben, mit relativ hohem Absatz. Meine Mutter hatte für diese Schuhe viele Jahre lang Pfennige gesammelt. In einer Drei-Liter-Dujardin-Flasche. Als wir vor der Hochzeit mit den Kupfermünzen ins Schuhhaus Albertsmeier gingen, wollten sie das Klimpergeld nicht annehmen. Mutter hat die Brautschuhe dann mit einem Scheck bezahlt, und die Pfennige später in Viertelpfundportionen beim Gottesdienst in den Klingelbeutel gesteckt.

Eine Münze hatte ich behalten und sie mir vor der Trauung in den Schuh gelegt, das sollte Glück bei den Finanzen bringen. Aber ich hatte ein fieses Hühnerauge, und dieser blöde Pfennig rutschte immer genau dorthin, wo es wehtat, sodass ich ihn rausgenommen habe. Das mit den Finanzen ist Gott sei Dank trotzdem gut gegangen, wir hatten nie nennenswerte Geldsorgen gehabt.

Draußen jauchzte August auf der Schaukel und rief: »Höher, Opa, noch höher!«

Thilo ... Opa ... mein Thilo war ein Großvater ... nicht zu fassen. Die Jahre waren so schnell vergangen. Dennoch konnte ich mich an jedes Detail unserer Hochzeit erinnern.

Vor der Kirche hatten wir mit einer rostigen Säge einen Baumstamm durchsägen müssen. Danach mussten wir ein Herz in ein Bettlaken schneiden – mit stumpfer Nagelschere. Später habe ich den Brautstrauß hinter mich geworfen: Die ledige Frau, die ihn fängt, soll angeblich als Nächste heiraten. Mein Bukett flog in die Hochzeitstorte.

Als wir abends im Saal ankamen, standen zwei Stühle in der Eingangstür. Wir mussten draufklettern, dann reichte uns jemand einen (neuen!) Nachttopf aus geblümtem Porzellan, dessen Rand mit Senf beschmiert war. In dem Topf schwammen kleine Mettwürstchen in Bier. Als ich die Augen schloss, sah ich die braungelbe Brühe mit den Würsten wieder vor mir. Wir mussten das Bier aus dem Pisspott trinken und mindestens eine Wurst essen, ohne dabei die Hände zu benutzen, dann erst durften wir vom Stuhl aus in unser neues Leben hineinspringen.

Die ersten Jahre unserer Ehe waren wunderschön. Jonas wurde geboren, wir kauften das Haus, das Glück war perfekt, mein Traum war Wirklichkeit geworden. Ich war mit Leib und Seele Mama und Hausfrau. Wir wünschten uns weitere Kinder, mindestens zwei, gern auch drei, aber nach der zweiten Fehlgeburt konnte ich nicht mehr schwanger werden.

Thilo gründete die Firma, ich blieb zu Hause. Nein, glücklich war ich nicht mehr, jedenfalls nicht wunschlos. Mein Bedürfnis nach weiteren Kindern war so stark, dass es unsere Ehe sehr belastete.

Später habe ich gelernt, dass die Depression, die mich damals heimsuchte, eine Reaktion auf die Fehlgeburten war. Und dass mein übermäßiger Wunsch nach einer intakten Familie der Gegenentwurf zu meiner lieblosen und einsamen Kindheit und Jugend war. Leider musste ich mir auch eingestehen, dass ich Jonas manchmal das Gefühl gegeben hatte, mir nicht genug zu sein, weil ich unbedingt noch ein weiteres Kind wollte.

Thilo, der weltbeste Ehemann von allen, tat damals genau das Richtige: Er kaufte B-zwölf. Und als Jonas in die Schule kam und mich die Stille wieder versuchte einzufangen, sorgte Thilo dafür, dass ich in der Firma arbeiten konnte.

Ich starrte in meine Cappuccinotasse.

Nun waren wir Großeltern. Der arme Jonas war seit über einem Jahr Witwer und arbeitete in London. Bald würde unser Enkel in die Schule kommen.

Meine Güte, wo war die Zeit geblieben?

8

Es war Freitag. Gegen acht Uhr am Abend sollte Jonas auf dem Flughafen Köln-Bonn landen, Thilo würde ihn abholen.

Ich freute mich auf das Wiedersehen, aber ich fürchtete mich auch davor. Hatten wir mit August alles richtig gemacht? War alles so gelaufen, wie Jonas es erwartete? Würde er sich aufregen, weil August so viel ferngesehen hatte, oder weil wir ihn so oft auf dem Friedhof gelassen hatten? War der Haushalt so in Ordnung, wie Jonas es mochte?

Ich hatte August gebadet und ins Bett gebracht, ihm eine Geschichte vorgelesen und mit ihm *Die Affen rasen durch den Wald* in einer wilden Fantasieversion gesungen. Wenn ich den Text brüllte wie einen Heavy-Metal-Song, meinen Kopf dabei so schüttelte, dass sich meine Spange löste und mir die Haare über die Schultern fielen und dabei wie eine Verrückte Luftgitarre spielte, liefen ihm vor Lachen Tränen übers Gesicht, und er kugelte sich im Bett.

»Du bist die coolste Oma!«, hatte er neulich gesagt – er hätte mir kein schöneres Kompliment machen können.

Nach dem »Oma-Konzert« wollte er wach bleiben, bis Papa kommt.

»Okay, das Licht bleibt an, und du darfst so lange ein Buch anschauen, bis er da ist.«

Ich hätte ihm eigentlich gern eine Kassette eingelegt, *TKKG* oder *Fünf Freunde*, aber es gab in diesem Haus keinen Kassettenrecorder. Nicht mal einen CD-Player, einen Walkman oder Discman, August kannte solche Geräte gar nicht. Wehmütig dachte ich an Jonas, der in diesem Alter mit seinem tragbaren »my first Sony« überall rumgelaufen war und durch seine Kassetten jede Menge Lieder gelernt hatte. In diesem Haushalt wurde alles gestreamt und mit dem iPad oder dem Handy über Apps geregelt – was zur Folge hatte, dass ein Sechsjähriger im Bett nicht mal Kassetten hören konnte. Wie zum Henker sollte ein Kind eigene Musik erleben? Mit dem Handy? Früher war eben auch einiges besser gewesen.

Als Thilo und Jonas ankamen, schlief August tief und fest. Ich lief den beiden in der Diele entgegen.

Und dann war es doch so eine Situation, wie ich sie gefürchtet hatte: Mein Sohn stand vor mir, reglos, hatte wieder diesen Gesichtsausdruck, den ich nie deuten konnte. Beinahe hätte ich ihn umarmt, aber im letzten Moment riss ich mich zusammen. Was auch immer er gegen mich hatte, *er* sollte das Tempo bestimmen, mit dem wir uns wieder näherkommen konnten.

Aber er lächelte, immerhin, bevor er in Augusts Zimmer ging, eine Weile an seinem Bett saß und ihn still betrachtete.

Thilo hatte Jonas unterwegs im Auto schon von unseren Unternehmungen erzählt, unser Sohn wirkte zufrieden. Nach dem Essen schaute er sich die Schaukel im Garten an, begutachtete die geschnittenen Hecken und Büsche, war angenehm überrascht von den Regalen, die Thilo im Keller angebracht hatte.

Er sah müde aus, es wunderte mich also nicht, dass er früh schlafen ging. Im Rausgehen fragte er: »Wie kommst du mit Anna zurecht?«

Ich wusste nicht, wen er meinte. »Wer ist Anna?«

»Sie hilft im Haushalt.«

Ach so. Ich erzählte ihm, dass eine Frau Weißbrod angerufen und gesagt hatte, sie würde sich melden, wenn ihre Tochter wieder gesund sei.

»Hanna ist immer noch krank?«

»Ich weiß nicht, ob sie Hanna heißt, aber sie hat wohl Mumps.«

Jonas guckte verdutzt, murmelte »Danke« und zog im Rausgehen sein Handy aus der Tasche. »Ich bin's, alles okay bei euch?«, hörte ich ihn sagen, bevor die Tür zu seinem Schlafzimmer geschlossen wurde.

Redete man so mit seiner Putzfrau?

Den Samstag verbrachte Jonas tagsüber mit August, sie fuhren zum Baden an den Bleibtreu-See. Ich kümmerte mich um Jonas' Wäsche, und war glücklich, dass ich das für ihn tun konnte. Ich kaufte auf dem Markt Lauch, Paprika und Schafskäse für einen Salat, dem ich kurz vor dem Essen nur noch eine Dose Mais und das Dressing hinzufügen musste. Dazu sollte es warmes Fladenbrot mit Kräuterbutter geben.

Es war halb drei. Thilo und ich saßen im Garten und atmeten durch.

»Hast du manchmal Heimweh?«, fragte ich.

Er strich sich über die Glatze und kraulte seinen Bart.

»Eigentlich nicht. Obwohl ich ab und zu ein bisschen Ruhe gebrauchen könnte. So sehr ich August mag, aber er kostet wirklich Kraft.«

»Geht mir genauso. Hat schon seinen Sinn, dass wir in unserem Alter keine Kinder mehr kriegen können«, sinnierte ich weise.

An Thilos Blick sah ich sofort, was er jetzt dachte, und richtig, er grinste breit: »Mein Mäuschen ... wie recht du hast. Heutzutage bleibt uns Senioren das pure Vergnügen und wir müssen uns vor nix hüten ...« Dabei wackelte er mit seinen buschigen Augenbrauen.

Obwohl ich die Bemerkung unter »Thilos Flachwitze« einordnete, musste ich grinsen. Ich widersprach aus Prinzip: »Genau. Mein Käuzchen. Heute ist aber Freitag. Punkt.«

Wahrscheinlich wäre unser Geplänkel noch eine ganze Weile so weitergegangen, aber Thilos Handy klingelte.

Jonas war dran. Thilo hörte ihm eine Weile zu, sagte ein paarmal »Klaro!«, dann legte er lächelnd auf. »Jonas bringt Fleisch, Würstchen und Salat mit, wir grillen. Elfie und ihr Mann, und Gitta und Gus kommen. Jonas versucht, auch Charly zu erreichen.«

»Es gibt doch Salat und Fladenbrot!«, rief ich.

Thilo stand auf, kam um den Tisch herum und gab mir einen Schmatzer auf die Stirn. »So schnell kann's gehen. Jetzt können sich alle davon überzeugen, wie lecker dein Salat ist. Ist doch super.«

»Nichts ist super! Auf eine Party bin ich überhaupt nicht vorbereitet.«

»Ach Billie, es ist keine Party, wir essen mit Freunden ein paar Würstchen und trinken Kölsch dazu. Das Bier steht im Getränkekühlschrank eh kalt, alles andere bringt Jonas mit, um den Grill kümmere ich mich. Ich stelle den Tisch und die Stühle unter die Buche, ich hole das Holz für den Grill, es gibt für dich nichts vorzubereiten.« »Ja, aber trotzdem …«

»Entspann dich. Geh rauf, zieh dir was Hübsches an und freu dich auf eine gesellige Runde unter Freunden.«

»Es sind nicht meine Freunde, sondern die von Jonas. Für uns sind das maximal Bekannte.«

Thilo blieb geduldig. »Eben. Dass Jonas seine Freunde sehen möchte, nachdem er wochenlang in London war und morgen Abend wieder zurückfliegt, ist doch schön. Sie waren in der schweren Zeit mit Caro für ihn da, er hängt an ihnen. Gönn ihm ein bisschen Geselligkeit, ab Montag sitzt er wieder jeden Abend allein in seinem Zimmer.«

Ich schmollte immer noch. Konnte mir doch keiner erzählen, dass das nicht geplant gewesen war.

Vier Stunden später saßen wir satt und gut gelaunt zusammen: Thilo, Jonas und ich, Gus und Gitta, Charly und Elfie. Ihr Mann Gildo wäre gern mitgekommen, hatte aber im letzten Moment abgesagt, ihm war ein »Spontan-Kunde« dazwischengekommen – was bedeutete, dass er einen Unfalltoten von der Autobahn holen musste.

Thilo hatte recht gehabt, alles lief harmonisch ab. Ich stellte den Lauch-Paprika-Salat auf den Tisch, Jonas und Thilo wechselten sich am Grill ab, und von den Gästen hatte jeder etwas mitgebracht: Gus kam mit Baguette und Käse im Gepäck, Charly mit einem Glas selbst eingelegter Paprika, Gitta hatte eine Quiche mit Oliven und Parmesan gebacken, und Elfie brachte in einer Kühlbox Wackelpudding mit. »Für jeden zwei Portionen!«, sagte sie augenzwinkernd. Ich wunderte mich, weil sie für August einen Extrapudding abgefüllt hatte. Dass sie die Kühlbox ganz oben auf den Kühlschrank stellte, wunderte mich auch.

Gegen halb neun brachte Jonas den Kleinen ins Bett, und ich entspannte mich. Warum ich auf private Ereignisse, die ich nicht selber planen oder beeinflussen konnte, so allergisch reagierte, wusste ich selber nicht. Vielleicht lag es an meiner Buchhaltermentalität. Letztlich waren wir eine lockere Runde, das Essen war reichlich, herzhaft und lecker, alle hatten meinen Lauchsalat gelobt. Ich musste mich nicht groß an den Gesprächen beteiligen, ihnen zuzuhören war interessant genug.

Jonas kam zurück. Charly bat ihn, aus London zu erzählen, aber Jonas lehnte ab. »Ich bin froh, hier zu sein und mal nicht an den Job denken zu müssen.« Mit einem Blick auf Thilo und mich sagte er: »Es ist wirklich ein Glück, dass ihr Zeit habt und euch um August kümmert. Das werde ich euch nie vergessen.«

Und, zack, schossen mir Tränen in die Augen. So was hatte er noch nie gesagt.

Elfie erhob sich, sah in die Runde. »Wollen wir?« Dabei grinste sie von einem Ohr zum andern.

Jonas sprang auf, die beiden gingen in die Küche und kamen jeder mit einem Tablett voller Glasschälchen zurück.

»Zitronenjötterspeise à la Elfie! Für jeden zwei plus de Reserve«, rief sie.

Jeder bekam ein Glas mit knallgelbem Wackelpudding, darin eine hauchdünne Zitronenscheibe und ein Minzblatt. Es sah toll aus und schmeckte köstlich! Ein bisschen herb, nicht so süß, sehr zitronig.

»Kompliment, der ist Weltklasse! Jetzt verstehe ich, warum du für jeden zwei gemacht hast, da will man Nachschlag«, lobte ich.

Meine Portionen waren rasch vertilgt; wenn es nicht so gierig ausgesehen hätte, hätte ich eine dritte genommen.

Wie locker ich auf einmal war.

Das lag sicher am guten Essen, ich hatte dazu sogar ausnahmsweise ein Kölsch getrunken, das mir, ich musste es zugeben, schmeckte. Es war nicht so bitter wie Pils und diese »Kölschstangen« fand ich handlich. Überhaupt war heute alles irgendwie richtig. Jonas hatte sich vor allen anderen bei uns bedankt, hatte gesagt, wir würden uns gut um August kümmern. Seine Worte ließen mich fast euphorisch werden. Ich sah der Reihe nach die Menschen an, die mit uns unter dem alten Baum saßen. Schon verrückt: Vor ein paar Wochen hatte ich keinen von ihnen gekannt, und jetzt saßen wir wie die Familie aus der Apfelkornwerbung in diesem lauschigen Kölner Garten.

Ich betrachtete Elfie. Die pinkfarbenen Zöpfe im grauen Haar, der lila Batik-Kaftan, ihre bläck Fööss, was, wie ich vorhin gelernt hatte, »nackte Füße« bedeutete. Hatte diese Person jemals schlechte Laune? Ich kannte sie nur fröhlich und laut, und das bei dem Beruf.

Ich schaute zu Gus, der mit gekämmtem Haar und sauberem Shirt richtig gut aussah. Wenn er sich die strubbeligen Brauen und den Bart ein bisschen stutzen würde, konnte er als kleiner Bruder von Sean Connery durchgehen.

Zwischen ihm und Jonas saß Gitta im bunten Blümchenkleid, mit einem Blumenkranz auf dem Kopf. Wäre ich nicht so sensationell leicht im Kopf gewesen, hätte ich gedacht: Die hat sie doch nicht alle. Ich meine, Gitta war Anfang vierzig, hockte da im Flowerpower-Fummel, klimperte mit den Wimpern und den vielen silbernen Armreifen und benahm sich, als sei sie achtzehn. Aber, komisch, heute machte mir das nichts aus.

Maharadscha-Charly trug weiße Bermudas zum roten Polohemd und rote Sneakers. Ich war mir nicht ganz sicher, aber es sah aus, als hätte er sich die Beine rasiert. Kein einziges Haar konnte ich an seinen braun gebrannten Waden entdecken, und das, obwohl er an den Armen extrem viele Haare hatte.

Die normale Sybille hätte gedacht: Wo bin ich nur hineingeraten? Wie kann man an einem Samstag in einem Kölner Vorstadtgarten so aufgedonnert rumlaufen? Ich wäre mir in meiner Caprihose und dem Shirt direkt unscheinbar vorgekommen. Aber irgendwas war heute anders. Heute war ich nicht die normale Sybille, sondern die entspannte Billie.

Mir war ein wenig schwindelig, was am Kölsch liegen konnte. Aber ich fühlte mich auch wattebauschweich, lächelte alle freundlich an, sie lächelten zurück, und ich dachte: *Die hab ich auf eine bestimmte Art und Weise, glaub ich, ein ganz kleines bisschen lieb.*

Über diesen Gedanken musste ich so lachen, dass ich nicht wieder aufhören konnte.

Nach einer Weile sagte Elfie: »Vielleischt waren zwei Pochzjonen doch was viel für sie?«

Darüber musste ich noch mehr lachen. Weil ich doch gar keine zwei Portionen Kölsch getrunken hatte, sondern nur ein einziges Reagenzglas. In Kindergröße!

Charly sagte: »Elfie meinte eher den Pudding ...«

»Ach der,« winkte ich ab, »der war so lecker, dass ich ein ganzes Pfund davon essen könnte!«

»Um Himmels willen, Liebelein, dann wärst du volltrunken!«, sage Charly.

Jetzt musste ich so lachen, dass mir die Tränen übers Gesicht liefen. Und, wie bei diesem albernen Lachyoga, das ich aus dem Fernsehen kannte und total bekloppt fand, begannen nach und nach alle zu kichern und dann ebenfalls lauthals zu lachen.

Irgendwann keuchte ich: »Hat man so was schon gehört, volltrunken vom Pudding!«

Jonas wirkte etwas besorgt, als er sagte: »Wenn's Wodka-Pudding ist, klappt das schon ...«

Auch die Bezeichnung fand ich zum Schieflachen, und wieder steckte ich die anderen mit meinem Gegröle an.

Thilo japste nach Luft. »Billie, so hab ich dich noch nie gesehen! Das Zeug muss unbedingt auf unseren Speiseplan!«

»Tatsächlich – mein Käuzchen?«

Elfie rief dazwischen: »Nee, dat is nix für täschlisch, dafür hat das zuvill Umdrehungen, da kannste süschtisch von werden!«

Und dann kapierte ich endlich. »Ach, ist da etwa Alkohol im Wackelpudding?«

Das fanden nun die anderen wieder witzig. Gitta erbarmte sich und erklärte mir, dass diese Puddings seit Jahren der Partyknaller waren, sie hießen auch Jelly-Shots, man könne sie auch mit Waldmeister-, Kirsch- oder Erdbeergeschmack zubereiten.

»Elfie nimmt halb Zitronenwodka, halb Wasser und dann noch was, das sie uns nicht verrät«, sagte Charly.

Elfie schlug kokett die Augen nieder und schmunzelte. »Eine Frau muss ihre Jeheimnisse haben ...«

Einen Moment lang meldete sich die normale Billie in mir. »Ich bin nicht sicher, ob ich es gut finden soll, dass ihr mich heimlich betrunken gemacht habt. Ist das nicht ziemlich hinterlistig?«

»Hinterlistisch wär dat bloß, wenn wir nur dir dat Zeusch jejeben hätten, aber jeder hat davon jejessen.« Elfie beugte sich über den Tisch und sah mich eindringlich an. »Jeht et dir denn jut oder iset dir schlescht?«

Ich äffte sie nach: »Mir jehtet janz jut un isch hätt jerne noch en Kölsch.«

Es war nicht zu fassen, aber danach ging die nächste Lachsalve los, Jonas schlug sich sogar auf die Schenkel.

Charly meinte, in mir schlummere komödiantisches Talent.

Ich schnitt eine Grimasse, wollte das Wort wiederholen, bekam es aber nicht hin. »Komöditantisch? Kömötianisch ... komötitanisch ... ich?« Dann winkte ich ab. »Die Komödientante geht jetzt mal für kleine Mädchen.«

Mir war tatsächlich ziemlich schwindelig.

Als ich zurückkam, sprachen sie am Tisch über Ferien.

Gitta erzählte von ihrem letzten Urlaub auf einer Flusskreuzfahrt. »Es war die Hölle für mich! Nur Rentner und deutsche Schlager ...«

»Was hattest du erwartet? Knackige Hünen und Hengste mit H-Namen für deine nächste Ehe?«, fragte Charly.

Gitta zupfte kokett an ihrem Blumenkranz. »Nee, keine Hengste ... aber Heino-Lieder auf der Hammondorgel sind Folter! Und wenn du auf so einem Greisenkutter den

Rollatortanz nicht beherrschst, bist du sofort die Außenseiterin. War ich aber sowieso ...«

»Warum machst du so was?«, fragte Thilo. »Du bist viel zu jung.«

Elfie mischte sich ein. »Dat hat se beim Radio-Quiz jewonnen, da musste se hin! Und dann hat se ihre Tochter jenötischt mitzukommen. Aber dann hattet de janze Zick jereschnet und die beiden haben nach drei Taren anjerufen un Jonas hat se in Straßbursch abjeholt.«

Meine Laune wurde immer besser. Was für ein amüsanter Abend! Charly steuerte eine Anekdote vom Rotweinwanderweg bei. »Eine verlorene Wette: Zehn Typen aus unserem Männergesangverein mussten die Strecke von Heppingen nach Heimersheim in Pumps und Perücke laufen, an einem Sonntagmittag, wenn ordentlich was los ist ... ich war einer von ihnen.«

Es gelang mir nicht, mir diesen hübschen Mann in Stöckelschuhen vorzustellen. Hatte ich überhaupt schon mal einen Typen in Pumps gesehen? Wohl kaum.

Charly erinnerte sich an entsetzte Familienväter und Sprüche wie »Wo haben sie die denn freigelassen?«, woraufhin er in verschwörerischem Ton gekontert hatte: »Das ist Politik! Die haben den CSD dauerhaft hierher verlegt, der ist ab sofort nicht mehr in Köln. Wir sind die Vorhut, Musikwagen und Tänzer sind unterwegs und müssten bald hier sein!«

»Stimmte das?«, fragte ich erstaunt.

Charly lachte. »Nee, natürlich nicht.«

Diese Großstädter hatten schon extravagante Freizeitvergnügen. Natürlich wusste ich, was ein CSD war, das zeigten sie jedes Jahr in den Nachrichten, wenn Männer auf der Straße tanzend für ihre Rechte kämpften.

»So einen Umzug müsste man mal bei uns in Krudhof machen statt Schützenumzug, dann wär's ein bisschen bunter«, überlegte ich laut, »und unsere Nachbarn lägen ohnmächtig vor Entsetzen hinter den Gardinen.«

Charly grinste. »Oder vor Vergnügen! Du würdest dich wundern, wie viele Männer aus eurem Städtchen da liebend gern mitmarschieren würden!«

Vehement schüttelte ich den Kopf. »Nee, das gibt's bei uns nicht, ausgeschlossen, ich wüsste es, wenn jemand bei uns im Ort ... andersrum ... wäre!«

Charly erklärte, dass in Köln um die hunderttausend Schwule und Lesben leben würden.

»So viele! Da möchte ich nie Single sein, die Chancen auf einen Neuen stehen dann denkbar schlecht!«, rief ich aus.

Thilo hob eine Augenbraue und bemerkte: »Keine Sorge, mein Schatz, ich werde hundert Jahre alt, und du kommst nicht in Schwulitäten.«

Und schon wieder kringelten wir uns vor Lachen.

Wir kamen erneut auf das Thema Urlaub. Gus campte seit Jahren allein in seinem Wohnmobil in Mecklenburg-Vorpommern. Elfie war zuletzt mit ihrem »Jatten Jildo« bei dessen Familie auf Sizilien gewesen und konnte nur berichten, dass es ihr dort viel zu heiß gewesen war. Dann fiel ihr was ein: »Billie, Thilo, ihr müsst unbedingt meine Freundin Wio kennenlernen, sie is, dat siehsse nisch, vierensiebzisch und macht noch FKK, die kann eusch Jeschischten erzählen!«

»FKK!«, rief ich und sprang auf. Ich bemühte mich um eine deutliche Aussprache und versuchte, meinen Zeigefinger unter Kontrolle zu bekommen, er machte sich aber immer wieder selbstständig und stach in die Luft, ohne dass ich es wollte. »Dazu kann ich auch was erzählen. Nämlich: Ich hasse FKK. Ich kann beim besten Willen nicht verstehen, wozu das gut sein soll. Es ist eine unangenehme und völlig überflüssige Zurschaustellung und wird, das ist leider meine eigene Erfahrung, überwiegend von denen praktiziert, deren nackte Körper ich überhaupt nicht sehen will. Wir waren im Januar auf Fuerteventura, und was uns da an vertrockneten Datteln und verbrutzelten Würstchen vor die Augen kam, daran mag ich gar nicht mehr denken. Ganz zu schweigen von faltigen Pötern und schrumpeligen Möpsen, die aussahen wie Apfelsinen in Socken. Da waren die hängenden Bäuche, die manches Geschlechtsteil verdeckten, eine Gnade.«

Ich weiß nicht, ob mich das Gelächter der anderen ermutigte, oder warum ich mich ein paar Schritte vom Tisch entfernte.

Ich stellte mich ganz gerade hin, breitbeinig, den Unterkörper nach vorn gereckt, und tat, als würde ich ein Buch lesen.

»Mama, was wird das jetzt?«, fragte Jonas.

»Stellt euch vor, ich wäre ein Mann, um die siebzig, ich wäre schlank und so braun, dass meine Haut aussähe wie die Pelle einer aufgeplatzten Bratwurst vom Grill.«

Ich freute mich über die ungeteilte Aufmerksamkeit.

»Stellt euch vor, ich stehe splitterfasernackt am Strand, an der Wasserkante, das Gesicht zur Sonne, und ich stehe da mit vorgerecktem Piephahn – und lese.«

Gelächter.

»Es stimmt, was sie sagt, ich war dabei!«, rief Thilo.

Ich fuhr fort, tat so, als legte ich mein Buch in den Sand, winkelte die Arme an und machte eine Art Ententanzgymnastik, dabei wippte ich auf den Zehenspitzen. »Und das Gesicht gen Süden zur Sonne. Alles braun, faltig, wippend und nackt!«, betonte ich.

Die Runde am Tisch grölte.

»Wartet, der Brüller kommt noch.« Ich drehte mich um und wies mit dem Daumen hinter mich. »Jetzt hab ich die Sonne im Rücken. Und nun, schön breitbeinig, den Poppes gen Süden, beuge ich den Oberkörper langsam vor, immer schön gen Süden, bis ich mit den Fingerspitzen meine Zehen berühre. Seht ihr, wie mir die Sonne bis ins Gehirn scheint? Könnt ihr das sehen?«

Die anderen kreischten.

Übermütig rief ich: »Und in diesem Moment, wo der alte Knacker seine Datteln samt Rosette zum freundlichen Sonnengruß platziert, spazieren Thilo und ich an seinem Hintern vorbei! Ich schwöre, ich wollte mir das Elend nicht angucken, aber ihr könnt mir nix erzählen: Der hatte uns kommen sehen, der hatte nur so getan, als würde er lesen, und dann hat er ganz genau berechnet, wann er seine Brücke turnen muss, damit er uns seine Sonnenseite präsentieren kann. Ist das fair? Nein! Das ist widerlich!«

Dann setzte ich mich wortlos wieder und genoss es, dass alle klatschten.

Es wurde ein langer fröhlicher Abend, einer, den ich so noch nie erlebt hatte. Aber, ganz klar, das lag alles am Pudding.

9

Am nächsten Tag beim Frühstück (meins bestand aus Mineralwasser, Ayran und noch mehr Mineralwasser, weil ich schrecklich durstig war) bemerkte Jonas, dass ich »doch« ganz witzig sein könne, und dass mir der Pudding offenbar gutgetan hätte.

Ich setzte das Glas ab und fuhr sofort aus der Haut. »*Doch* ganz witzig? Ach, du meinst, wenn man mich ein bisschen abfüllt, bin ich erträglicher? Du meinst, ich kann nur locker drauf sein, wenn ich was getrunken habe? Soll ich jetzt zur Säuferin werden, damit ihr euch über mich amüsieren könnt?«

Jonas reagierte auf meinen Ausbruch genauso, wie sein Vater reagiert hätte. »Nein. Ich meine, du solltest erst mal deinen dicken Kopf auskurieren und dich dann an die schönen Stunden erinnern.«

Später, als er sich verabschiedete, weil Thilo ihn zum Flughafen bringen musste, sagte er im Rausgehen: »Übrigens weiß ich besser als jeder andere, dass du sehr wohl ziemlich locker sein kannst.«

Was sollte das nun wieder bedeuten? Aber es war wie immer: Ich fragte nicht, und er musste nicht antworten.

Ich hatte mich entschlossen, doch zur Chorprobe zu gehen. August lief hüpfend vor mir her, Gitta wartete im Shop auf ihn. Sie wollte ihm heute zeigen, wie man einen Trauerkranz bindet. Ich war nicht sicher, ob der Junge das wissen musste, aber schaden konnte es nicht. Nächste Woche kam er in die Schule, da bastelten sie ja auch.

Ich lieferte August ab, ging hinüber und betrat den Abschiedsraum. Da in diesen Tagen keine Bestattung anstand, diente er als Probenraum.

Elfie, Charly und ein paar Frauen, die ich nicht kannte, waren schon da. Ich gab jeder die Hand und stellte mich vor. »Billie Berthold aus Krudhof, zu Hause singe ich im Musical-Chor. Ich wollte heute nur mal zugucken.«

Plötzlich stand eine große, braun gebrannte Frau mit hennaroter Löwenmähne in der Tür.

Sie hatte dunkel geschminkte Augen, knallrote Lippen, riesige baumelnde Ohrringe und sie trug ein Outfit in Rot und Pink. Was für eine Erscheinung! Und sie hatte lange orange lackierte Fingernägel.

Die schockierten mich am meisten.

Sie sagte mit rauchiger Stimme: »Bin ich zu spät?«

Elfie fiel ihr um den Hals. »Nee, meine Liebe, jenau rischtisch!« Und zu uns gewandt sagte sie: »Darf isch vorstellen: Meine Freundin Wioletta Kranz, jenannt Wio.«

Die FKK-Freundin!, dachte ich und zack, sofort sah ich Wio nackig vor mir, in Bückstellung mit dem Hintern zur Sonne.

Natürlich riss ich mich zusammen, begrüßte sie höflich und ließ mir nichts anmerken.

Bevor die Probe begann, musste ich noch mal zur Toilette.

Ich hockte in der Kabine, als ich jemanden kommen hörte. Im Vorraum lief das Wasser, die anderen Geräusche konnte ich nicht zuordnen. Ich spülte, schloss die Kabine auf, betrat den Vorraum – und erstarrte.

Vor dem Spiegel stand Wio, obenrum pudelnackig, mit üppigem, nahtlos braunem Dekolleté, und wässerte ihren Büstenhalter. Sie sah mich im Spiegel an und lächelte. Dann wrang sie den BH aus, zog ihn an, Bluse drüber, fertig.

Ich konnte mein dummes Gesicht im Spiegel sehen.

Wio lachte. »Versuch das ruhig, ist das Beste gegen die Hitze.«

Mehr als ein fassungsloses »Okay …« brachte ich nicht heraus. Dabei war mir nicht klar, was mich so aus der Fassung brachte: dass sie sich so ungezwungen bewegte, oder dass sie so frei und kein bisschen schamlos wirkte.

Sie trat zur Seite und machte mir Platz zum Händewaschen.

»Du bist also die Mutter von Jonas«, stellte sie fest.

Ich nickte und seifte mir die Hände ein.

»Und die Schwiegermutter von Caro.«

Ich schaute auf und sah ihr Gesicht im Spiegel. »Ja, warum?«

»Na, ich bin neugierig auf dich, weil Caro mir viel von dir erzählt hat. Auch, dass ihr keinen Kontakt hattet, trotz des Kindes.«

Mein Puls beschleunigte sich. »Ach.« Ich schluckte. »Hat sie auch gesagt, warum wir keinen Kontakt hatten?«

»Sie wusste es nicht und hat sich nie getraut, dich danach zu fragen.« Mit einer lässigen Bewegung ordnete sie ihre Hennamähne. »Wir sehen uns gleich bei der Probe.«

Da stand ich nun auf dem Klo des Tierfriedhofs, das Blut rauschte in meinen Ohren, und ich wusste nicht, was ich mit diesem Satz anfangen sollte.

Caro hatte sich nicht getraut, mich zu fragen, warum wir keinen Kontakt hatten? Was sollte das denn heißen, sie hatte sich nicht getraut? Hatte sie Angst vor mir gehabt? Warum denn? Sie hatte mich doch kaum gekannt. Sie hatte ein paarmal bei uns übernachtet und dann war Sendeschluss gewesen. Ich hatte ihr nichts getan. Sie war schuld an dem ganzen Schlamassel mit Jonas, wer denn sonst. Und warum hatte sie ausgerechnet mit dieser Wio darüber gesprochen? Tausend Fragen schwirrten mir durch den Kopf, als ich langsam zurück zum Abschiedsraum ging, mich aber vor der Tür plötzlich entschied, nicht hineinzugehen, sondern mich auf die Bank zu setzen.

Elfie kam heraus. »Willst du nun mitsingen?«

Ich starrte sie nur an und schüttelte den Kopf.

»Wat is denn?«

Wieder schüttelte ich den Kopf.

»Liebelein, et jeht los mit dem Singen, komm un mach mit, dat wird dir juttun.«

Wie eine Marionette ging ich schließlich mit hinein und nahm das Notenblatt, das Elfie mir gab. Ich stellte mich zwischen die anderen Frauen, nickte Charly zu, der am Klavier die ersten Töne anschlug, aber dann verließ ich erneut den Raum und setzte mich wieder auf die Bank.

Es war mir egal, was die anderen von mir denken würden.

»I found my thrill … on Blueberry Hill …,« hörte ich.

Ich stand auf, holte August ab und lief mit ihm nach Hause.

Thilo hatte einen Zettel auf den Küchentisch gelegt, er war zum Baumarkt gefahren. Ich schickte August mit einem Eis aus der Tiefkühltruhe vor den Fernseher, setzte mich auf die Terrasse und starrte Löcher in die Luft.

Eine Stunde später stand Charly vor der Tür. Ich hätte aus der Haut fahren können – gerade hatte ich angefangen zu heulen, nun störte er mich unangemeldet.

»Über eine Tasse Kaffee würde ich mich freuen«, sagte er.

Es half nichts, er war ein Freund von Jonas, und ich konnte ihn nicht wegschicken. Dass ich Überraschungsbesuche nicht ausstehen konnte, hieß nicht, dass ich keine Umgangsformen hatte.

Charly kam sofort zur Sache. »Billie, ich glaube, wir müssen uns mal unterhalten.«

»Ach ja?«, sagte ich schnippisch.

Er lächelte. »Ja. Sag mal, ist Wio dir vorhin irgendwie auf den Schlips getreten? Sie kann sehr direkt sein ...«

»Das kann man wohl sagen. Steht da mit ihren nackten Möpsen und erzählt *mir* was über *meine* Familie! Wer ist diese Person überhaupt, und was nimmt sie sich heraus?«

Charly lächelte wieder. »Das sind zwei Fragen. Ich beginne mit der ersten, ja?«

Ich schaute ihn missmutig an, war aber insgeheim gespannt, was jetzt kam. Und so erfuhr ich Wios Geschichte.

Charly wusste alles über sie.

Sie hieß, aber das wusste ich ja schon, Wioletta Kranz und war fast zwanzig Jahre älter als ich.

»Sie könnte meine Mutter sein!«, warf ich ein.

Charly reagierte mit einem Nicken.

Wio hatte eine Lehre als kaufmännische Angestellte in einer Zigarrenfabrik gemacht, war in der Firma geblieben und hatte mit Ende zwanzig geheiratet.

»Dann lief alles durchschnittlich ab«, sagte Charly. »Sie bekam das erste Kind und wurde Hausfrau, sie bekam das zweite Kind und blieb Hausfrau. Jahrelang war Wio zu Hause bei Mann und Kindern – ihr Mann wollte es so.«

Das konnte ich mir nach dem ersten Eindruck, den ich von Wio hatte, nun so gar nicht vorstellen. »In dieser Hausfrauenzeit hat Wio nähen und schneidern gelernt«, erzählte Charly weiter. »Hat sie sich alles selber beigebracht, mit Schnittmustern aus Frauenzeitschriften und Nähkursen an der Volkshochschule. Diese verrückten Fummel, die sie trägt, die hat sie alle selbst genäht.«

Ich dachte an das grauenhafte rot- und pinkfarbene Ensemble, das sie vorhin auf dem Friedhof anhatte, und sagte nichts dazu.

Charly berichtete, dass Wio sich gegen den Willen ihres Mannes durchsetzte und wieder arbeiten ging. Sie stieg zur Chefsekretärin auf und verdiente bald mehr als er.

»Was dem alten Kalle nicht gefiel«, sagte Charly.

»Was hat er denn beruflich gemacht?«

»Mechanikermeister, er hatte die Lehrlingswerkstatt unter sich. Weißt du, wie er auf Wios Karriere reagierte?«

Wusste ich natürlich nicht.

»Er hat seinen Job nach über dreißig Jahren gekündigt, sich einen Teil seiner Rente auszahlen lassen und eine Kneipe aufgemacht.«

»Was? Weil er nicht damit klarkam, dass sie mehr verdiente als er?« Ich lehnte mich zurück. »So hätte Thilo nie reagiert. Ich meine, ich *habe* nie mehr verdient, wir waren ja selbstständig, das ging eh alles in einen Topf, aber ... das ist ja ein Ding.«

Charly nickte. »Kommt noch schlimmer. Kalle erwartete von Wio, dass sie nach Büroschluss mit ihm in der Kneipe arbeitete, und sie spielte mit. Tagsüber war sie im Büro, danach stand sie in der Küche der Kneipe und briet Frikadellen und Koteletts. Gegen Abend war Kalle stockbesoffen, weil er aus lauter Geschäftstüchtigkeit mit jedem Gast, der ihm einen ausgab, mittrank. Dann löste Wio ihn hinterm Tresen ab. Am nächsten Morgen saß sie wieder pünktlich im Vorzimmer ihres Chefs. Du kannst dir bestimmt denken, wie es weiterging, Kalle war irgendwann sein bester Gast, musste die Kneipe schließen und starb schließlich an Leberzirrhose.«

Da hatte Wio sich aber ordentlich was gefallen lassen! Ich war mir nicht sicher, ob ich so lange mitgespielt hätte.

»Das ... das war ... als er dann ... Das war für sie bestimmt auch ein bisschen erleichternd?«

»Nach dem ersten Schock schon. Aber dann wurde sie krank, bekam einen Burn-out. Die ganzen Jahre Doppelschichten, kaum noch Schlaf, der Ärger mit dem Mann, dann sein elendes Sterben, das war alles zu viel für sie gewesen. Wio ging mit Anfang sechzig in Rente.«

Ich musste zugeben, dass ich Wio viel zu schnell in die Schublade »verrückte Alte mit gefärbten Haaren« gesteckt hatte. Mir hätte klar sein müssen, dass eine Frau ihres Jahrgangs auch ihre Dramen und Schicksalsschläge erlebt hatte.

Ich glaube, Charly sah mir an, was ich dachte. »Und dann begann Wios Blütezeit!«

»In der Rente?«, rief ich.

»Genau. Das war ihr nämlich zu langweilig. Sie hatte allerhand Hobbys, aber die füllten ihre Zeit nicht aus. Zumal ihr Sohn in Italien lebt und sie ihn selten sieht, und dann ging ihre Tochter auch noch ins Ausland.« Charly machte eine Pause und blickte grinsend zum Himmel.

»Mach's nicht so spannend! Was soll denn in der Rente noch kommen?«, sagte ich und dachte an meinen Alltag in Krudhof, an den Garten, an die Johannisbeeren, meine Zwitscher-App und die Vogelstimmen, die immer gleichen Tagesabläufe und meinen heimlichen Wunsch, wieder einen Job zu haben.

»Wio kaufte sich zwei Theaterabonnements, eins für das Schauspiel und eins für die Oper. Sie saß immer in der ersten Reihe. Und weil sie eine aufmerksame Person ist, fiel ihr sofort auf, wenn die Kostüme der Darsteller offene Nähte oder hängende Säume hatten. Ihr entging kein lockerer Knopf und keine lose Bordüre.«

»Und was soll daran so toll sein?«, unterbrach ich ihn.

»Nun, Wio marschierte eines Tages einfach ins Theater und fragte, ob sie sich ehrenamtlich um die Pflege der Kostüme kümmern dürfe, sie wolle sie waschen, bügeln, ausbessern und instandhalten. Sie durfte. Und das tut sie heute noch.«

Ich guckte Charly sprachlos an. »Und was soll ich jetzt daran gut finden, dass sie sich als kostenlose Waschfrau zur Verfügung stellt?«

»Ach, Billie. Wio ist *das* Maskottchen des Theaters, sie ist dort zu Hause, kennt jeden Sänger, jede Schauspielerin, Dirigenten, Regisseurinnen, Abendspielleiter. Sie diskutiert und philosophiert mit Künstlerinnen und Künstlern, ist für sie Kummerkasten und Muttterersatz, wenn sie monatelang von zuhause weg sind. Sie weiß über Inhalt und Interpretation klassischer und moderner Stücke mehr als du und ich zusammen, sie kann etliche Dialoge Wort für Wort mitsprechen. Sie ist immer mit kreativen Leuten zusammen, und das färbt irgendwie auf sie ab. Wio schaut nach vorn, nie zurück. Sie feiert das Leben, jeden Tag. Es gibt keine Ensembleparty, bei der sie nicht eingeladen ist. Sie hat ein buntes, ausgefülltes Leben.«

Ich ließ diese vielen Informationen sacken und versuchte, sie rasch und effizient auszuwerten.

Nach wenigen Minuten, in denen Charly geschwiegen und mir beim Denken zugeschaut hatte, fasste ich zusammen. »Okay. Deine Wio ist total toll, sie kann nähen und waschen und hat mehr Power als du und ich zusammen. Sie hat ihr Leben trotz eines schweren Schicksals gemeistert und alles prima auf die Reihe gekriegt. Aber was hat das mit mir zu tun? Und mit Caro?«

»Wio war Caros engste Vertraute. Sie wusste alles über deinen Sohn und deine Schwiegertochter.«

Ich starrte Charly an. »Das fühlt sich für mich jetzt an wie ein Schlag ins Gesicht.«

»Warum?«

»Weil ... ich weiß nicht ...«

Am liebsten wäre ich aufgestanden und weggelaufen. Aber ich blieb reglos sitzen und starrte auf meine Hände, die in meinem Schoß lagen.

Charly beantwortete meine Frage selbst. »Du fühlst dich ausgeschlossen und bist traurig, weil Wio die Person in Caros Leben war, die du gern gewesen wärst? Ist es so?«

Ich nickte. Ohne den Blick von meinen Händen zu nehmen, sagte ich: »Es war alles schön mit Jonas und Caro.

Am Anfang kam sie zu uns, dann auf einmal nicht mehr. Es war alles zu Ende: Jonas zog aus, besuchte uns nicht mehr, hat Pakete, die ich ihm zu Weihnachten und zum Geburtstag geschickt habe, nie kommentiert, ich weiß nicht mal, ob er sie überhaupt geöffnet hat. Er ging fast nie ans Telefon, und wenn, dann war er verstörend einsilbig. Er beantwortete keine meiner SMS, keinen Brief. Funkstille.« Es fiel mir schwer, meine Tränen zurückzuhalten.

»Und über den Grund habt ihr nie gesprochen?«

Wieder schüttelte ich den Kopf. »Nein, nie. Ich hab Jonas in meinen Briefen regelrecht angefleht, mir zu sagen, was ich falsch gemacht habe, aber er hat nicht darauf reagiert.«

»Warum hattest du das Gefühl, dass du etwas falsch gemacht hast?«

»Wer denn sonst? Mit Thilo hat er ab und zu telefoniert, mit mir nicht!«

Ich wunderte mich über mich selbst. Wie konnte es sein, dass ein wildfremder Mann mit mir auf der Terrasse saß und ich mit ihm über meinen größten Kummer redete?

Jetzt beugte er sich auch noch über den Tisch und streckte seine Hand aus. »Komm, gib mir mal deine Hand!«

Meine Güte, dieser Sommer in Köln machte aus mir eine andere Person. Händchenhalten mit einem Fremden, das war doch nicht zu fassen. Und es war mir nicht mal unangenehm. Im Gegenteil, es fühlte sich gut an.

»Billie, ich kenne dich natürlich nicht gut, aber ich kannte Caro. Sie war eine ganz wunderbare Person. Sanft, liebevoll und freundlich. Ich weiß, dass sie Jonas immer wieder gebeten hat, zu dir Kontakt aufzunehmen. Aber er hat sich geweigert. Und er hat nicht mal ihr erklärt, warum er das nicht wollte.«

Dieser Schmerz.

Mein Herz stand fast still.

Charly drückte meine Hand ganz fest. »Das muss jetzt schlimm für dich sein. Dass ihr aber auch nicht darüber reden könnt, ich verstehe das nicht. Jonas ist eigentlich ein zugänglicher Mensch.« Er überlegte eine Weile, dann sagte er: »Vielleicht ist seine Bitte nach Hilfe in seiner jetzigen Situation auch ein Schritt gewesen, um etwas zu kitten?«

Ich zog meine Hand weg. Auf seine Frage konnte ich gar nicht reagieren, die Worte kamen wie von selbst: »Die ganzen Jahre hat er uns nicht gebraucht. Er ist nach seinem FSJ nach Köln gezogen, hat eine Banklehre gemacht, hat Caro geheiratet, da war er erst zweiundzwanzig, und dann war Funkstille! Er hat uns am Telefon mitgeteilt, dass er sie geheiratet hat, Charly, am Telefon! Als das Kind geboren wurde, rief er uns an. Immerhin. *Er heißt August, ist vierundfünfzig Zentimeter groß und sieben Pfund schwer, es geht ihm gut.* Das waren seine ersten Sätze. Erst ein Jahr später haben wir das Kind zum ersten Mal gesehen, bei einem Besuch in Köln, wir waren zum Kaffee eingeladen und haben im Hotel übernachtet. Das muss man sich mal vorstellen. Und dann waren wir erst wieder zu Caros Beerdigung hier.«

Meine Nase lief, ich schniefte. Charly gab mir ein Taschentuch. Aus Stoff, gebügelt, mit Monogramm. *Vornehm geht die Welt zugrunde*, dachte ich, als ich mich schnäuzte.

Ich hickste einmal, dann murmelte ich: »Natürlich bin ich froh, hier zu sein. Das hat Jonas immer gewusst, dass ich für ihn da sein würde. Daran kann er nie gezweifelt haben. Auch als Caro gestorben ist, wäre ich für ihn da gewesen.«

»Die Zeit war hart für ihn. Erst ihre schreckliche Krankheit, dann die Hoffnung, aber dann die Gewissheit, dass sie es nicht schaffen würde. Und dann ... danach ... Ach, Billie, er war dermaßen am Boden. Es hat Monate gedauert, bis er wieder lachen konnte. Er hatte genug mit sich selbst und dem kleinen August zu tun. Das war gewiss nicht die richtige Zeit, um alte Familienzwiste zu lösen. Aber ich bin sicher, jetzt wird alles wieder gut!«

Diese Satzkombination erinnerte mich an etwas. Mit sich selbst zu tun haben. Wird alles wieder gut.

Meine Gedanken schweiften ab.

Damals, im Sommer 2007, standen Thilo und ich vor dem Ende unserer Ehe. Wir hatten uns auseinandergelebt, uns im Alltag unbemerkt verloren, und als es uns bewusst geworden war, hatten wir keinen Weg zurück gefunden. Thilo hatte jemanden kennenlernt, aber es war irgendwie in Ordnung gewesen. Ich wusste, dass sie Anfang vierzig und auch verheiratet war, und dass er sie bei einem Kunden getroffen hatte. Mehr wusste ich nicht, mehr wollte ich nicht wissen.

Wir hatten seit Langem wie Geschwister zusammengelebt, den Käuzchen-Mäuschen-Mittwoch hatten wir damals nicht mehr. Das, was uns einmal als Liebespaar ausgemacht hatte, körperliche Nähe, Zärtlichkeiten, gab es nicht mehr. Sicherlich hatten wir uns beide danach gesehnt, aber wir kriegten es einfach nicht hin. Wir hätten offener miteinander reden müssen, vielleicht. Und dann hatte ich mich in Klaus Große-Heitkamp verguckt. Also nicht wirklich verguckt, ich denke eher, ich wollte für mich so eine Art Verliebtsein provozieren, weil ich dachte, dass Thilo dieses Gefühl auch hatte. Es war keine Eifersucht, nicht mal das, selbst dafür waren meine Gefühle schon zu abgekühlt. Klaus war Briefträger in unserem Bezirk und flirtete mit mir. Er war nicht besonders attraktiv, aber freundlich. Mir gefiel, dass ich ihm gefiel. So ergab sich für kurze Zeit eine Art Bratkartoffelverhältnis. Das Kribbeln im Bauch blieb aber leider aus, sobald ich mich daran gewöhnt hatte, dass Klaus und ich ab und zu ...

Als ich spürte, dass es nicht mal den Zauber des Verbotenen gab, der mir feuchte Hände und Herzklopfen bescheren konnte, verlor alles seinen Reiz. Es war ja nicht verboten. Ich war erwachsen, ich konnte mich entscheiden, hatte mich entschieden, und Thilo war nicht zu meinem Feind geworden. Ich hatte Thilo nicht betrogen, so war das nicht, er wusste ja davon. Natürlich hab ich ihm keine Details von dem Techtelmechtel erzählt, aber er wusste, dass es bei mir auch jemanden gab. Ob ich alles so locker flockig hätte sehen können, wenn nur er jemanden gehabt hätte und ich nicht, sei dahingestellt. Uns verband mehr als das, was wir verloren hatten. Wir hatten Alltagsrituale, beruhigende Routinen, schöne Erinnerungen und Achtung voreinander. Und einen Sohn. Wir waren also quasi nur vom Bett und nicht vom Tisch getrennt und lebten in einer Ehe-WG, um weiterhin unserer Aufgabe als Eltern nachkommen zu können. Ganz vernünftig und ohne überflüssige Emotionen hatten wir beschlossen, nach außen hin zusammenzubleiben, bis Jonas sein Abitur in der Tasche hatte. Nichts sollte ihn davon abhalten, in aller Ruhe und konzentriert seine Klausuren zu schreiben. Wie selbstlos wir uns fühlten, wie verantwortungsbewusst und modern!

Danach wollten wir es ihm sagen. Dass Ehen nicht ein Leben lang halten, dass Eltern sich trennen, so was passiert nun mal. Damit wollten wir ganz erwachsen umgehen.

Irgendwie ergab sich aber nie eine Gelegenheit, mit Jonas zu reden. Es war immer so viel zu tun. Die Firma, der Haushalt, der Garten, die Schwiegereltern. Jonas war schon mit Caro zusammen und am Wochenende oft in Köln, an den anderen Wochenenden war Caro bei uns.

Tja, dann zog er ganz nach Köln. Bums, weg.

Und Thilo und ich waren darüber so verzweifelt, dass wir wieder zusammengekommen sind. Unser Kummer war so groß, so verbindend, dass es keinen Raum mehr für andere Menschen in unser Ehe gab. Den Sohn, den wir wegen unserer eigenen Trennung nicht verlieren wollten, hatten wir verloren – und uns haben wir wiedergefunden. Aber der Preis war hoch.

»Billie, wo bist du mit deinen Gedanken?«

»Weit weg, sorry, ich war weit weg.«

»Willst du darüber reden?«

Nein, das wollte ich nicht. So weit ging diese neue Bekanntschaft mit Charly nun wirklich nicht. Aber ich straffte mich und sagte: »Dass Caro den Kontakt zu uns wollte ... ist neu für mich. Und das macht es noch schwerer.«

In diesem Moment kam August aus dem Haus gestürmt und fragte, wann es endlich Essen gäbe.

10

Augusts erster Schultag war ein Mittwoch. Alles, was er für den Neustart in sein Leben als I-Dötzchen brauchte, hatten wir besorgt; Jonas hatte uns eine lange Liste gemailt, die wir gewissenhaft abgearbeitet hatten.

Am Morgen, bevor wir uns auf den Weg zur Grundschule machten, hatte Jonas mit August per Facetime gesprochen. Ich hörte an seiner Stimme, dass er traurig war, heute nicht bei seinem Kind sein zu können.

Wir nahmen unseren Enkel in die Mitte, Thilo und ich, reichten ihm auf dem Weg vom Auto zum Schulgebäude die Hände, aber August wehrte ab: »Nee, ich bin doch jetzt ein Schulkind!«

Unter den vielen jungen Eltern fühlte ich mich ziemlich alt, war ich auch, meine Güte, sie konnten alle meine Kinder sein. Selbst die Lehrerin war höchstens dreißig und sah aus wie eine Studentin. Pferdeschwanz, Sommersprossen, blau lackierte Finger- und Fußnägel. Ich dachte an meine Schulzeit zurück und versuchte, mir unsere strenge Lehrerin im Schlabberrock mit Schlappen und Trägertop vorzustellen. Es gelang mir nicht. Fräulein Drossel hatte eine rabenschwarze Betonfrisur und durchfallfarbene Kostüme getragen, an deren Jackenrevers immer dieselbe Brosche gesteckt hatte. Sie war eine Autorität gewesen, eine unausstehliche Respektsperson. Nun gut. Die Zeiten hatten sich geändert und damit hatte ich mich abzufinden.

Ich achtete darauf, ob August irgendwie blöd angeschaut wurde, weil ihn anstelle seiner Eltern »nur« die Großeltern begleiteten. Auf den Fall, dass jemand mich nicht für die Oma, sondern für eine späte Mama hielt, wartete ich aber vergebens. Hätte ich irgendwie ganz witzig gefunden.

Wir standen auf dem Schulhof, bevor es losging.

Plötzlich entdeckte August ein Mädchen mit langen blonden Haaren. »Oma, da ist Hanna, darf ich hin?«

Ich schaute hinüber zu dem Mädchen, das neben einer sehr blonden Frau mit auffallend großem Busen, in einem sehr engen gelben Oberteil und einem knallengen Jeansrock stand. Außerdem hatte sie sehr hohe Schuhe an, alles völlig unpassend für diesen Anlass. Ich bemerkte, dass die anwesenden Frauen sie abschätzig und die anwesenden Männer sie neugierig anschauten.

Die Frau sah auffällig unauffällig zu uns herüber. Dann winkte sie uns freundlich zu.

»Na lauf zu deiner Anna!«, sagte ich.

August drehte sich auf dem Absatz um, sagte »Sie heißt Hanna, Anna ist doch ihre Mama!« und rannte hinüber.

Anna, Hanna, woher kannte ich diese Namen? Es fiel mir nicht ein.

Die Kinder standen voreinander und lachten, das Busenwunder sprach mit einer älteren Dame, die ihre Mutter zu sein schien. Kein Mann in der Nähe. Also kein Vater, kombinierte ich. Soso.

»Meinst du, sie tuscheln über ihn oder über uns?«, raunte ich Thilo zu.

»Billie, das sind deine Dämonen, die du auf August überträgst! Seine Mama ist gestorben, sein Papa muss arbeiten, seine Großeltern kümmern sich um ihn. Da gibt es überhaupt nichts zu tuscheln.« Er nahm meine Hand und drückte sie kurz. »Das hat mit deiner Einschulung und deinem fehlenden Vater nichts zu tun!«

Wie sehr ich ihn in diesem Moment liebte. Er hatte wieder mal besser als ich selbst gewusst, was mich quälte.

Damit verhinderte er aber nicht, dass ich weiter an meine Einschulung dachte, an die Unsicherheit meiner Mutter, die mit vorgerecktem Kinn und arrogantem Blick versucht hatte, davon abzulenken, dass es keinen Herrn Böker gab. Schon bei der Anmeldung in der Schule hatte sie die Coole gespielt, als sie nach ihrem Mädchennamen gefragt worden war. »Karin Böker, geborene Böker.«

»Ach, das ist ja ein netter Zufall«, hatte das Fräulein im Schulbüro gesagt. »Und der Beruf des Vaters?«

»Mein Vater war Zimmermann, wofür ist das wichtig?«, hatte Mutter gefragt.

Mitleidig hatte das Fräulein erklärt: »Aber nein, ich meinte den Beruf des Kindsvaters.«

Meine Mutter hatte genau gewusst, was gemeint war, aber sie hatte es auch geliebt, Leute zu triezen. »Unbekannt.«

Das Fräulein hatte verdutzt aufgeschaut. »Ihnen ist der Beruf Ihres Mannes unbekannt?« Dabei hatte sie das letzte Wort in drei einzelnen Silben ausgesprochen.

»Es gibt keinen Mann.«

Mutter hatte mir diesen Dialog so oft geschildert, dass ich das Gefühl hatte, dabei gewesen zu sein.

Das Fräulein hatte gefragt: »Oh, ist er verstorben?«

»Ist mir nicht bekannt.«

»Entschuldigung? Sie wissen nicht, ob er …«

»Der Kindsvater ist mir nicht bekannt«, hatte Mutter betont akzentuiert gesagt.

Jetzt hatte das Fräulein verstanden. »Äh. Ah. Ach so. Ja dann. Sie sind ledig, und Ihre Tochter Sybille ist nicht ehelich geboren?«

»So ist es«, hatte meine Mutter gesagt.

Und damit begann meine Schullaufbahn als uneheliches Kind, dem bei vielen Leistungen verbal bestätigt wurde, dass es »trotzdem« gut in der Schule war.

Meine Gedanken kehrten ins Hier und Jetzt zurück, in den Festsaal der Kölner Grundschule, den wir im Gänsemarsch ansteuerten.

Die Kinder waren in Gruppen eingeteilt worden. August kam in die Pinguinklasse, hatte uns zugewinkt und war Hand in Hand mit Hanna losgetrottet. Sein bunter Schulranzen erschien mir viel zu groß für seinen schmalen Rücken.

Falls er traurig war, dass seine Mama ihn »nur« vom Himmel aus sehen konnte und sein Papa erst am Abend per Bildschirm mit ihm über den großen Tag reden konnte, ließ er sich jedenfalls nichts anmerken. Ein tapferer Kerl. Meine Gene, fraglos.

Nach der Ansprache, die Gott sei Dank weder zu pathetisch war noch zu lange dauerte, gingen die Kinder in ihre Klassenräume, Eltern und Verwandte warteten in der Pausenhalle.

In Grüppchen standen sie zusammen und schwatzten. Damals, bei Jonas' Einschulung hatte ich fast jeden gekannt. Nicht nur durch die Firma, sondern weil sich in unserem kleinen Ortsteil Oederort sowieso alle kannten.

»Guten Tag, ich möchte mich endlich persönlich vorstellen«, sagte plötzlich eine Frauenstimme neben mir. Das Busenwunder reichte mir die Hand. »Mein Name ist Anna Weißbrod, wir haben telefoniert.«

Ich wollte ihr automatisch auch die Hand geben, aber ihre beeindruckende Oberweite lenkte mich derart ab, dass ich danebengriff. Wie peinlich.

Dieser Ausschnitt war wirklich too much, wie es neudeutsch heißt, man hätte auf dem Vorbau eine Kaffeetasse abstellen können. Wozu sollte das gut sein? Wenn man auf Männerfang war, mochte das ja noch angehen, aber so ein Aufzug bei einer Einschulung?

Ich riss mich zusammen. »Wir? Telefoniert? In welcher Angelegenheit?«

Thilo kam ihrer Antwort zuvor, drückte ihr viel zu lange die Hand, glotzte viel zu lange auf ihren Busen und säuselte: »O ja, ich weiß, Sie sind die Dame, die Jonas im Haushalt hilft?«

»Genau«, hauchte Anna und bedachte meinen Mann mit einem Lächeln, das mich sofort einschreiten ließ.

»Ach, die Putzfrau, deren Tochter krank war und die deswegen wochenlang nicht zur Arbeit kommen konnte?«

»Die Bezeichnung Haushaltshilfe wäre mir lieber, ich mach ja auch Wäsche und Einkäufe«, sagte das Busenwunder.

»Natürlich«, sagte ich wie aus der Pistole geschossen. »Wenn ich mich in eine Garage stelle, bin ich ja auch ein Auto.«

Als wir später im Wagen saßen und nach Hause fuhren, fragte Thilo, warum ich so garstig zu der jungen Dame gewesen sei. »Ich? Garstig? Das kam dir nur so vor. Ganz im Gegenteil, ich freue mich, dass die kleine Tochter wieder gesund ist, und dass die junge *Dame*, wie du sie nennst, nächste Woche zur Arbeit kommen kann.«

»Ja, und dann kommt Hanna wieder mit!«, rief August.

Ich drehte mich zu ihm um. »War Hanna früher oft dabei?«

Er nickte. »Klar. Oma, wann darf ich die Schultüte aufmachen?«

»Wenn wir zu Hause sind.«

Wir fuhren vor, parkten das Auto, stiegen aus, öffneten das Törchen und betraten den Garten.

Und dann traf mich fast der Schlag.

Plötzlich trat in Zeitlupe eine Gestalt aus dem Gebüsch. Sie trug ein langes blaues Kleid aus Samt, darüber ein Organza-Cape mit einer Kapuze, die mit weißem Flauschpelz verbrämt war. Blonde Korkenzieherlocken fielen über ihre Brust. Erst beim zweiten Hinsehen erkannte ich Wio, die mir zuzwinkerte und huldvoll lächelnd auf August zuschritt.

Der hatte die Augen aufgerissen und flüsterte: »Wow! Die Eiskönigin!«

»O ja«, sagte Wio mit verstellter Stimme, »ich bin Elsa, die Eiskönigin, und du bist August, das Schulkind. Komm mit mir!« Graziös hielt sie ihm ihre Hand hin, er tippelte mit. Thilo und ich wechselten einen Blick, der mir verriet, dass er wusste, was hier vor sich ging.

August jauchzte, als auf einmal ein prächtiger Pirat mit Wallemähne, Hut, Augenklappe, Stiefeln und Rüschenhemd unterm roten Gehrock hinter einem Baum hervorkam. Sein rabenschwarzer Schnurrbart war ein bisschen verrutscht, die buschigen schwarzen Brauen verdeckten fast seine Lider.

»Das gibt's nicht!«, rief ich, Charly, das war ja Charly! Er machte eine formvollendete Verbeugung vor August und der Eiskönigin und sagte: »Gestatten, Käpt'n Hook, darf ich Euch zu Eurem Domizil geleiten?«

Und dann marschierte er majestätisch vorneweg, August, die Eiskönigin, Thilo und ich hinterher.

Wir gingen ums Haus herum.

Und mir stockte erneut der Atem.

Auf der hinteren Veranda stand ein kunterbunt gedeckter Tisch mit Kuchen, Pudding, Süßigkeiten, Konfetti und Luftschlangen. Zwischen den Bäumen flatterten Girlanden mit bunten Wimpeln, am Zaun waren Lampions aufgehängt. Hinter dem Tisch drehten drei Leute uns den Rücken zu. Käpt'n Hook rief: »Werter August, darf ich Euch mit Euren weiteren Gästen bekannt machen? Bitte schön, habe die Ehre: Miss Piggy!«

Die erste Figur drehte sich um. Es war Elfie im Schweinchenkostüm, ausgerechnet. Ihre rosa Plüschnase hatte riesige Nasenlöcher, aus der goldblonden Perücke guckten plüschige Schweinsohren, sie trug eine Federboa überm rosa Gewand und klimperte kokett mit rabenschwarzen XXL-Wimpern. Ich musste so lachen, dass ich gar nicht mehr aufhören konnte.

Elfie-Piggy knickste anmutig und sagte: »Und mich begleitet Goofy!«

Die zweite Person drehte sich; sie trug eine Goofymaske, die den ganzen Kopf bedeckte, klemmte die Daumen hinter ihre Hosenträger und wackelte so sehr mit der monströsen Gummizunge, dass der kleine grüne Hut vom Kopf rutschte. Es war Gus, ich erkannte ihn an seinen riesigen Händen. Gus im Goofy-Kostüm – ich konnte nicht mehr, das war ja wundervoll!

August hüpfte herum wie Rumpelstilzchen und schrie: »Goofy und Miss Piggy und die Eiskönigin und Käpt'n Hook!«

Goofy tippte der nächsten Figur auf die Schulter, und ich erkannte Gitta als Micky Maus.

Thilo nahm August an die Hand, führte ihn zu einem Stuhl, schob ihn sanft hinein, dann packten sie ihn alle zusammen und ließen ihn hochleben. »August, das Schulkind, er lebe hoch! Hoch! Hoch!«

Der Kleine war so happy, dass ich heulen musste.

Sie setzten den Stuhl wieder ab, August sprang auf, lief von einem zum anderen, staunte, lachte, tippte auf Goofys Bauch, zupfte an Käpt'n Hooks Gamaschen, pikste Miss Piggy mit dem Finger in die dicken Pobacken, lief weg, kicherte, versteckte sich, ließ sich fangen.

Bis Thilo plötzlich auf zwei Fingern pfiff und dann rief: »Stopp!«

Königin Elsa, Käpt'n Hook, Goofy, Miss Piggy und Micky Maus hielten abrupt in ihrer Bewegung inne und verharrten in genau dieser Position. *Das ist ein Flashmop*, dachte ich, das hatte ich neulich gerade erst im Fernsehen gesehen.

Merkwürdigerweise starrten sie alle in dieselbe Richtung. Das war doch alles abgesprochen! So was improvisierte niemand. Es rumorte in meinem Bauch. Warum hatten sie mich nicht einbezogen?

August hopste aufgeregt herum.

Thilo räusperte sich. Dann zeigte er mit dem Finger auf etwas, wies in die Richtung, in die die anderen guckten.

Ich folgte den Blicken. Und dann sah ich es, im selben Moment wie August, der sofort losdüste und dabei gleichzeitig hüpfte und kreischte.

Hinten im Garten, an der Grundstücksgrenze zum Tierfriedhof, sah ich ein niegelnagelneues Baumhaus in der knorrigen Buche. So schnell, wie August die Strickleiter hinaufkletterte, oben die Fensterläden aufstieß und wild winkend herausschaute, konnte ich gar nicht gucken. Jetzt wusste ich, was Thilo die ganze Zeit heimlich im Keller gemacht hatte: Er hatte die Teile für das Baumhaus gesägt, gehobelt und geschmirgelt.

Es war eine wunderbare Einschulungsparty, eine, von der ich als Kind nur hätte träumen können. Alle trugen ihre Kostüme die ganze Zeit, nur Gus nahm den Goofy-Kopf irgendwann ab. Ich konnte mich besonders an Miss Piggy und Käpt'n Hook nicht sattsehen. So viel Spaß hatte ich schon lange nicht mehr gehabt – und dabei war es doch Augusts Fest.

Später grillten wir Würstchen und mariniertes Bauchfleisch, was Wio rügte; sie versuchte seit einiger Zeit, sich vegetarisch zu ernähren.

Thilo konnte es nicht lassen, dazu eines seiner Witzchen loszulassen. »Das Wort Vegetarier kommt aus dem Sanskrit und bedeutet: zu blöd zum Jagen!«

Mich erreichte solcher Humor nicht, Wio fand's witzig. Na gut.

Zum Nachtisch gab es grünen Wackelpudding. Den ich nicht anrührte. Man konnte ja nie wissen.

11

In den nächsten Tagen ergab sich so etwas wie ein ruhiger Alltag – ruhig im Vergleich zu unserem Leben in Krudhof-Oederort. Ich brachte August zur Schule, kaufte ein, kümmerte mich um Haushalt und Mittagessen, Thilo holte August wieder ab, und beim gemeinsamen Essen erzählte er aus der Schule. Freitag kam Jonas aus London, der Samstag gehörte ihm und August, sie spielten im Garten, im Baumhaus, machten eine Radtour zur Schule, und August zeigte seinem Vater den Schulhof und die Fenster seines Klassenzimmers. Den Samstagabend verbrachten wir dieses Mal ohne Gäste – was ich durchaus begrüßte.

Gus hat während der Einschulungsparty gefilmt, sodass wir Jonas im Nachhinein per Video teilhaben lassen konnten.

Ich hätte ihn gern gefragt, ob es stimmte, was Wio angedeutet hatte: dass *er* die Beziehung zu uns abgelehnt hatte, obwohl Caro sie gewollt hatte. Aber ich traute mich nicht. Was, wenn es tatsächlich so gewesen war? Wenn es mein Sohn und nicht seine Frau gewesen war, der mich aus seinem Leben verbannt hatte? Ich verdrängte alle Gedanken, die damit zusammenhingen, und klammerte mich weiterhin an meine bewährte Version. Es war einfacher, der verstorbenen Caro die Schuld zu geben.

Sonntagabend flog Jonas zurück nach England. Dieses Mal würde er erst in zwei Wochen zurückkommen, weil er an einem Workshop teilnehmen musste.

Es war Montagmorgen, kurz nach acht, als ich August zur Schule gebracht hatte und die Haustür aufschloss. Helles Frauenlachen empfing mich.

Ich blieb stehen. Ich hörte Thilos Stimme, dann eine Frauenstimme, dann wieder Lachen. Kein Zweifel, Thilo war mit einer Frau in der Küche.

Ich schloss die Tür lautlos, zog meine Schuhe aus und ging auf Socken weiter. Thilo stand am Fenster, mit dem Rücken zu mir. Neben ihm, (dicht neben ihm!) stand eine Frau in den kürzesten Jeansshorts, die ich je gesehen hatte – geradezu unanständig kurz. Sie trug ein Trägertop, hatte die hellblonden Haare hochgetüddelt und sagte etwas, das ich nicht verstand, weil das Blut in meinen Ohren so rauschte.

»Guten Morgen!«, rief ich laut und genoss, dass die beiden zusammenzuckten.

Als sie sich umdrehten, zuckte wiederum ich zusammen. Es war tatsächlich das wasserstoffblonde Busenwunder, das neben meinem Mann stand, mit einem Kaffeebecher in der Hand und eindeutig ohne Büstenhalter unterm Top. Ihre linke Seite war etwas größer, außerdem schielten ihre N… ist ja auch egal. Wobei ich zugeben muss, dass ich in diesem Moment das Wort »Tittenmonster« dachte. In der Firma hatten die Azubis es gebraucht und als Abkürzung dafür »Timo« gesagt.

Ich brachte ein breites falsches Lächeln zustande und säuselte: »Oh wie schön, die Putzfrau ist da, dann kann es ja gleich losgehen. Sie werden nach Stunden bezahlt, oder?«

Anna Weißbrod, die ich in meinem Gehirn nun für alle Zeit als *Timo* abgespeichert hatte, stellte die Kaffeetasse ab, kam auf mich zu und gab mir die Hand. Dieses Mal griff ich nicht daneben.

»Guten Morgen, Frau Berthold, Ihr Mann sagte schon, dass Sie nicht daran gedacht haben, dass ich wieder im Einsatz bin. Montags und mittwochs von acht bis sechzehn Uhr.«

»So, sagte mein Mann das.«

Sie reagierte nicht auf meinen schnippischen Ton.

»Wenn es Ihnen recht ist, hole ich Hanna und August in meiner Mittagspause von der Schule ab und mache nach dem Mittagessen weiter?«

»Mittagspause«, wiederholte ich etwas dümmlich. Das hieß, dass Timo zweimal in der Woche den ganzen Tag hier war. Wollte sie etwa mit uns essen? Sollte ich für sie kochen? Das fehlte noch. Und womöglich kam sie immer in solchem Aufzug. Verstohlen bemerkte ich ihre makellosen Beine und die Oberweite, die tatsächlich ohne Büstenhalter auskam. Trotzdem war es unanständig, sie so zur Schau zu stellen.

Thilo mischte sich ein. »Das kann ich doch machen, die Kinder abholen!«

»Prima, so machen wir das.« Ich schaltete sofort; jede Minute, die ich Thilo aus dem Bannkreis dieser leicht bekleideten Person entfernen konnte, zählte. Nicht auszudenken, wie provozierend es wäre, wenn sie sich in dieser »Hose« bückte und den Boden wischte. Der Sonnengruß des verbrutzelten Nackten am Strand von Fuerteventura war dagegen harmlos gewesen.

Anna Weißbrod hatte nicht nur einen lockeren Kleidungsstil, sondern auch ein ebensolches Mundwerk. Während sie die Fenster putzte und ich achtgab, dass sie Rahmen und Fensterbänke nicht vergaß, plauderte sie völlig zwanglos über sich. Ihr Mann hatte sie wegen einer anderen verlassen, als Hanna ein halbes Jahr alt gewesen war, seither hielt sie sich als Alleinerziehende über Wasser. Sie sei froh, dass sie bei Jonas als Haushaltshilfe hatte anfangen können, weil sie Hanna mitbringen durfte und weil die so gern mit August spielte.

Ich rechnete blitzschnell nach, dass sie mit fünfzehn Wochenstunden à fünfzehn Euro bei Jonas auf sechzig Stunden im Monat kam, er zahlte ihr also neunhundert. Dazu kam der Unterhalt des Vaters. Als Buchhalterin einer Firma mit einigen geschiedenen Angestellten hatte ich die Daten der Düsseldorfer Tabelle natürlich immer noch im Kopf und wusste, dass er, je nach Einkommen, durchschnittlich sechshundert abdrücken musste. Mit dem Kindergeld kam sie auf einssieben. Das war nicht üppig, aber man konnte davon leben. Mit zwei Arbeitstagen pro Woche. Lauer Lenz, dachte ich.

In diesem Moment sagte Anna: »Den gleichen Job wie hier habe ich dienstags und freitags in einer anderen Familie.«

Oh, dann arbeitete sie ja doch richtig.

Anna rieb die Scheibe mit einem Baumwolltuch trocken. Ich war froh, dass Thilo inzwischen im Garten war und das Bauhaus lasierte – und dass dieses Schauspiel an ihm vorüberging.

Plötzlich stutzte ich. »Moment, seit wann sind Sie hier im Haus?«

»Hanna war ein halbes Jahr alt. Ich konnte nicht in meinen Beruf zurück, und ich hatte niemanden für das Kind. Meine Eltern leben in Portugal.«

Das wollte ich gar nicht wissen und überging die ungebetene Information. Ich fragte: »Dann kannten Sie also meine Schwiegertochter noch?«

Anna schäumte jetzt das Küchenfenster von außen ein, dafür war sie gelenkig aus dem Fenster geklettert und stand draußen auf der Veranda. Ganz kurz hatte ich die Vision, dass sie die Scheibe mit ihrer Oberweite putzen würde, so wie diese Tankstellengirls in Amerika, die ihre Möpse wie Schwämme benutzten. Aber Anna putzte Gott sei Dank seriös.

»Ja, natürlich kannte ich Caro. Wir haben uns beim Geburtsvorbereitungskurs kennengelernt, als wir schwanger waren.«

»Geburtsvorbereitungskurs«, echote ich. Meine Mutter hatte immer gesagt: »Kinder kommen immer auf demselben Weg raus, wie sie reingekommen sind, da muss man keinen Budenzauber veranstalten.«

Anna nickte eifrig. »Ja, da habe ich viel gelernt, und ohne die Atemtechnik während der Geburt hätte ich das nicht überstanden!«

Was mir ein müdes Lächeln entlockte.

Sie erzählte etwas von Entspannungsübungen, die ich ebenso albern fand wie den Kurs fürs Beckenbodentraining, den sie wahrscheinlich nur nicht genauer beschrieb, weil ich sie wohlweislich sofort unterbrach.

»Wie haben die Frauen bloß früher ihre Kinder gekriegt, als es diesen ganzen Zirkus noch nicht gab? Ich bin bis kurz vor der Geburt arbeiten gegangen, und als ich merkte, dass die Wehen losgingen, hab ich mein Köfferchen genommen und bin allein in die Klinik gefahren.«

Anna wienerte wortlos weiter und reagierte nicht auf meine Spitze. Schade eigentlich. Ganz dumm war sie also nicht, dachte ich, wandte mich ab und ging ins Arbeitszimmer, um mich um das Haushaltsbuch zu kümmern.

Natürlich legte ich meinem Sohn über alle Ausgaben Rechenschaft ab. Ich führte gewissenhaft über alles Buch, und die Bezahlung des Timo gehörte dazu.

Soso, sie hatte Caro seit Jahren gekannt. Sie hatte die Schwangerschaft quasi mit ihr verbracht.

Auch darauf war ich eifersüchtig.

Ich schaltete das Radio ein, WDR 4. *Ich wünsch dir Liebe ohne Leiden* lief. Das war ein schönes Lied. Udo Jürgens sang es gemeinsam mit seiner Tochter Jenny. Es geht darum, wie es ist, wenn die Kinder größer werden und aus dem Haus gehen. Das muss man als Eltern können, Kinder loslassen. Und man muss es aushalten, sie gehen zu lassen. Wer wusste das besser als ich? Wenn man sie bekommt, kann man sich zuerst nicht vorstellen, wie das Leben mit einem Kind sein wird. Als ich mit Jonas schwanger war, hatte ich große Angst, dass ich bei der Geburt etwas falsch mache. Danach hatte ich Angst, mit dem Baby was falsch zu machen. Als es geboren wurde, kannte ich es ja noch gar nicht.

Meine Gedanken wanderten zurück zu diesem kalten Tag im Februar, der mein Leben für immer veränderte.

Ich bekam Wehen, während ich die Lohnabrechnungen fertig machte. Sie hörten aber immer wieder auf, sodass ich dachte, ich müsse mich einfach zusammenreißen, und es sei noch Zeit genug, bis es richtig losging. Erst am späten

Nachmittag setzte ich mich ins Auto und fuhr die vier Kilometer bis zur Klinik.

Ein Handy hatte ich damals noch nicht, ich hatte aber in der Firma eine Nachricht hinterlassen, wo ich war.

Thilo kam von einer Baustelle zurück, machte sich sofort auf den Weg und kam im Krankenhaus an, als ich schon im Nachthemd im Treppenhaus rauf- und runterlief. »Um die Wehen ordentlich in Gang zu bringen«, wie die Hebamme mir erklärt hatte.

Später, im Kreißsaal, stand Thilo hinter mir und hielt meine Hände. Okay, ich hab viel lauter geschrien und heftiger gekeucht, als es nötig gewesen wäre. Er sollte ruhig sehen, dass er bei dieser Geschichte ausschließlich sein Vergnügen gehabt hatte, während ich als Konsequenz nicht nur etliche neue Kilos monatelang mit mir hatte herumschleppen müssen, sondern davon in Form eines kompletten Babys und dem, was dazugehört, satte sieben Kilogramm wieder herauspressen musste. Meine Mutter hatte kurz vor der Geburt in ihrer unnachahmlich charmanten Art gesagt: »Als du geboren wurdest, war dein Kopf so groß wie eine Melone. Stell dir vor, du müsstest eine Melone scheißen, dann weißt du, wie ich gelitten habe!« O Gott, meine Mutter ...

Jonas ließ sich die ganze Nacht Zeit. Nach ein paar Stunden pressen und keuchen bekam Thilo ein Tablett mit Frühstück.

Kaffee, Brötchen, Marmelade. Der Arme war schrecklich erschöpft, und die Hebamme hatte offensichtlich Mitleid mit ihm.

Er biss in sein Brötchen, als es mich untenrum plötzlich zerriss, und ich brüllte wie am Spieß. Dieses Mal war die Lautstärke echt und dem Schmerz entsprechend. Thilo verschüttete seinen Kaffee und ließ das Marmeladenbrötchen fallen. Natürlich fiel es mit der Oberseite auf den Fußboden.

Die Hebamme blieb gelassen. »Ach, gucken Sie mal, Herr Berthold, da kommt ja schon das Köpfchen! Frau Berthold, nun müssen wir aber pressen.« Ich wollte sie anfauchen, dass sie ja wohl nichts zum Pressen hatte, aber die nächste Wehe raubte mir fast den Verstand.

Thilo stand immer noch hinter mir und krallte sich in meine Hände. Ich hechelte und presste, hechelte und presste und schrie das halbe Krankenhaus zusammen. Dabei zerquetschte ich fast Thilos Finger. Er hechelte und presste auch, litt redlich mit mir, und durch meine Schreierei sorgte ich dafür, dass er sich kaum erholen konnte. In einer Atempause drehte ich den Kopf zu ihm und keuchte: »Schatz, versprichst du mir was?«

»Alles, was du willst, Billie!« Er war leichenblass und hatte Schweißperlen auf der Stirn. Die Geburt strengte ihn sehr an.

»Nie wieder Sex. So was halte ich nicht noch mal aus. Versprich mir, dass wir nie wieder …« Und dann schrie ich wieder und presste und hechelte.

»Ich verspreche es!«, flüsterte Thilo.

Irgendwann mischte sich in meine Schreie ein anderer Schrei.

Das Baby war da. Unser Sohn. Jonas.

Für das Gefühl, als ich ihn im Arm hatte, hätte ich alles sofort noch einmal durchgemacht, auch wenn es wieder sechsundzwanzig Stunden gedauert hätte.

Das Lied im Radio war zu Ende, und meine Gedanken kehrten in die Gegenwart zurück.

Ich aktualisierte das Haushaltsbuch, klappte es zu – und wusste nicht, was ich dann machen sollte.

Sollte das Timo drüben mal schön putzen, ich würde ihr bestimmt nicht zur Hand gehen, sie bekam Geld dafür.

Ich ging zum Bücherregal, schaute mir die Buchrücken an. Fachbücher für Banker und Börsenmenschen, Biografien von Leuten, die ich nicht kannte. Ein Fotoalbum. Ich zog es heraus. Caro und Jonas bei einer Party. Als Brautführer bei einer Hochzeit. In Kostümen beim Karneval. Anlässe, an denen ich nie hatte teilnehmen können. Okay, Karneval hätte ich mit ihnen sowieso nicht gefeiert ...

Caro beim Skifahren, Caro am Strand, Jonas und Caro an einem See. Caro mit Lady Gaga.

Mit Lady Gaga? Was?! Das musste eine Fotomontage sein.

Caro war auf diesem Bild stark geschminkt und trug eine silberfarbene Bluse, sie sah aus wie ein Model. Und Lady Gaga trug dieses weiße Outfit mit den Glitzersteinen und die langhaarige weiße Perücke, die ich von ihrem Auftritt in Hamburg kannte.

Moment. Ich zog das Bild vorsichtig ab.

Das war nicht zu fassen. Mein Herz setzte fast aus, als ich las: *Caro und Lady Gaga, Oktober 2014*.

Mit zitternden Fingern klebte ich das Bild wieder fest, klappte das Album zu und stellte es an seinen Platz.

Meine Güte. Dieses Mädchen, das für mich wie eine Tochter hätte sein können, war am selben Tag wie ich in Hamburg gewesen. Auf demselben Konzert. Und wahrscheinlich hatte Jonas das Foto von ihr und Lady Gaga gemacht.

Ich schlug meine Hände vors Gesicht und begann bitterlich zu weinen. Ich weinte über so viel verlorene Zeit und so viele verpasste Chancen, die unwiederbringlich vorbei waren.

12

In den nächsten Wochen kam ich geistig und körperlich an meine Grenzen. Thilo ging es nicht anders.

Der Schulalltag hielt uns ganz schön auf Trab. Früh aufstehen, August zur Schule bringen und wieder abholen, Hausaufgaben beaufsichtigen, den Jungen zu Freunden bringen und wieder abholen, Besuche von Wio, Charly, Elfie und manchmal von Gitta, Wochenenden mit Jonas. Ein Event jagte das nächste, es gab keine Atempause.

Ich ging neuerdings zu den Chorproben und hatte mich von Elfie breitschlagen lassen, beim Friedhofskonzert im Oktober dabei zu sein. Anfang November würden wir mit August nach Krudhof fahren, zur Eisernen Hochzeit von Thilos Eltern. Dafür hatten wir August in der Schule entschuldigt.

Doch, ich freute mich auf zu Hause, verband den Gedanken an unser Haus und den Garten mit Ruhe, Beschaulichkeit und gemütlicher Langeweile. Auf einmal?

Ja, das Kölner Leben raubte mir meine Kraft. Und ich war gespannt, wie unser Garten aussah; der Gärtner hatte Thilo immer wieder Fotos geschickt, aber das war was anderes, als mittendrin zu stehen zwischen Bäumen und Büschen, zu sehen, zu hören, zu riechen und zu fühlen.

Es glich also kein Tag dem anderen. Ich war viel unterwegs und kam kaum zum Nachdenken, obwohl ich im Haushalt nicht mehr viel machen musste. Stichwort Anna. An den Tagen, an denen sie im Haus war, sorgte ich dafür, dass Thilo möglichst viel unterwegs war.

Dabei kam mir Charly zufällig zu Hilfe. Ab Ende September hatte er nämlich nur noch ein Thema im Kopf: den Elften im elften. Das hieß, am 11. November wurde in Köln der Karneval eröffnet, sie nannten es »die fünfte Jahreszeit« und »Sessionseröffnung«, und von da an hatten sie bis zum Aschermittwoch täglich einen Grund, um im Kostüm zu feiern. Ich würde das nie verstehen.

Natürlich war Thilo hin und weg, weil er diesen Zirkus in dessen Hochburg endlich live mitmachen konnte. Und weil um ihn herum jede Menge Gleichgesinnte waren. Charly war noch karnevalsverrückter als Thilo, da hatten sich die Richtigen gefunden. Sie heckten irgendwas aus, und ich sorgte dafür, dass sie sich an den Tagen trafen, an denen Timo Anna im Haus war.

Es war nicht so, dass ich Thilo nicht über den Weg traute, nein, ich traute *ihr* nicht. Er würde es nicht wagen, so eine junge Frau anzubaggern, allerdings entgingen mir seine schmachtenden Blicke nicht. Jeden Mittwoch dehnte ich unser Käuzchen-Mäuschen-Spiel ein bisschen aus, damit er danach satt und müde war. Zur Sicherheit nahm ich ab und zu auch noch den Montag hinzu.

Ich ging dem Timo dadurch aus dem Weg, dass ich meine gesellschaftlichen Pflichten wahrnahm und mich regelmäßig mit Elfie und Wio traf – wobei Pflicht nicht das richtige Wort ist. Wio hatte sich schon bei der Einschulungsparty und den Chorproben als freundliche, patente

Frau entpuppt, sie war mir trotz ihrer extravaganten Aufmachung sympathisch. Vielleicht weil ich dank Charly viel über sie wusste und sie mit anderen Augen sah als bei der ersten Begegnung.

Wio überfiel mich auch nicht mit unangekündigten Besuchen – eine Unart, die ich Elfie einfach nicht abgewöhnen konnte. Eines Tages rief Wio mich an und fragte, ob ich Lust hätte, mir mit ihr eine Theatervorstellung in dem Haus anzusehen, in dem sie arbeitete. *Kabale und Liebe*. Kannte ich nicht, aber ich überwand mich und sagte zu. Theater war eigentlich nicht mein Fall. Ich war in Krudhof mehrmals in der Aula der Schule bei Aufführungen der Laienspielgruppe gewesen, weil es sich so gehörte, dass man heimische Künstler beklatschte. Gefallen hatte es mir nicht.

Thilo hatte mich mal ins Theater in die Kreisstadt ausgeführt. Da gaben sie *Nabucco*. Natürlich kannte ich den Gefangenenchor aus dem dritten *Sissi*-Film. Das Lied fand ich wunderschön, aber ich konnte doch nicht ahnen, das es das einzige schöne Lied in dieser Oper war.

Wio und ich trafen uns an der Bahnhaltestelle in Sürth, von da fuhren wir mit der Linie 16 bis zum Bahnhof und stiegen dann um. In Köln war es völlig normal, mit der Straßenbahn zu fahren, kein Mensch guckte einen deswegen schief an. In Krudhof gab es nicht nur keine Straßenbahn, sondern so gut wie keinen öffentlichen Personennahverkehr. Bei uns fuhr der Bus zum Einkaufszentrum Montag bis Freitag von zwölf bis siebzehn Uhr jede Stunde um Viertel nach. Dabei hatte das Zentrum bis zwanzig Uhr geöffnet. Aber ich verstand, dass die Busse selten fuhren, wenn bei den wenigen Fahrten schon kaum einer drin saß.

In Krudhof besaß fast jeder ein Auto. Es war bei uns so selbstverständlich, ein Auto zu haben, dass die Leute misstrauisch wurden, wenn man keins hatte. Thilo und ich fuhren sogar zwei Wagen: ich einen Opel Kadett und er einen silbernen Volvo.

Einmal kam der Volvo in die Werkstatt, genau zu der Zeit, als Thilo nach Oer-Erkenschwick zu einer Tagung musste. Er fuhr natürlich mit meinem Kadett, und ich musste mit dem Bus zur Firma. Nach meinem vierten Tag als Busfahrerin wartete Schlabber-Else am Zaun auf mich. Sie war katzenfreundlich und begann das Gespräch mit den Worten, ich könne ihr alles anvertrauen, wir wären ja jetzt schon so lange Nachbarn, dass sie mich in solchen Fällen nicht allein lassen würde.

»Was denn für Fälle?« »Billie, wir wissen, dass ich auch ganz gern mal ein Weinchen trinke. Aber wenn das zur Gewohnheit wird ...« »Worum geht's hier genau?«, fragte ich ratlos. Sie feixte. »Also wenn das zur Gewohnheit wird, ich meine, wenn man das öfter tut, es nicht mehr lassen kann, dann ist das eine anerkannte Krankheit. Das weißt du doch.«

Dass Schlabber-Else ein Alkoholproblem hatte, vermutete ich schon lange, bei den Mengen Glasmüll, die sie immer zum Container schleppte. Wollte sie mit mir darüber sprechen? Ausgerechnet mit mir. Ich war verwirrt.

»Billie, jetzt mal Butter bei die Fische«, sagte sie plötzlich. »Wann kriegst du deinen Schein wieder?«

»Meinen Schein?«

Sie wurde ärgerlich. »Nun mach es dir doch nicht so schwer! Man hat dich schließlich gesehen.«

»Mir? Schwer? Gesehen? Mich? Wo denn?«

Jetzt wurde sie laut: »Hör mal, du musst mich nicht für dumm verkaufen. Ich weiß aus absolut zuverlässiger Quelle, dass du Bus fährst.«

»Bus fährst«, echote ich. Ich verstand sie einfach nicht.

Sie seufzte ungeduldig. »Uschi hat dich morgens mehrfach an der Bushaltestelle gesehen, und du bist jedes Mal in den Bus eingestiegen. Und Diekmann hat dich nachmittags aussteigen sehen. Er hat neulich zufällig euren Personalleiter getroffen und ihn gefragt, ob die Chefin wegen Trunkenheit keinen Führerschein mehr hat und deswegen mit dem Bus fahren muss!«

Ich schnappte nach Luft. »Und? Was hat er erfahren?«

Schulterzuckend sagte sie: »Nichts weiter, ist doch klar, dass eure Angestellten nicht die Wahrheit sagen. Wes Brot ich esse, des Lied ich sing ...«

Ich drehte mich um und ließ sie einfach stehen. Diese Nachbarn. Typisch. Die hatten echt nichts Besseres zu tun, als Leute anzuschwärzen.

Hier in Köln war das mit dem ÖPNV anders. Da musste man sich nicht schämen, wenn man mit der KVB fuhr. Es kannte einen ja keiner. Eben war eine Frau im Abendkleid eingestiegen. Außer mir hat wahrscheinlich kein Mensch darauf geachtet. Ich habe mir bildlich vorgestellt, was bei uns in Krudhof los wäre, wenn ich im langen Fummel in den Vierhundertzwölfer-Bus einstiege. Der Fahrer würde mich wahrscheinlich direkt einweisen lassen.

Nicht so in Köln. Wenn die hier so empfindlich wären wie wir in Krudhof, müssten sie nämlich jeden zweiten einweisen lassen. Allein, weil die hier schon im November in ihren Karnevalsverkleidungen Bahn fuhren. So wie die Frauen, die eben neben uns auf dem Viererplatz saßen, ihren Flachmann im Brustbeutel mitführten und unverständliche Lieder sangen. Alle im Kükenkostüm aus Plüsch. Das musste man mögen.

»Jommer inne annere Kaschemm«, grölten sie und lachten sich scheckig über ihr eigenes Kauderwelsch.

»Das gibt es bei uns nicht. Gibt gar keinen Karneval bei uns«, sagte ich zu Wio.

Eine grauhaarige Dame vor uns drehte sich um. »Ach Jottchen, dat is ja schrecklisch! Sie Arme!« Sie schaute mich voller Mitleid an.

Tja. Die Kölner sind ein Völkchen für sich.

Das Theater war voll. Manche Besucherinnen und Besucher hatten sich ziemlich aufgedonnert. Ein paar Prominente waren da, manche benahmen sich jedenfalls so. Die ältere Dame mit den viel zu hohen Stöckelschuhen zum Beispiel, die sah aus wie eine Promigattin. Der Mann neben ihr wirkte unscheinbar und war auffallend kleiner als sie. Ihre blonde Wallemähne bewegte sich keinen Millimeter, auch nicht, als sie den Kopf geziert nach hinten warf. Wie sie ihre Louis-Vuitton-Tasche schwenkte, damit jeder sehen konnte, dass sie eine hatte, fand ich vulgär. Die Begrüßungen ... Bussi links, Bussi rechts. Meine Güte, wie albern.

Mein Hosenanzug war genau richtig. Nadelstreifen waren immer gut. Wio hätte es ein bisschen dezenter machen können, die Federboa war übertrieben. Satinhandschuhe und Dekolleté hätten gereicht.

Reihe zwölf, Platz acht und neun, von da aus konnte man gut sehen.

Schick war das Theater nicht, eher düster. Mir fiel auf, dass man vor der Vorstellung gründlicher hätte staubsaugen können; auf dem schwarzen Teppichboden sah man jede Fluse. Es war nicht in Ordnung, dass man über schlecht gesaugten Teppich gehen musste, wenn man so viel Geld für ein Schauspiel ausgegeben hatte, das man nicht kannte. Okay, Wio hatte Freikarten, aber es ging ums Prinzip.

Hier gab es nicht mal einen Vorhang. Jeder sah sofort das Bühnenbild. Es war überhaupt keine Überraschung.

»Moderne Inszenierung«, hatte Wio gesagt.

Ich kannte moderne Stücke aus dem Fernsehen, da turnten immer Nackte rum. Oft waren sie am ganzen Körper angemalt, sodass man nichts richtig erkennen konnte, aber nackig waren sie trotzdem. Ob die hier auch Nackte hatten? Ich beobachtete die Leute. Wenn der Typ neben mir weiter derart mit dem Fuß wippte, würde ich mich nicht konzentrieren können. Die ganze Reihe vibrierte, so heftig schaukelte der! Ob er nervös war? Der ging wohl nicht alle Tage ins Theater. Und jetzt wartete er auf die Nackten. Ihm wuchsen Haare aus den Ohren. Thilo wuchsen Haare aus der Nase. Er hatte eine bestimmte Schere, mit der er sich die Nasenhaare schnitt. Ich hatte ein blaues Bändchen an die Schere gebunden, damit ich sie nicht versehentlich benutzte. Nasenhaare sind nicht immer ohne alles.

Es ging los. Ohne Vorwarnung und ohne Vorhang. Ich wusste nicht, ob ich es gut finden sollte, dass die Männer auf der Bühne Lederklamotten trugen. Die waren bei Hofe, da waren ein Präsident und sein Sohn, ein hübscher Bursche, und ein Sekretär.

»So einer trägt doch keine Lederkluft wie ein Rocker, schon gar nicht, wenn er *Wurm* heißt. Hat Schiller sich die Namen ausgedacht, oder sind sie Teil dieser neuen Inszenierung?«, flüsterte ich Wio ins Ohr.

Sie legte den Finger an die Lippen und wisperte: »Später!«

Ich zuckte zusammen, als das Licht anging. Pause.

Wie peinlich, ich war eingeschlafen! Hoffentlich hatte ich nicht geschnarcht.

Wio grinste mich an. »Wir fahren nach Hause, okay? Ich kann mir das Stück morgen noch mal ansehen. Theater ist offenbar nicht dein Fall.«

Da hatte sie recht. Aber ich fand es nett von ihr, dass sie es wenigstens versucht hatte.

Das Friedhofskonzert konnte am Wochenende wegen des guten Wetters draußen stattfinden. Über hundert Zuschauer drängelten sich auf dem Vorplatz des Abschiedsraumes, als wir uns aufstellten!

Inzwischen hatte Elfie dem Chor einen Namen gegeben: Wir sangen nun als »Wilde Weiße Wiever«. Wild, na ja, Wiever ist Kölsch und heißt übersetzt Weiber, und der Ortsteil Weiß sorgte für die komplette Alliteration.

Außer den Sängerinnen musizierte Charly auf der Geige, Gus spielte Mundharmonika, und August, unser kleiner Star, auf seiner Blockflöte. Elfie hatte auch Thilo eingespannt: Er beherrschte kein Instrument und wagte immer erst nach dem sechsten Kölsch zu singen, aber die Triangel auf Charlys Zeichen hin zum Klingeln bringen, das konnte er.

Wir bekamen begeisterten Applaus und mussten dem Publikum versprechen, das Konzert zu wiederholen. Sogar die lokale Presse war da, um darüber zu berichten.

Anschließend gab es Salzstangen und Pittermännchen, das sind kleine Kölschfässer, die Elfie auf Stehtischen platziert hatte und aus denen sich die Leute ihr Kölsch selber zapften. Es war meine erste Party auf einem Friedhof.

Jonas brachte August irgendwann nach Hause und behauptete, sich hinlegen zu müssen, weil er müde sei. Ich war auch müde, so müde wie seit Jahren nicht, aber wir blieben noch.

Ich kam mit Charly ins Gespräch. Seit unserer therapeutischen Sitzung auf der Terrasse war ich ihm aus dem Weg gegangen. Ich hatte dabei zu viel von mir preisgegeben und fürchtete mich davor, nun angreifbar oder verletzlich zu sein.

Jetzt saß er neben mir auf der Bank vor dem Abschiedsraum und fing das Gespräch an. »Ich freue mich auf Karneval! Schön, dass Thilo dabei ist.«

Das kommentierte ich nicht. Für diesen Mummenschanz hatte ich wirklich kein Verständnis.

»Mit meiner Uschi habe ich jedes Jahr gefeiert. Immer am Elften im elften. Und dann in der Session jeden Tag, von Weiberdonnerstag bis zur Nubbelverbrennung.«

»Was für 'ne Verbrennung?«, fragte ich etwas mürrisch.

»Nubbel.«

»Ist das was Kölsches?« Ich assoziierte das Wort mit Nabel, Nippel und Knubbel.

»Nubbel ist so was wie ein Sündenbock für alles. Er ist eine große Strohpuppe, angezogen mit Hose, Hemd und Hut, die in der letzten Karnevalsnacht öffentlich verbrannt wird.«

Ich schaute ihn entgeistert an. »Ihr richtet Strohpuppen hin? Warum?«

»Weil der Nubbel an allem schuld ist!«

»An was bitte ist eine Strohpuppe schuld?«

»An allem! Das wird in einer richtigen Anklage in kölscher Mundart vorgetragen, meistens von einem Jecken, der sich als Geistlicher verkleidet hat. Der stellt dann zum Beispiel Fragen wie: ›Wer ist schuld, dass wir unser ganzes Geld versoffen haben? Wer hat Schuld, dass wir fremdgegangen sind?‹ Und dann schreien die Zuschauer: ›Der Nubbel hat Schuld! Er soll brennen!‹ Oder so ähnlich.«

Ich starrte Charly ungläubig an.

Er tätschelte beruhigend meine Hand. »Wenn der Nubbel verbrannt ist, sind alle Sünden getilgt, und wir gehen in die Kneipe und feiern, bis der Aschermittwoch beginnt. Danach ist alles vorbei, und wir fasten bis Ostern. Das ist wirklich schön, Billie, komm doch dieses Jahr einfach mal mit!«

Schön?! »Nein danke. Ich habe nicht gesündigt, ich brauche keine Vergebung, und einer muss ja auf August aufpassen.«

»Okay, verstehe ich, ist nicht jedermanns Sache. Aber du hast nichts dagegen, dass Thilo mitfeiert?«

Ich schüttelte den Kopf. »Macht ihr mal ...«

»Ich passe auf ihn auf, versprochen. Als meine Uschi noch lebte, war diese Zeit die schönste im Jahr, wir waren ein Spitzenteam. Und wir hatten die tollsten Kostüme, die immer aufeinander abgestimmt waren.« Er zögerte kurz. »Als Uschi weg war, hab ich zwei Sessionen ausgesetzt, aber jetzt, mit Thilo, jetzt fange ich wieder an zu leben. Wio hilft uns. Sie näht wie eine Göttin!«

Ich wusste nicht, ob und wie Göttinnen nähen konnten, und beließ es dabei.

So war es mir auch nicht wichtig, dass Thilo Dienstag und Donnerstag zur Kostümprobe fuhr. Er tat geheimnisvoll, aber weil es mir egal war, wie er an den tollen Tagen rumlief, kümmerte ich mich nicht darum.

Donnerstag sollte er August von der Schule abholen. Um kurz nach eins rief er an. »Billie, wir fahren noch mal zu Wio zur Kostümprobe, ich nehme August und Hanna mit. Wir essen am Zülpicher 'ne Currywurst. Sagst du Anna Bescheid?«

Es passte mir nicht in den Kram, den ganzen Tag mit dem Timo allein im Haus zu sein, aber ich hatte keine Wahl.

Anna war im Keller und bügelte. Schon praktisch, so eine Haushaltshilfe. Insgeheim zollte ich ihr Respekt, weil sie wirklich eine Perle war. Als ich allerdings ihre knallenge Jeans im MfH-Schnitt (Muschi frisst Hose) und das bauchfreie Oberteil sah (es war Ende Oktober und weiß Gott kein Hochsommer mehr, der diesen Aufzug wenigstens ansatzweise gerechtfertigt hätte), vergaß ich meinen gefühlsduseligen Anflug. Ich richtete ihr aus, was ich auszurichten hatte.

»Vielen Dank!«, antwortete sie, und bevor sie mich in irgendein Gespräch verwickeln konnte, rauschte ich wieder ab. Ich wusste nicht warum, aber ich mochte sie nicht.

Beim Abendessen sagte August plötzlich mit vollem Mund: »Wenn Opa und Charly ein Baby kriegen und wenn das mal groß ist, kann ich damit spielen, oder?«

Ich glaubte, mich verhört zu haben, und bat ihn, den Satz mit leerem Mund zu wiederholen.

»Aaaah«, sagt er und zeigte mir die aufgerissene Schnüss mit etwas Breiigem darin. Er schluckte demonstrativ und wiederholte: »Wenn Opa und Charly ein Baby kriegen, wird das eines Tages groß, und ich kann damit spielen, oder?«

»Schätzchen, wie sollten Opa und Charly an ein Baby kommen?«

»Wenn das geboren wird, kommt es unten raus, dann wächst es und wird groß, weil, sie wollen doch heiraten.«

Erst fiel mir die Kinnlade runter, dann das Messer.

Thilo fing an zu lachen. August machte ein ratloses Gesicht.

Meine Kopfhaut begann zu kribbeln, als hätten sich tausend Ameisen in meinen Haaren eingenistet.

»Wer will heiraten?«, fragte ich lahm.

August verdrehte die Augen. »Oma! Charly und Opa sind ein Hochzeitspaar. Opa hat einen Lyzinder und einen Anzug, und Charly hat ein weißes Brautkleid und einen Heiratsschleier!«

Jetzt warf Thilo sein Besteck auf den Teller und lachte so sehr, dass August davon angesteckt wurde und mitlachte.

Ich blieb ernst. Ich verstand nicht, was so witzig war.

Was hatte August gesagt? Charly im Brautkleid und Thilo im Anzug? Was war das für ein wirres Zeug?!

Endlich hatte Thilo sich beruhigt. »Billie, keine Panik, Charly hat mich nicht umgepolt. Wir gehen Karneval als Brautpaar! Wio hat das Kostüm von Edu umgearbeitet, jetzt passt es mir. Es wird der Knaller.«

»Moment, Moment. Du meinst Charlys Kumpel Edu, der, von dem er den Beo geerbt hat, bei dessen Beerdigung wir waren?«

»Ja, genau. Aber Edu war sein Mann, nicht sein Kumpel.«

Ich verstand kein Wort. »Mann? Charly ist Witwer. Und seine Frau hieß Uschi!«

Jetzt sah Thilo mich mit großen Augen an. »Sag bloß, das hast du nicht gewusst?«

»Was gewusst?«

»Dass Charly mit Eduard Uschinksy verpartnert war. Die waren über dreißig Jahre zusammen. Uschinsky, genannt Uschi. Und Charly nennen sie in seinen Kreisen *die Kaiserin*.«

Ich konnte nicht antworten. Charly Kaiser war ein ... er war ... er war nicht ... er hatte keine Frau gehabt ... Uschi war Edu ...

Dann dämmerte mir noch etwas. »Deswegen hast du gesagt, er hätte dich nicht umgepolt? Besteht da Gefahr ... ich meine ... willst du ... will er mit dir ...« Ich konnte nur noch stottern.

August war es schließlich, der sich einmischte. »Oma, das ist einfach: Es gibt Männer, die heiraten mit Frauen, und es gibt Männer, die heiraten mit Männern, kommt drauf an, mit wem sie verliebt sind. Es gibt auch Frauen, die mit Frauen heiraten. Das hat Mama mir erklärt.«

Das hatte Caro ihm gut erklärt, ja. Trotzdem musste ich mich erst mal sammeln.

Als August im Bett war, sprachen Thilo und ich noch mal darüber.

»Warum hat Charly mir denn nichts gesagt?«, fragte ich.

»Ich bitte dich, Billie, erzählst du jemandem, den du kennenlernst, dass du heterosexuell bist?«

»Also bitte! Natürlich nicht!«

»Und warum hätte Charly das tun sollen?«

Darauf wusste ich keine Antwort. Dass ich mich ein bisschen hintergangen fühlte, konnte ich mir selber nicht erklären. Ich meine, es war natürlich nicht wichtig, mit wem Charly in die Kiste sprang. Er war ein hübscher, gepflegter und freundlicher Mann. Oder war es doch wichtig? So oft, wie er mit Thilo in der letzten Zeit zusammengehockt hatte ... und nun wollten sie Karneval als Brautpaar gehen? Ausgerechnet?

»Sag mal, muss ich mir Sorgen machen?«, fragte ich mit hochgezogener Augenbraue.

Thilo schüttelte den Kopf, nahm sein Handy und rief ein Foto auf. »Höchstens darüber, ob ich in Edus umgearbeitetem Frack zu dick aussehe. Guck mal.« Er reichte mir das Handy.

Es war ein Bild für die Götter!

Ich kicherte und gab ihm das Handy zurück. »Ihr seht aus wie Dick und Doof, nur dass Charly hübscher ist als Stan Laurel, und du nicht ganz so dick bist wie Oliver Hardy.«

Und was antwortete Thilo, anstatt beleidigt zu sein?

»Mensch Billie, großartige Idee! Dick und Doof, das nehmen wir am Rosenmontag als Kostüm, da wussten wir nämlich noch nicht, was wir anziehen sollen! Wio kann bestimmt besorgen, was wir dafür brauchen.«

Wo war ich hier nur hingeraten?!

Das alles war sehr erschöpfend. Als ich auf der Bettkante saß und meinen Knirschschutz auf die Zähne drückte, schaffte ich es danach gerade noch, mich zuzudecken. Ich war sogar zu müde, um mir die Stöpsel in die Ohren zu stopfen. Wahrscheinlich lag ich nur drei Sekunden da, bevor ich einschlief.

13

Anfang November fuhren wir nach Krudhof. Es war ein komisches Gefühl, das eigene Zuhause nach vier Monaten Abwesenheit zu betreten. Im Haus roch es abgestanden. Ich zog erst mal die Jalousien hoch und lüftete ordentlich durch.

August lief von einem Zimmer ins andere und sagte mehrfach:

»Cool! So was hat meine Oma in Bayern auch!« Dabei zeigte er auf unser altes Küchenradio und die Melitta-Kaffeemaschine.

Auch, dass ich eine Tischdecke auf dem Esstisch liegen hatte, fand er lustig. »Wofür ist das, Oma?«

»Damit es schön aussieht!«

»Aber es sieht nicht schön aus.«

Ich erinnerte mich daran, dass Jonas mal gesagt hatte, wir seien die Generation Tischdecke und er die Generation Zahnspange. Da war was dran.

Thilo überließ mir die Koffer und die Wäsche; er ging mit August sofort in den Keller. Wir hatten dort einen Raum, in dem wir seit Jonas' Kindheit alles Mögliche von ihm aufbewahrt hatten. Dazu gehörten neben Kisten voller Lego- und Duplosteine auch ein Kettcar und Fahrräder in verschiedenen Größen. Ich hörte August jubeln, als er mit dem Kettcar über die Terrasse, den Plattenweg im Garten und den Bürgersteig vor dem Vorgarten bretterte. Der Kleine hatte fast sechs Stunden im Auto gesessen, und ich verstand seinen Bewegungsdrang.

Nachdem ich die erste Maschine Wäsche eingesteckt, den leeren Kühlschrank inspiziert, einen Einkaufszettel geschrieben und mir einen Kaffee gekocht hatte, öffnete ich das Küchenfenster auf Kipp, setzte mich und beobachtete August, der auf dem Bürgersteig für die Formel Eins trainierte.

Es dauerte nicht lange, bis sich bei Schlabber-Else die Gardine bewegte. Sie hatte also wie gewohnt ihren Posten bezogen.

Uschi Doberenz-Tiekenheinrich war weniger diskret. Sie stand drüben auf dem Balkon über der Haustür, die Fäuste in die Seiten gestemmt, die Mundwinkel fast bis zu den Schlüsselbeinen heruntergezogen und beugte sich vor, um August besser sehen zu können.

Der hatte einen ordentlichen Zahn drauf und rief eine Art Fahrgeräusch: »Nänn, nännnänn, nännännännännn!«

Uschi brüllte in der Sekunde, in der er Luft holte: »Hallo! Junger Mann!«

August bremste mit kreischendem Quietschgeräusch, schaute sich um, entdeckte die Furie auf dem Balkon, winkte ihr lachend zu und rief: »Hallo, meinst du mich? Ich bin August, und wie heißt du?«

Uschi entgleisten sämtliche Gesichtszüge. Sie keifte: »Das fehlte noch, dass ich mich fremden Blagen vorstellen muss! Sei gefälligst leise, es ist Mittagsruhe!«

August schaute verwirrt zu ihr hinauf. »Was ist Blagen und was ist Mittagsruhe?«

Jetzt fuchtelte die Alte mit den Armen. »Ich helf dir gleich, du! Auch noch frech werden!«

August schien diesen keifenden Ton gar nicht zu bemerken und rief: »Danke schön, aber ich brauch gar keine Hilfe, ich muss nur noch zweihundert Runden fahren, dann geht's ab in die Ferrari-Box!«

Er startete sein Formel-1-Kettcar mit lautem Geschrei und ratterte an Schlabber-Elses Haus vorbei, wendete, passierte Uschi und ignorierte ihren Ruf: »Du unverschämter Lümmel ...«

Ich musste so lachen, dass man mich bestimmt noch auf der Straße hören konnte.

In dem Moment kam Thilo draußen in mein Blickfeld, grüßte Uschi scheißfreundlich und fragte August: »Alles okay, Kumpel?«

»Ja, Opa, was ist Mittagsruhe?«

»Das ist die Zeit von eins bis drei, in der alte Leute ihren Mittagsschlaf machen müssen, sonst fallen sie tot um«, erklärte Thilo mit betont lauter Stimme.

Jetzt riss Diekmann drüben die Haustür auf und brüllte: »Was ist hier ...«

August sprang aus dem Kettcar, ging einen Schritt auf ihn zu, legte den Zeigefinger an die Lippen und sagte: »Pssst! Du musst ganz leise sein und schlafen gehen, sonst fällst du gleich tot um!«

Ich sah, dass Thilo sich zusammenriss, um keinen Lachflash zu bekommen. Er fasste August an die Schulter. »Geh rein zur Oma, wir haben was vor.«

Diekmann rief hinter ihnen her: »Und die alte Schrottkiste nehmt ihr mit, die hat auf dem Bürgersteig nichts zu suchen!«

Jetzt hatte August offenbar die Nase voll, er marschierte zurück an die Straße, stapfte mit dem Fuß auf und schimpfte: »Das ist eine Einfahrt und kein Bürgersteig, und die gehört meinem Opa, und das ist keine Schrottkiste, das ist nämlich ein Kettcar, und damit ist mein Papa immer gefahren, als er ein Kind war. Und wenn ich ihn anrufe, kannst du mit ihm facetimen, und dann wird er dir sagen, dass du mich nicht anschreien darfst, weil ich dich gar nicht kenne.«

Sprach's und stapfte wütend ins Haus.

Was für ein großartiger Kerl. Ein Goldstück. Meine Güte, hatte der Kleine es dem alten Meckerkopp gegeben. Meine Freude darüber, zu Hause zu sein, war trotzdem verflogen. Was waren denn das für Leute? Mit denen lebten wir seit dreißig Jahren Tür an Tür? Wie gingen sie mit einem kleinen Jungen um? Und warum verhielten sie sich so? Aber das war früher, als Jonas klein war, nicht anders gewesen.

Ich dachte an Elfie, Gitta, Gus, Wio und Charly. Niemals hätten sie August so behandelt, niemals.

Wir machten uns auf den Weg zu Thilos Eltern. Jemand von der Tageszeitung hatte sich angemeldet und wollte einen Artikel über das Jubelpaar schreiben. Grete, Thilos Mutter, hatte gefragt, ob wir dabei sein könnten.

Nun hatte ich nie ein besonderes Verhältnis zu Thilos Eltern gehabt, ich bin im Umgang mit Familie einfach nicht geübt. Aber ich verstand, dass Grete und Kurt wegen der Pressefrau ein bisschen aufgeregt waren.

Eiserne Hochzeit. Das muss man sich mal auf der Zunge zergehen lassen: Fünfundsechzig Jahre Ehe. Da hast du keine Chance auf was Neues, wenn es nicht mehr läuft.

Eiserne Hochzeit ... ist Eisen nicht irgendwann völlig verrostet?

Fünfundsechzig Jahre immer mit demselben. Jedenfalls offiziell. Frauen wie Grete mussten durchhalten, so eine Verabredung, wie Thilo und ich sie damals vorübergehend hatten, wäre in ihrem Universum nicht möglich gewesen. Auch keine Scheidung. Dabei waren Grete und Kurt alles andere als ein glückliches Paar. Ich kannte sie nur stichelnd und zankend.

Kurt nannte ich insgeheim »Stinkstiefel«. Weil er seine Frau unmöglich behandelte. Was für eine aussichtslose Lage für eine Frau. Angenommen, Grete hätte sich scheiden lassen wollen. Dann hätte niemand mehr mit ihr geredet. In ihrer Generation gab es das nicht, mit einer Geschiedenen sprach keiner. Bis wann gab es eigentlich das Schuldprinzip? Meine Mutter hatte mal erklärt: »Wenn der Mann fremdgegangen ist, hat er getan, was ein Mann tun muss. Wenn er fremdgevögelt hatte, weil die Frau ihre ehelichen Pflichten nicht erfüllt hatte, konnte sie schuldig geschieden werden. Wer schuldig geschieden war, bekam die Kinder nicht zugesprochen.«

Es klingelte pünktlich an der Tür meiner Schwiegereltern.

»Eigentlich wollte ich nicht, dass Sie kommen. Unser Leben muss nicht in der Zeitung breitgetreten werden«, sagte Grete der Reporterin gleich an der Haustür ins Gesicht.

Mit einer Kopfbewegung forderte sie die Frau auf hereinzukommen.

Ich saß im Wohnzimmer. Thilo und August waren einkaufen gefahren und wollten später dazukommen. Ich als brave Schwiegertochter war natürlich schon präsent. »Wir gehen ins Wohnzimmer«, sagte Grete und kam mit der Reporterin herein.

Obwohl hier sowieso immer alles supersauber war, wusste ich, dass sie wegen der Frau von der Zeitung wochenlang geputzt hatte. Die helle Auslegware war im Quadrat staubgesaugt, man sah es an den Spuren im Velours. Die Fransen der Perserbrücken lagen Faden für Faden nebeneinander. Die Falten der weißen Gardinen waren mit durchsichtigen Plastiknadeln festgesteckt, in der Mitte der Fensterbank stand ein Alpenveilchen im Messingtopf. Eine Uhr tickte. Sonst war es still.

Hatte es hier jemals anders ausgesehen? Möbel und Teppiche waren wie neu, aber solange ich denken konnte, standen sie genau an diesen Stellen. Sogar das Alpenveilchen schien seit fünfundsechzig Jahren am selben Platz zu blühen.

Die Frau von der Zeitung und Grete setzten sich in die dunkelgrünen Samtsessel.

Ich stellte mich der Reporterin als Schwiegertochter vor und sagte, dass sie mich nicht beachten solle. »Ich setze mich rüber in die Essecke und bin quasi nicht da.«

Ich schaute durch den Raum. Auf dem Kacheltisch lagen die aufgeschlagene Fernsehzeitung und eine Fernbedienung. In den Regalen der Schrankwand standen gerahmte Fotos, auch unser Hochzeitsfoto und ein Bild von Jonas. Daneben ein Porzellanklo mit rosa Seidenblumen und ein Porzellanschwan mit weißen Seidenblumen. Pieksauber alles, nicht ein Stäubchen irgendwo. Hier würde das Ölgemälde vom röhrenden Hirschen gut reinpassen, aber Grete und Kurt hatten die Zwiebelturmkirche am See.

Thilos Mutter sah wie immer adrett aus: Die graue Dauerwelle war frisch gewickelt und saß wie ein Helm, die weiße Bluse war faltenlos. Zum dunklen Rock trug sie Hausschuhe.

»Mein Mann kommt gleich«, sagte sie in dem Moment, als Kurt eintrat. Er trug zum weißen Hemd eine Krawatte und auch Hausschuhe.

»Mutter, nun biete der Frau doch mal 'ne schöne Tasse Bohnenkaffee an«, sagte er, während er der Frau kräftig die Hand schüttelte. »Oder wollen Sie lieber Tee? Ist alles da, müssen Sie nur sagen.«

Sie wählte Kaffee.

»Mutter, nun hol den Kaffee und die Kekse, wo bist du denn wieder mit deinen Gedanken.« Kurt kniff die Lippen zusammen und schüttelte den Kopf.

Ich fand es widerlich, dass die beiden sich mit »Mutter« und »Vatter« anredeten. Hätte Thilo je »Mutter« oder »Mutti« zu mir gesagt, wäre ich ausgerastet.

Grete ging in die Küche. Um die Fransen der Perserbrücken machte sie einen Bogen.

Kurt setzte sich in den Ledersessel und drückte einen Knopf an der Armstütze. Die Sessellehne surrte einige Zentimeter zurück. »Habe ich mir zum Fünfundachtzigsten gegönnt, den Sessel«, sagte er stolz. »Das ist Optimismus, wenn man sich in dem Alter noch so ein teures Ding leistet, das können Sie mir glauben!« Er nickte beim Reden wie ein Wackeldackel auf einer Hutablage.

Die Frau nickte auch, offenbar glaubte sie ihm.

In der Küche hörte ich Geschirr klappern.

Die Frau holte Block und Stift aus ihrer Handtasche. »Sie haben also vor fünfundsechzig Jahren geheiratet. Sie wissen, dass wir über Paare, die Eiserne Hochzeit feiern, gern einen Artikel schreiben.«

»Schreiben Sie, schreiben Sie nur, wir haben nichts zu verbergen«, sagte Kurt.

Grete kam mit einem Tablett herein.

»Ach Mutter, warum hast du nicht das gute Geschirr genommen? Das doch nicht! Geh und hol das Indisch blau.«

Grete schaute ihn an und ging wortlos zurück in die Küche. Dabei machte sie wieder einen Bogen um die Perserfransen.

Wir tranken Kaffee aus indisch blauen Tassen. Die Kekse waren von Aldi.

»Wann haben Sie sich kennengelernt?«, fragte die Frau.

»1951«, sagte Kurt.

»Vatter, das stimmt nicht, es war 52«, berichtigte Grete.

Kurt guckte böse. »1951 kam mein Vater aus der Gefangenschaft und wurde ins Krankenhaus am Birkenweg gebracht!«

Grete sagte zu der Frau: »Jetzt fragen Sie bloß nicht nach, sonst erzählt er Ihnen die ganze Geschichte von Russland.«

Um Himmels willen. Wer Kurt kannte, kannte auch die Russland-Geschichten seines alten Herrn.

»Du hast doch nichts mitgemacht! Unser Vater war schwer verwundet und ...« Er wandte sich an die Reporterin. »Das Frollein hat es sich hier gut gehen lassen. Sie kommt vom Bauernhof, die haben ja nie Hunger kennengelernt. Die Bauern hatten sogar im Krieg zu fressen, weil die untereinander gekungelt haben, aber mein Vater, als der Russe ihn damals gefangen ...«

»Vatti! Ich will nicht, dass du vor der Frau so redest! Morgen steht alles in der Zeitung, was du sagst, in der Zeitung, du bist doch nicht bei Trost!« Nun wandte sich Grete der Journalistin zu. »Ich wollte sowieso nicht, dass Sie herkommen, wir wollen gar nicht in die Zeitung.«

Meine Schwiegermutter benahm sich wirklich komisch. Konnte doch die Reporterin nichts dafür, dass sie so lange mit dem Stinkstiefel durchgehalten hatte.

»Natürlich muss das in die Zeitung!«, polterte Kurt. »Was du immer redest. Schreiben Sie mit, junge Frau, wir haben nichts zu verbergen.«

Die Zeitungsfrau lächelte gequält. Auch kein leichter Job, dachte ich.

»Wann sind Sie geboren, Frau Berthold?«, fragte sie.

Sie notierte Gretes Alter.

»Waren Sie berufstätig?«

Kurt antwortete für sie. »Das hatte meine Frau nicht nötig! Wir hatten ein Geschäft, da brauchte sie nicht bei fremden Leuten arbeiten zu gehen!«

»Ich hab nicht gearbeitet? Und wer hat das Haus und den Garten in Ordnung gehalten und die Kinder großgezogen? Du hattest doch nur Zeit fürs Geschäft! Und wer hat dir die Bücher gemacht und im Laden geputzt?«

Jetzt wurde Kurt komisch: »Ach, wolltest du etwa auch noch' ne Putzfrau haben? Du hattest den ganzen Tag Zeit, dich um alles zu kümmern.«

»Und du hast hier keinen Handschlag getan, alles musste ich allein machen. Die Kinder haben dich auch nicht interessiert, nur wenn sie was ausgefressen hatten, warst du da!« Jetzt schluchzte Grete, zog ein weißes Taschentuch aus ihrem Blusenärmel und schnäuzte laut. Dann sagte sie zu der Frau: »Das schreiben Sie aber nicht! Ich wollte nicht, dass Sie kommen.«

»Ich schreibe nichts, was die Leute nichts angeht«, antwortete die Reporterin. »Aber …«, stammelte sie, »es wäre doch auch für die jungen Menschen … schön … zu wissen, wie man … so lange eine Ehe … aufrechterhält.«

Das konnte sie jetzt nicht ernst meinen, oder? Sie sah aus, als würde sie gerne gehen.

»Das kann ich Ihnen sagen, wie man eine Ehe aufrechthält«, ereiferte sich Kurt. »Man läuft nicht bei jedem Streit auseinander! Wenn man heiratet, heißt das: Bis dass der Tod euch scheidet. So was hat für Leute wie uns noch Gültigkeit.«

Die Frau verdrehte die Augen und hakte ein: »Wo haben Sie geheiratet?«

»Hier. Das war ja früher mal ein Bauernhof. Da war es Sitte, dass man auf dem Hof feiert. Die hatten ja keine Not nach dem Krieg. Als mein Vater …«

»Vatter!«

»Sind Sie in Weiß gegangen?«, fragte die Frau.

Jetzt lächelte Grete zum ersten Mal. »Meine Mutter hatte mir ein Kleid von der Tante umgearbeitet. Tag und Nacht hat sie daran gesessen.«

Ich sah hinüber zu den Fotos in der Schrankwand. Grete und Kurt als Brautpaar. Hübsche junge Leute. Dann schaute ich zu meinen Schwiegereltern. Ein Menschenleben später.

Verbitterte alte Leute. Was war mit ihnen geschehen? Warum hatten sie um jeden Preis durchgehalten?

»Welche Erinnerungen haben Sie an die Hochzeit, Herr Berthold?«

Kurt schlug sich aufs Knie und lachte auf. »Tja, wir haben uns ordentlich einen genommen, die Schwiegereltern haben damals noch schwarzgebrannt, wissen Sie.«

»Besoffen wie ein Stier warst du«, zischte Grete. »Und nicht nur am Tag der Hochzeit.«

Nun war es wieder mucksmäuschenstill, nur die Uhr tickte. »Das schreiben Sie nicht!«, sagte Grete laut. »Es geht keinen was an, was Sie hier hören. Ich hab gleich gesagt ...«

Die Frau von der Zeitung wurde ärgerlich. »Ich mache meinen Job. Wenn Sie sich nicht einig sind, gibt es eine Meldung in der Rubrik *Jubilare* und mehr nicht.«

Recht hatte sie.

Kurt beschwichtigte: »Mutter, nun schenk der Frau noch Kaffee ein, wo hast du wieder deine Gedanken.«

An der Tülle der Kanne war ein rosa Schaumgummi-Schmetterling als Tropfenfänger befestigt.

Die Journalistin machte tapfer weiter. »Wo werden Sie feiern?«

»Im Gasthof Zur Post«, sagte Kurt.

»Ich war die ganze Zeit dagegen«, keifte Grete. »Ich sehe nicht ein, dass wir den Leuten Essen und Trinken spendieren, damit sie sich später das Maul zerreißen können. Dem einen passt das Fleisch nicht, der andere hat nicht genug gepichelt, irgendeiner hat doch immer was zu lästern.«

Da hatte sie auch wieder recht.

»Natürlich wird gefeiert«, sagte Kurt. »Das gehört sich so! Was sollen die Leute denken, wenn wir nicht feiern. Sieht ja so aus, als könnten wir uns das nicht leisten.«

Jetzt hatte er recht.

So lief das hier in Krudhof-Oederort.

»Ich hab gleich gesagt, es soll nicht in die Zeitung«, meinte Grete.

Die Frau von der Zeitung stand unvermittelt auf und sagte: »Ich glaube, Sie haben recht. Danke für das Gespräch. Wir werden die Meldung in der Rubrik *Jubilare* bringen.«

Grete wirkte zufrieden. Kurt nicht.

Als die Frau weg war, sprachen wir keine fünf Sätze. Ich starrte in meine indisch blaue Kaffeetasse.

Grete wischte mit krummen Fingern unsichtbare Krümel vom Tisch in ihre Hand. Kurt stierte über den Rand seiner Brille ins Nichts, schließlich griff er nach der Fernbedienung und schaltete den Fernseher ein. Stumm schauten wir eine Doku über die Tierwelt in den Savannen Afrikas an.

Ich war froh, als Thilo und August endlich kamen und ein bisschen Leben in die Bude brachten. Es kam aber kein Gespräch auf; die beiden Alten waren so festgefahren in ihrer üblen Stimmung, dass ich den Besuch des Festes am nächsten Tag am liebsten abgesagt hätte.

Auch August fühlte sich bei seinen Urgroßeltern, die er zum ersten Mal sah und die mit ihm genauso wenig anfangen konnten wie er mit ihnen, sichtlich unwohl.

Als wir zu Hause aus dem Auto stiegen, die Gardinen in den Nachbarhäusern sich bewegten und ich an all die schlecht gelaunten, frustrierten und verbiesterten Leute dachte, mit denen ich heute zu tun gehabt hatte, lehnte ich mich an Thilos Schulter und seufzte: »Ich will wieder nach Köln!«

Er gab mir einen Kuss auf die Stirn und sagte: »Ja.«

Wir ertrugen die Feier im Gasthof Zur Post bei einem Drei-Gänge-Menü: Kraftbrühe mit Markklößchen und Sternchennudeln, zwei Sorten Braten (Kassler und Rind), Klöße, Kroketten und Leipziger Allerlei und Fürst-Pückler-Eis zum Nachtisch.

Als ich die schmelzende Eisschnitte auf dem Teller mit dem weinroten Landhausmotiv serviert bekam, musste ich lachen. Das gleiche Menü hatte es vor über vierzig Jahren zu meiner Konfirmation gegeben. Auch hier, im großen Saal des Gasthofes, der mit einer Falttür von der Gaststube abgetrennt war und in dem es auch nach etlichen Renovierungen immer noch nach kaltem Rauch roch.

Ich stach mit der Kuchengabel in die Fürst-Pückler-Schnitte. Erdbeereis, Vanilleeis, Schokoladeneis. Rosa, weiß, hellbraun, zwei Zentimeter dick, mit einer Verzierung aus Sprühsahne, in der eine dünne runde Waffel steckte. Diesen Nachtisch hatte es in meiner Kindheit zu jedem Festessen gegeben, an das ich mich erinnern konnte. Zu meiner Konfirmation, zu unserer Hochzeit, zum Festessen der Silber- und Goldhochzeiten meiner Schwiegereltern, zu Taufen, runden Geburtstagen, Weihnachtsfeiern in der Firma – immer hatte es Fürst-Pückler-Eis zum Nachtisch gegeben.

Hier änderte sich nie etwas, nie.

Als ich mit Wio telefonierte und ihr von der deprimierenden Feier erzählte, wusste ich genau, wie sie aussah, als sie rief: »Billie! Bloß kein Fürst-Pückler zum Dessert! Wenn ich das auf der Menükarte sehe, bringe ich mich so schnell wie möglich in Sicherheit.«

August schlief im Bett seines Vaters, abends saß ich noch auf seiner Bettkante. »Oma, bald ist Sankt Martin«, sagte er, »gibt es in diesem Land auch Martinssingen?«

Ich stutzte, weil er Krudhof als fremdes Land empfand. »Hier heißt es Martin-Luther-Singen, aber ich weiß nur noch, dass es im November ist.«

»Zu Hause singen wir, wenn St. Martin Namenstag hat, Mama und ich haben immer zusammen Laternen gebastelt …«

Darüber schlief er ein.

Der tapfere kleine Mann. Caro schien eine liebevolle Mama gewesen zu sein. Sie hatte, wahrscheinlich unbewusst, mit vielen Ritualen dafür gesorgt, dass August sie nie vergessen würde.

In unserem alten Schlafzimmer überkamen mich die Erinnerungen. Thilo schlief schon, ich beobachtete ihn im Halbdunkel des Zimmers. Er lag auf dem Rücken und schnarchte. Das hörte ich nicht, weil ich meine Ohrstöpsel trug, aber ich sah es an seinem geöffneten Mund. Wie gut ich diesen Mann kannte. Und wie lange. Ich lächelte, als mir etwas einfiel. Wenn Thilo mir früher samstagmittags ins Ohr raunte: »Mäuschen, ziehst du heute Abend deine sexy (mit weichem *S* – wie in *Sahne*) Sachen an?«, fragte ich jedes Mal: »Vor oder nach ›Wetten, dass‹?«

Er war immer besonders erotisiert, wenn ich ein durchsichtiges Babydoll und die Brokatschlappen mit den halb hohen Hacken und dem Puschel drauf anzog. In allen Farben hatte ich dieses Zeug.

Als Thilo die andere kennengelernt hatte, war ich in den ersten Wochen zutiefst gekränkt und eifersüchtig, aber das hätte ich mir niemals anmerken lassen. Nicht mal vor mir selber hatte ich das zugegeben. Meine sexy Sachen landeten aber sofort im Rote-Kreuz-Sack an der Straße.

Und dann passierte das Unglaubliche: Die Säcke wurden geklaut, bevor der Wagen kam, um sie abzuholen.

Ein paar Tage später war ich auf dem Flohmarkt am Verkehrsübungsplatz. Als ich durch die Reihen schlenderte, entdeckte ich plötzlich auf einem der Tapeziertische Babydolls mit Rüschen. Rosa, blau, weiß. Daneben meine Puschelschlappen. Ich habe meine Sachen sofort erkannt. Hinter dem Tisch standen die Kinder von Pastor Geldmacher. Sie verkauften Schuhkartons mit Legosteinen, Geschirr, Seidenblumengestecke. Und *meine* Babydolls. Mann, war ich sauer! Aber ich konnte doch nix machen. Sollte ich laut sagen, dass die Saubande meine Reizwäsche aus dem Kleidersack geklaut hatte?

Aber seit dem Tag wusste ich Bescheid. Beim Martinssingen hatte ich denen seitdem immer nur taube Nüsse und matschige Klementinen in die Tüten getan.

14

Wir waren wieder in Köln.

Thilo hatte sich in aller Herrgottsfrühe mit Charly getroffen, um den Beginn der Sessionseröffnung am Heumarkt nicht zu verpassen. Ich saß mit August morgens um elf vor dem Fernseher und schaute mir die Übertragung an, konnte die beiden aber unter den vielen tausend Jecken nicht ausmachen.

Singend und kölschbeseelt kam Thilo gegen Abend nach Hause, den Bart voller Konfetti, das Kostüm ramponiert und fleckig.

Ich eilte zum Fenster, als ich einen Wagen vorfahren hörte. Ein Taxi hielt vor dem Tor, Licht ging im Innenraum an. Thilo brauchte ewig, um den Fahrer zu bezahlen, stieg dann aus und kam in Schlangenlinien über den Weg aufs Haus zu. Ich stand in der Tür. »Du torkelst!«

Er grinste, kraulte sich Bart und Pappmelone, die ihm dabei vom Kopf fiel. Nachdem er sie trotz gefährlich aussehender Ausfallschritte aufgehoben hatte, zwinkerte er mir verschwörerisch zu, hob den Zeigefinger und sagte: »Wer schwankt … hat mehr vom Weg!«

Dieser Mann war einfach unmöglich. Er brachte mich immer wieder zum Lachen, auch – oder besonders – wenn ich es eigentlich gar nicht wollte.

Nur mit Mühe konnte ich ihn daran hindern, sich in voller Montur ins Bett zu legen. Leise lallte er irgendwelche Karnevalslieder vor sich hin. Auf seiner Stirn und am Kragen hatte er verschmierte Kussmund-Abdrücke, aber die beunruhigten mich nicht. Ich hatte am Abend zuvor mit ihm Käuzchen-Mäuschen gespielt, er war zufrieden und ausgeglichen, und ich wusste, dass er in dem Zustand nicht fremdgehen würde (oder konnte). Er hatte einen wunderbaren Tag gehabt, und den gönnte ich ihm.

Am nächsten Morgen ging es ihm entsprechend. Er kam in die Küche – ich hatte August schon längst zur Schule gebracht –, ließ sich auf einen Stuhl sinken und sagte mit heiserer Stimme: »Es trinkt der Mensch, es säuft das Pferd, und manchmal ist es umgekehrt ... Und dann flüstert dir dein Körper am nächsten Tag zu: mach das nie, nie wieder. Ich glaube, ich werde alt.«

Auf dem Friedhof war im Moment nicht viel los, keine Ahnung, warum in diesem trüben Monat so wenig gestorben wurde. Jonas konnte erst Mitte Dezember wieder nach Hause kommen, Thilo nutzte die Zeit und begann, die scheußlichen Styroporplatten von den Zimmerdecken zu reißen und durch eine Buchenholzvertäfelung zu ersetzen. Das sollte sein Weihnachtsgeschenk für Jonas werden. Mir wäre es lieber gewesen, wenn es in der Küche endlich vernünftigen Fußboden anstelle des hässlichen, kalten Estrichs gegeben hätte, aber das war ein Männerding, in das ich mich nicht einmischte.

Ich hatte mit August, der Beaufsichtigung seiner Hausaufgaben, den monatlichen Elternabenden, wöchentlichen Chorproben, einem Laternenumzug durch den Ort, den Einkäufen, Kochen, diesen vielen ungewohnten Sozialkontakten, den Käuzchen-Spielen und der Beaufsichtigung des Timo genug zu tun. Buchführung und kleinere Arbeiten im Garten fielen unter Entspannung.

Apropos Timo. Anna Weißbrod war zuverlässig und fleißig, dagegen konnte ich nichts sagen. Aber immer, wenn ich mir vornahm, sie nett zu finden, tauchte sie in einem Outfit auf, das mir den Atem raubte (Thilo ging es nicht anders, aber das hatte ich im Griff). Ihre Tochter Hanna mochte ich gern, sie war eine gute Spielkameradin für August.

Eines Abends nach der Chorprobe fragte Wio, ob ich auf ein Glas Wein mit ihr in das Lokal am Maternusplatz käme.

»Wenn ich keinen Wein trinken muss, gern!«, sagte ich und war über meine spontane Zusage selbst erstaunt.

Als wir an einem Zweiertisch am Fenster saßen, entschloss ich mich, doch einen Weißwein zu trinken, mischte ihn aber mit Mineralwasser.

Es hatte angefangen zu regnen. Eine ganze Weile saßen wir nur da und schauten hinaus auf den menschenleeren Maternusplatz, der dunkel und trostlos wirkte. Auf den Tischen des Lokals flackerten Teelichter in bunten Gläsern, es lief leise Musik, dazu kamen die Stimmen der schwatzenden Gäste, das Klappern des Geschirrs, die hin und her eilenden Kellner. Ich fühlte mich in dieser Atmosphäre ziemlich wohl.

Wenn wir in Krudhof so ein schönes Lokal hätten ...

Wio bestätigte quasi meinen Gedanken: »Ich sitze gern hier.« Sie trank einen Schluck Rotwein. »Wenn ich nicht im Theater oder bei der Chorprobe bin und nichts zu nähen oder zu waschen habe, komme ich her, trinke ein Glas Wein und beobachte die Leute.«

Ich konnte es nicht glauben. »Du gehst abends allein in ein Lokal, setzt dich allein an einen Tisch und trinkst Wein?«

Sie schmunzelte. »Was macht dich daran so fassungslos?«

»Na ja, sieht das nicht ziemlich verzweifelt aus?«

Jetzt lachte Wio schallend, einige Leute schauten zu uns herüber (was mir unangenehm war, ich stehe nicht gern im Mittelpunkt). Außerdem sprach Wio ziemlich laut, die Leute an den Tischen in der Nähe konnten bestimmt jedes Wort verstehen. »Billie, ich bin Mitte siebzig! Es ist mir piepegal, was die Leute an den Nebentischen über mich denken. Und weißt du, warum? Weil sie es gar nicht tun. Glaubst du, irgendwer von den Gästen hier geht heute nach Hause und denkt: *Also heute saß da eine mit roten Haaren, die war ganz allein da und trank Rotwein, ob sie wohl auf Männerfang war?* Selbst wenn – pah, das interessiert mich kein bisschen, denn das bewirkt in meinem Leben rein gar nichts. Und außerdem: Mich will bestimmt keiner mehr vergewaltigen. Was ist also dabei, wenn ich hier ohne Begleitung sitze?«

Das musste ich erst mal sacken lassen. »Ja, aber wenn du später allein zum Auto gehst?«, sagte ich lahm.

»Meinst du, in der Dunkelheit schnappt mich jemand und entführt mich?«

Sie warf die roten Locken zurück und lachte wieder. »Spätestens, wenn es hell wird, bringt der mich ganz schnell wieder zurück!«

Diesen Humor mochte ich.

»Würdest du gern wieder einen Partner haben?«, fragte ich und zog im selben Moment den Kopf ein, weil mir die Frage so rausgerutscht war und ich für derlei Indiskretionen eigentlich nicht der Typ war.

Aber Wio blieb cool. »Wenn ich einen großen, gepflegten, intelligenten, rüstigen Mann mit Haaren und ohne Bauch kennenlernen würde, der sich auf mich einlässt, klar! Warum nicht? Er müsste allerdings mindestens zehn Jahre jünger sein als ich, weil ich keine Lust habe, irgendwann die Altenpflegerin zu spielen.«

Na, das nannte ich mal Selbstbewusstsein. »Puh. Das wird schwierig.«

»Hast du 'ne Ahnung, wie viele Typen im Theater mit mir flirten! Aber die meisten finde ich unsexy. Auf junge Hengste, die unbedingt mal wissen wollen, wie es ist, eine Granny zu vernaschen, kann ich gerne verzichten.« Sie zog eine Grimasse. »Sexuell gesehen muss ein Mann zuerst mal mir guttun, nicht ich ihm. Dann kommt der Rest von allein. Oder siehst du das anders?«

Darauf wusste ich keine Antwort (ehrlich gesagt wollte ich darauf auch gar nicht antworten!).

Ich glaube, ich wurde angesichts ihrer Frage rot, denn Wio sagte: »Du bist doch auch eine erfahrene Frau, wieso bringt dich dieses Thema eigentlich aus dem Konzept?«

Ich musste mich räuspern, bevor ich sagen konnte: »Über so was rede ich niemals.«

»Wie jetzt? Du redest nie mit deinen Freundinnen über Sex?«

Also bitte! Was sollte ich denn *dazu* sagen? Dass ich keine Freundin hatte?

Plötzlich überkam mich eine Art Trotz. Verdammt, warum sollte ich das nicht zugeben? Ohne weiter darüber nachzudenken, straffte ich mich und antwortete in etwas patzigem Ton: »Ich habe keine Freundin.«

Irgendwie schien Wio einen siebten Sinn zu haben und instinktiv zu spüren, wo meine wunden Punkte waren. Leise sagte sie: »Natürlich, du kennst hier ja auch noch niemanden länger ...« Dann stutzte sie, sah mich erstaunt an und fuhr fort: »Kann es sein, dass du ... noch nie mit einer Freundin über etwas geredet hast, das dich im Innersten beschäftigt?«

Na klasse. Tränen schossen mir in die Augen, etwas schnürte mir die Kehle zu, ich versuchte vergeblich, den Kloß hinunterzuschlucken.

Wio rückte mit dem Stuhl näher an den Tisch, beugte sich vor und suchte erneut meinen Blick.

Die Tränen tropften auf meine Bluse.

»Okay, Billie, ich habe verstanden. Nein, nein, sei nicht traurig! Es liegt nicht an dir. Manchmal ergibt es sich einfach nicht. Manchmal lebt man an einem Ort, an dem man eben keine Menschen trifft, denen man vertrauen kann. Oder will.«

Ich zog ein Taschentuch aus meiner Handtasche, wischte die Tränen ab und putzte mir die Nase. Dabei dachte ich an Schlabber-Else, den alten Dieckmann und an Uschi Doberenz-Tiekenheinrich. Ich sah meine verbiesterten Schwiegereltern vor mir, erinnerte mich an Leute in Krudhof-Oederort, mit denen Thilo und ich verlorene Zeit verbracht hatten, denn ich kannte teilweise kaum noch ihre Namen.

Aber: Hatte Wio recht? Es lag vielleicht gar nicht an mir?

Sie ließ nicht locker. »Lass dir Zeit. Ich höre dir zu.«

Auf einmal war mir ihre Aufmerksamkeit nicht mehr unangenehm, sondern sie tröstete mich irgendwie. Ich dachte daran, was ich damals in der Therapie gelernt hatte, und sagte, wieder ohne mir den Satz zuvor zu überlegen: »Ich habe immer so schreckliche Verlustängste!«

Wios Stimme wurde noch weicher. »Du Arme. Das ist schlimm. Hast du traurige Erfahrungen machen müssen? Was und wen hast du verloren?«

Und dann gab es kein Halten mehr. Ich spürte plötzlich, wie leicht es mir fiel, mit Wio zu reden, und erzählte ihr von dem Vater, den ich nie kennengelernt hatte, von den Babys, die ich in den Jahren nach Jonas Geburt im dritten Monat verloren hatte, von B-zwölf, der in seinem Grab im Krudhofer Garten lag, und von Jonas, den ich durch Caro verloren hatte.

Wio wartete geduldig, bis ich zu reden aufhörte. Ohne mich zu fragen, bestellte sie zwei Gläser Rotwein und eine Pizza Margherita für zwei Personen, in Tortenstücke geschnitten.

»Billie, wir werden jetzt essen, was trinken, und dann werden wir über Caro reden. Es ist nichts so, wie du denkst!«

Ich atmete tief durch. Und angesichts der Bemerkungen über Caro, die ich in den letzten Wochen gehört und geflissentlich überhört hatte, wappnete ich mich innerlich für das, was jetzt kam. Die Pizza und der Rotwein halfen mir dabei. Wir aßen und sprachen kein Wort, bis die (köstliche) Pizza verputzt war.

Ich wartete ab, bis Wio den Faden des Gesprächs wieder aufnahm. Mein Weinen, Wios Fähigkeit, mir aufmerksam zuzuhören und keinen meiner Sätze zu bewerten, diese merkwürdige Verbindung zwischen uns, und das Vertrauen, das ich auf einmal zu ihr hatte, versetzten mich in eine merkwürdige Stimmung. Natürlich war ich neugierig; ich wollte jetzt wissen, was sie über Caro zu sagen hatte, und ich hatte nicht mehr so große Angst vor der Wahrheit. Vielleicht, weil ich das Gefühl hatte, sie nicht allein aushalten zu müssen. Und weil ich sowieso geahnt hatte, was sie sagen würde.

»Du bist eine kluge Frau und hast Caro kennengelernt, sie war oft bei euch. Wenn sie ein Miststück gewesen wäre, Billie, ich glaube, das hättest du schnell gespürt. Sie war keins. Sie war eine liebenswerte Person. Sie hat mir oft gesagt, wie sehr sie sich danach sehnte, zu eurer Familie zu gehören. Und sie hat sich von Herzen gewünscht, August mit euch aufwachsen zu lassen.«

Das verstand ich nicht. »Aber ... wenn das wirklich so war, warum hat sie nie bei uns angerufen, nie geschrieben, sich niemals bei uns gemeldet?«

Obwohl Charly auch schon so etwas angedeutet hatte, trafen mich die nächsten Worten wie spitze Pfeile mitten ins Herz.

»Weil Jonas das nicht wollte. Die beiden haben sich gut verstanden und gingen ausgesprochen liebevoll miteinander um, aber sobald das Thema auf Thilo und dich kam, machte Jonas dicht und ließ nicht mehr mit sich reden.«

»Aber warum denn?«, rief ich so laut, dass der Kellner, der in dem Moment an uns vorbeiging, zusammenzuckte und ein Messer fallen ließ.

Wio schüttelte den Kopf. »Das hat er Caro nie verraten. Er deutete mal an, dass es in eurer Familie einen Vorfall gegeben habe, über den er niemals reden würde, und der euer Verhältnis von jetzt auf gleich komplett zerstört hätte.«

15

Rückblickend sehe ich die ersten Tage im Dezember wie einen Film im Schnelldurchlauf an mir vorüberziehen. In meiner Erinnerung regnete es ständig, die Tage waren kurz und dunkel. Ich hatte immer im Hinterkopf, dass ich mit Jonas Tacheles reden musste, damit unsere verfahrene Situation endlich aufgelöst wurde. Was Wio da gesagt hatte, musste ich aufklären. Ich brauchte endlich Klarheit. Aus Angst vor seiner endgültigen Zurückweisung hatte ich mich lange genug geduckt, jetzt musste damit Schluss sein. Inzwischen war ich auch nicht mehr traurig oder verzweifelt, sondern ich war wütend, richtig wütend. Es stimmte einfach nicht, was Jonas Caro erzählt hatte. Es hatte keine Situation gegeben, die unsere Familie zerstört hatte, das war eine glatte Lüge. Warum zum Teufel hatte er so etwas behauptet?

Wenn Jonas abends anrief, um mit August zu facetimen, gab ich mich wortkarg. Ich nahm das Gespräch an, antwortete auf seine Fragen, bemühte mich, freundlich zu sein und versuchte, auf dem Bildschirm in seinem Gesicht irgendetwas zu lesen. Natürlich ohne Erfolg. Ich weiß nicht, ob er mir etwas anmerkte. Dann gab ich das Handy oder das Tablet an August weiter und verließ den Raum.

Bald würde ich mit meinem Sohn Klartext reden. Bald war Schluss mit lustig.

Immer wieder wollte ich Thilo abends in Ruhe erzählen, was ich von Wio erfahren hatte, aber der Alltag erschöpfte mich inzwischen so sehr, dass ich meist schon ins Bett ging, sobald August eingeschlafen war.

Ich wachte aber neuerdings nach zwei oder drei Stunden wie von der Tarantel gestochen auf. Mein Herz raste, ich konnte den Puls an meinem Hals fühlen. Kerzengerade saß ich dann im Bett und versuchte, ruhig zu atmen, bis ich mich wieder beruhigt hatte.

Danach konnte ich nicht wieder einschlafen. Bis zum Morgengrauen tigerte ich durchs stille Haus, schaute aus dem Fenster in den dunklen Garten und wünschte mir sehnlichst Schnee, damit draußen nicht alles so trostlos aussah. Stundenlang saß ich vor dem Fernseher und bekam nicht mit, was ich mir anschaute, weil meine Gedanken immer wieder auf Wanderschaft gingen.

Was hatte Jonas mit diesem Satz gemeint?

Wie konnte er eine solche Lüge erfinden? Warum hatte er behauptet, es sei etwas geschehen, mit dem er nicht hatte umgehen können?

Ich hatte kaum noch Kraft, mich auf meine Aufgaben zu konzentrieren, so mürbe machten mich die schlaflosen Nächte.

Als Jonas eines Abends per Facetime verkündete, es habe sich im Job leider so ergeben, dass er erst am 22. Dezember nach Hause kommen konnte, riss ich mich zusammen, bis er aufgelegt hatte. Dann begann ich zu weinen. Nun musste ich noch länger warten. Hilfe, ich hielt diese Anspannung nicht mehr aus.

August versuchte, mich zu trösten, schlang seine dünnen Arme um mich und sprach mit mir wie mit einem kranken Kind. »Omilein, dann müssen wir jetzt tapfer sein, Papa wäre doch auch viel lieber bei uns. Aber bald ist schon Weihnachten, und dann ist alles wieder gut!«

Omilein hatte er gesagt. Jetzt musste ich noch mehr heulen.

August strich mir tatsächlich übers Haar, so, wie ich es bei ihm tat, wenn er traurig war. Was nicht bewirkte, dass ich aufhörte zu weinen. Um Himmels willen, ich hatte mich wirklich nicht mehr im Griff! Wohin sollte das noch führen.

Plötzlich schob mein Enkel mich sanft von sich weg, lächelte, hielt mit der rechten Hand seinen linken Daumen fest und sagte: »Schau, Papa kommt am ... am ... zwanzig zweiten ... « Dann versuchte er, an seinen Fingern abzuzählen, wie oft wir noch schlafen mussten, bis es so weit war. Was ihm nicht gelang, aber der Teil meines Gehirns, der für Buchhaltung zuständig war, ließ mich sagen: »Fünfzehn Tage.«

Er lächelte wieder. In diesem Moment sah er seiner Mutter unglaublich ähnlich. »Siehst du. Das schaffen wir schon. Soll ich dir ein bisschen Pudding holen?«

Meine Güte, es war nicht zum Aushalten, wie sehr ich dieses Kind inzwischen liebte.

Am nächsten Abend nahm Elfie mich nach der Chorprobe zur Seite. »Liebelein, du machst mir Sorjen! Janz blass biste, biste krank? Kann isch wat für disch tun?«

Ich seufzte. »Glaub ich nicht. Vielleicht bin ich im Moment mit allem überfordert.«

Elfie verstand sofort. »Jeh nach Hause, lesch disch hin. Wahrscheinlich isset so ne Art Böhrnaut, du bist ja kein Teenie mehr und so'n Kind ist anstrengend, auch wenn et en Joldstück is.«

In Gedanken ergänzte ich: *Und so ein Verhältnis zum eigenen Sohn ist anstrengend, und so ein Thilo, der den ganzen Tag sägt und bohrt und zimmert, um die blöde Deckenvertäfelung fertigzukriegen, nervt, und so ein Haus ist anstrengend, und so ein Timo, das auf allen vieren die Böden wischt und dabei eine Haltung hat, bei der man ihr eine volle Teetasse auf den Arsch stellen könnte, und so ein Schulalltag ist …*

Aber ich war zu müde, sagte nichts, nickte und ging nach Hause.

Als ich durchs Törchen trat, stand Thilo auf der Terrasse. Er drückte rasch seine Zigarette in einem Gefäß aus, das er ruckzuck hinter dem Kübel mit dem Buchsbaum verschwinden ließ.

»Ich dachte, du hättest aufgehört«, sagte ich matt, tätschelte zur Begrüßung seinen Arm und ging hinein.

»Billie, was ist mit dir? Bist du krank? Fehlt dir was? Ich rauche, und du motzt nicht?«

»Was soll los sein?« Ich hängte meine Jacke auf den Bügel und zog meine Schuhe aus.

»Wie war die Probe?«

»Prima.«

»Möchtest du was essen?«

»Nein, danke.«

Ich sah, dass er mich aufmerksam musterte. »Setzen wir zwei uns mit einem Wein in die Küche? Der Kleine schläft.«

»Okay.«

Er strich sich in Thilo-Manier über Glatze und Bart. »Okay? Billie, jetzt mach ich mir Sorgen. Du sagst nichts, weil ich geraucht habe, und willst mit mir ohne zu zetern Wein trinken? Heilandsack, das Problem will ich nicht haben, zeig mir mal das nächste!«

Nun musste ich doch grinsen.

Zuerst hatte ich die Hoffnung, dass ich Thilo beim Wein endlich fragen konnte, was Jonas mit der Behauptung, es sei etwas geschehen, gemeint haben könnte. Leider schlief ich nach wenigen Minuten im Sitzen ein, schrak hoch, als mein Kopf zur Seite fiel, und schleppte mich die Treppe hinauf. Ohne mir die Zähne zu putzen, ohne Beißschiene und ohne Ohrstöpsel ging ich ins Bett. Bevor ich die Augen schloss, dachte ich: *Bitte, ich will nicht gleich wieder wach werden und diese Folter schlafloser Nächte erleben …*

Ich schlug die Augen auf, sah, dass es schon hell war, kombinierte, dass es nach acht sein musste, und setzte mich erschrocken hin. August musste zur Schule! Das Bett neben mir war leer. Gott sei Dank, Thilo hatte nicht verschlafen. Ein Blick auf den Wecker. 11:55 Uhr.

Das konnte nicht stimmen. Als ich vor dem Bett stand, wurde mir schwindelig. Ich setzte mich auf die Kante, wartete einen Moment. Bestimmt war das eine dieser Scheiß-Wechseljahresbeschwerden, die mich immer noch plagten. Schweißausbrüche, Herzrasen, Schlaflosigkeit, gehörte ja alles zusammen.

Im Haus war es still, ich ging barfuß hinunter. Es war niemand da. Auf dem Küchentisch lag ein Zettel von

Thilo: *Hole August und Hanna von der Schule ab, gehen zu Charly, er will mit ihnen Geige spielen. Ruf mich an, wenn du aufwachst. Wenn es dir nicht besser geht, machen wir einen Arzttermin. Kuss, T.*

Ich startete den Kaffeecomputer und schaltete das Radio ein. »Es ist zwölf Uhr, Sie hören die Nachrichten ...«

Was? Ich hatte tatsächlich vierzehn Stunden geschlafen? Ach du liebe Güte.

Ich trank einen Cappuccino, den ich mit einem Espresso verstärkte, nahm mein Handy von der Ladestation im Flur und ging wieder nach oben. Ich hatte keine Lust zu telefonieren und schickte Thilo nur eine Sprachnachricht. »Bin wach, geht mir gut, melde mich, Gruß an alle.«

Eine halbe Stunde später war ich angezogen und ging wieder hinunter. Das Radio in der Küche hatte ich angelassen, es dudelte irgendein Lied, das mir gefiel. Ich machte die Musik lauter, überlegte, was ich nun tun sollte, entschied mich, noch einen Cappuccino zu trinken, um richtig wach zu werden, und wunderte mich, dass meine Tasse nicht mehr auf dem Tisch stand. Hatte ich sie in die Spülmaschine geräumt? Wahrscheinlich.

Ich nahm eine neue Tasse aus dem Schrank, wählte die Taste am Kaffeecomputer, ärgerte mich, dass das Mahlgeräusch die schöne Musik übertönte, nahm die Tasse mit dem heißen Getränk in die Hand, drehte mich um – und schrie wie am Spieß.

Da stand Anna, hielt zwei Papiertüten mit Lebensmitteln in der Hand, fuhr vor Schreck zusammen, sie schrie, weil ich schrie, und ließ beide Tüten fallen. Zwiebeln, Joghurtbecher, Tomaten und eine Sellerieknolle kullerten über den Boden, zeitgleich knallte ein Glas Sauerkirschen auf den Estrich und zerbrach, was mich erneut aufschreien und einen Schritt zurückhüpfen ließ, weil Saft und Sauerkirschen in meine Richtung spritzten. Dabei stieß ich mir den Rücken am Griff des Kühlschranks (mannshoch, Retrolook, mit einem Griff aus Metall).

Nachdem wir zu Ende geschrien hatten, wollte ich meinen Kaffee abstellen, traf aber den Tisch nicht. Die Tasse fiel runter, zerschellte, und der Kaffee vermischte sich mit dem Kirsch-Scherben-Saft-Brei.

Danach standen Anna und ich reglos wie Statuen da.

Ich brauchte eine Weile, bis ich mich gesammelt hatte. Als ich wieder klar denken konnte, sagte ich: »Da haben wir ja was zu tun.«

Aber Anna bestand darauf, alles allein in Ordnung zu bringen, schließlich hätte sie sich bemerkbar machen können. »Ihr Mann hat mich gebeten, Ihnen eine Gemüsebrühe zu kochen, deswegen war ich rasch einkaufen, und zum Nachtisch wollte ich Eis mit heißen Kirschen machen, das mögen Sie doch so gern.« Sie schaute betrübt auf die Sauerei zwischen uns. »Daraus wird jetzt wohl nichts.«

Obwohl ich protestieren wollte, ich war ja nicht krank, sondern nur müde, gab ich nach, ging nach oben, legte mich aufs Bett und ruhte mich aus.

Unten hörte ich Anna die Scherben zusammenfegen, ich hatte die Tür offen gelassen. Sie war als Haushaltshilfe absolut zuverlässig, arbeitete selbstständig und gründlich. Aber ihr Aussehen, sorry, das war wirklich unerträglich. Neuerdings kam sie immer mit offenen Haaren hier an, wobei ich diese langen Strähnen eher als gelben Schnittlauch bezeichnen würde. Das Haar war viel zu dünn, um es so lang zu tragen. Erst bevor sie zu putzen begann, tüddelte Anna sich mit wenigen Handgriffen einen Knödel mitten auf den Kopf, dabei konnte man deutlich sehen, dass die Haare gefärbt waren. Sie passten farblich kein bisschen zu den breiten schwarzen Augenbrauen, die aussahen, als seien sie mit einem Edding aufgemalt. Vielleicht war sie unter ihrer Schminke ganz hübsch? Sie sah aus wie viele dieser Frauen in den Trash-Serien, die ich beim Zappen manchmal erwischte: Manche boten sich im Rudel einem hübschen Mann an, der mit allen rumknutschte, bevor er sich für eine entschied, manchmal wurden die Leute in alten Häusern auf dem Land, auf einsamen Inseln oder in Villen eingesperrt, wo sie halb nackt an blöden Spielen teilnahmen und bei dramatisch langatmigen Entscheidungen auf hohen Hacken im Mikrofummel ihre prallen Brüste präsentierten. Optisch hätte Anna in so ein Format gepasst.

Ansonsten konnte ich nichts gegen sie sagen.

In den nächsten Tagen musste ich mich um nichts kümmern. Ich fühlte mich krank und ruhte mich aus.

Thilo versorgte August morgens und sorgte dafür, dass er pünktlich zur Schule kam, dann machte er für uns Frühstück, wir aßen zusammen, anschließend werkelte er weiter an der Buchenholzdecke herum. Ich war mir nicht sicher, ob er damit Jonas' Geschmack traf, aber das musste er selber wissen.

Zugegeben: In dieser Zeit hätte ich mit Thilo über Jonas reden können, aber ich war nur müde. Und sobald ich an seine dubiosen Behauptungen dachte, von denen Wio mir erzählt hatte, bekam ich Herzrasen. Also versuchte ich, nicht daran zu denken. Mein Verdrängungsmechanismus war so ausgereift, dass ich ihn gar nicht bemerkte.

Jonas' Freunde kümmerten sich rührend um August, um mich zu entlasten. Charly übte mit ihm Geigespielen, Gus zeigte ihm, wie man einen Hund ausstopft. Gitta brachte ihm bei, wie man Blumensträuße und Kränze bindet, und Wio nahm ihn mehrmals mit ins Theater. Das gefiel August am besten; er konnte nicht aufhören, davon zu schwärmen. Kostüme, Masken, Geschichten, Musik – von mir hatte er das nicht.

Und dann kam dieser Samstag.

Ich war im Drogeriemarkt, hatte schon Waschmittel, Ohrstöpsel und Fußpflegeartikel im Wagen, kam an einem Regal mit Lippenstiften vorbei und stutzte. Ob ich mir einen neuen Lippenstift gönnen sollte? Ich probierte ein paar Farben auf meinem Handrücken aus. *Comic Coral. Sweet Toffee. Hip Hazelnut.* Sie waren alle viel zu kräftig für mich. Nie würde ich wagen, mich so auffällig zu schminken wie Wio, die zum roten Haar sogar pinkfarbenen Lippenstift trug.

Vergeblich suchte ich nach einem Papiertuch, um die Streifen auf meinen Handrücken abzuwischen. Mist. Die Schachtel, in der die kostenlosen Kosmetiktücher stecken sollten, war leer. Ich suchte in meiner hellen Lederhandtasche nach einem Tempo und schmierte dabei *Malve metallic* auf die Vorderseite. Ich war fast am Heulen. Den Ärmel meiner blassrosa Daunenjacke schob ich hoch, damit ich den nicht auch noch versaute. So lief ich durch den Drogeriemarkt und suchte eine Verkäuferin, die mir behilflich sein könnte.

Beim Hundefutter saß eine auf einer Fußbank und sortierte Büchsen ein.

»Entschuldigung«, sagte ich, und sie reagierte nicht. »Entschuldigung!«

Nichts.

Ich tippte ihr auf die Schulter, dabei rutschte mein Ärmel runter und wischte über meinen bunt gestreiften Handrücken. Natürlich war jetzt auch Lippenstift am Ärmel der Jacke. Ich fluchte.

In dem Augenblick riss Yasemin Rullkötter – der Name stand auf einem Schild an ihrem Kittel – einen kleinen Kopfhörer aus ihrem Ohr und glotzte mich an. »Ja?«, sagte sie gedehnt, und ich konnte sehen, dass ihr Kaugummi rosa war.

»Ich suche was zum Abputzen!«

»Klopapier zweite Reihe nach dem Vogelfutter rechte Seite«, leierte Yasemin Rullkötter und steckte den Kopfhörer wieder in ihr Ohr.

Plötzlich wurde mir heiß, es kribbelte überall wie tausend Stecknadeln, Schweiß lief mir in Strömen den Rücken hinunter. Unterhemd, T-Shirt und Strickjacke waren nass, richtig nass! Die Hitze wanderte nach oben, den Hals hinauf, in den Nacken, durch die Haare, die klebten sofort auf der Haut. Meine Wangen glühten, ich hatte das Gefühl, mein Gesicht würde puterrot, die Augen drückten sich nach außen, man hätte sie sicher mit einer Latte abschlagen können, in meinen Ohren rauschte es. Dazu klopfte mein Herz so heftig, dass ich dachte, meine Bluse würde beben wie das Fell einer Trommel. Ich schnappte nach Luft, feuerte die Handtasche in den Einkaufswagen, riss mir die Jacke runter, warf sie auch in den Einkaufswagen, schnappte immer weiter nach Luft und kümmerte mich nicht um Yasemin Rullkötter, die nun beide Knöpfe aus ihren Ohren genommen hatte und mich mit offenem Mund und rosa Kaugummi darin anstarrte.

Vor mir standen plötzlich zwei Burschen in komischen Hosen, diesen Sieben-Tage-Kackbeuteln, bei denen die Po-Ritze hinten rausguckt. Bauarbeiter-Dekolleté heißt das, das wusste ich von Schlabber-Else. Die Jungs grinsten mich an. Einer zückte sein Handy und sagte: »Ausziehen, ausziehen!«

Ich hatte die Hand an meinem Hals und schwitzte und keuchte und spürte mein Herz rasen. Dann setzte es einen Moment aus und schlug dann stolpernd weiter. Ich konnte kaum klar denken, wollte nach einem Arzt rufen.

Doch dann ließ ganz plötzlich alles nach.

Mein Herz beruhigte sich, die Hitze war verschwunden, nur kalter Schweiß blieb auf meiner Haut zurück.

Als die Jungs sahen, dass ich mich nicht nackig auszog und nicht mal tot umfiel, verloren sie das Interesse und watschelten weiter. Sie gingen steif und breitbeinig, um ihre Buxen nicht zu verlieren. Yasemin Rullkötter drehte mir den Rücken zu.

Zu Hause erzählte ich Thilo davon.

»Billie, das ist was Ernstes. Montag gehst du zum Arzt! Darüber wird nicht diskutiert.«

Und obwohl ich eigentlich den Standpunkt meiner Mutter »Was von allein kommt, geht auch von allein wieder« teilte, stimmte ich ihm zu.

Jonas' Hausarzt hörte mir nickend zu, als ich von meinen vielen Wehwehchen der letzten Zeit berichtete. Dabei fiel mir auf, dass ich die ganze Zeit versuchte, sie als harmlos darzustellen und so tat, als sei ich nur auf Drängen meiner Familie hier, die alles viel ernster nahm als ich. »Aus meiner Sicht kommen da ein paar Zipperlein zufällig zusammen, das wird schon wieder«, sagte ich.

Der Hausarzt sah das anders. »Wir lassen mal ihr Herz untersuchen!«

Also saß ich wenige Stunden später mit meiner Überweisung zur stationären Aufnahme im Krankenhaus in Köln-Bayenthal. Thilo hatte mich hingefahren, konnte aber nicht bleiben, weil August aus der Schule kam.

Nachdem ich mein Zimmer bezogen hatte, war ich froh, dass diese Zusatzversicherung, die wir seit Jahrzehnten bezahlten und noch nie gebraucht hatten, mir jetzt zu einem Einzelzimmer verhalf.

Die Untersuchungen begannen sofort, und ich kam gar nicht dazu, mir irgendwelche Gedanken zu machen. EKG, Blutdruck messen, essen, wiegen, Blutabnahme, Arztgespräch.

»Das Herzstolpern dürfen wir nicht auf die leichte Schulter nehmen«, sagte der Doktor, den ich auf Anfang dreißig schätzte. Er sagte noch eine Menge anderer Dinge, aber ich rede nicht gern über medizinische Intimitäten. Jedenfalls sollten am nächsten Tag weitere Tests folgen, und am Tag darauf wollte er eine Herzkatheteruntersuchung durchführen. Ich hätte Glück, dass so schnell ein Termin frei sei, sagte er, und ich fragte mich, ob das mit meiner Zusatzversicherung zusammenhängen konnte.

Der Doktor gab mir ein Formular, das ich mir durchlesen, unterschreiben und im Schwesternzimmer abgeben sollte. Na, die machten sich das leicht, dachte ich, las, als er gegangen war, verstand das meiste und unterschrieb.

Anschließend hatte ich genug Zeit, um auf meinem Handy alles zu googeln, was mit dieser Untersuchung zusammenhing, und danach in lähmende Schockstarre zu verfallen.

Als Jonas anrief, klang er besorgt. Ich freute mich so sehr über seinen Anruf, dass ich die Stimmung nicht verderben wollte und so tat, als sei alles harmlos und nur Routine. In Wahrheit hatte ich vor lauter Angst schon wieder dieses Herzrasen.

Den nächsten Tag verbrachte ich mit weiteren Untersuchungen, unterdrückten Angstanfällen und intensiven Recherchen im Internet. Thilo besuchte mich am Nachmittag, konnte aber wieder nicht lange bleiben, weil Anna nur zwei Stunden Zeit für August hatte. Mein Enkel hatte mir ein Bild gemalt, auf dem ich meine langen Haare, ein Herz, eine Sonne, eine Blume und das Wort OMA erkennen konnte.

Keine Ahnung, warum ich wegen einer Kinderzeichnung so gerührt war.

»Toi, toi, toi für morgen!«, sagte Thilo. Er nahm mein Gesicht in beide Hände und schaute mir in die Augen. »Es wird alles gut, Billie, ich hab das gegoogelt, ist echt nur eine Routinesache, die machen sie hier jeden Tag. Wenn alles in Ordnung ist, kann ich dich übermorgen um diese Zeit schon wieder abholen.«

Ich schluckte, unterdrückte die Tränen, nickte und schloss ihn in die Arme.

»Ich liebe dich, mein Mäuschen!«, flüsterte er, und ich konnte wieder nur stumm nicken.

Als er das Zimmer verlassen hatte, stand ich am Fenster und sah hinaus in den dunklen Dezemberabend. Ob das gut ging? Routine hin oder her, man las doch so viel. Natürlich berichten Leute im Internet selten über ihre guten Erfahrungen, sondern eher über die schrecklichen, das war ja so wie bei den Nachrichten. »Alle haben sich lieb, und keiner ist verletzt«, das ist keine Nachricht. Ich seufzte. Vielleicht würde ich aus der Narkose nie wieder aufwachen? O Schreck! Rasch setzte ich mich aufs Bett, holte meinen Nagelknipser aus dem Kulturbeutel und schnitt mir die Fußnägel. Falls mein letztes Stündlein geschlagen hatte, wollte ich wenigstens die Füße schön haben, wenn sie mich in die Kiste legen mussten.

Auf meinem Handy gingen mehrere Nachrichten ein. Elfie und Charly schickten mir gute Wünsche, auch Jonas simste, was solchen Seltenheitswert hatte, dass ich mich noch mehr fürchtete. Wollten sie sich alle von mir verabschieden?

Wio rief an. »Alles Gute für morgen, bekommst du die CD mit dem Video der Untersuchung mit nach Hause?«

»Wenn ich es überlebe, vielleicht!«, sagte ich forsch, aber meine Stimme klang nicht längst so selbstsicher, wie ich es wollte.

Wio schwieg einen Moment. »Ich muss auflegen, Billie.«

Verdutzt starrte ich auf das Handy. Dann setzte ich mich aufs Bett, legte die Füße hoch, schaltete den Fernseher ein und versuchte, mich irgendwie von meiner Angst abzulenken.

Um kurz vor acht klopfte es an der Zimmertür.

Es war Wio.

Sie umarmte mich zur Begrüßung, was angesichts meiner halb sitzenden, halb liegenden Position im Krankenhausbett eine ziemlich intime Angelegenheit war.

»Was willst du denn um diese Zeit noch hier?«, fragte ich.

»Du klangst am Telefon, als hättest du Angst«, sagte sie, zog ihren Mantel aus und hängte ihn an den Haken. Sie trug einen pinkfarbenen Jogginganzug. Dann streifte sie Schuhe und Strümpfe ab. »Rück mal ein Stück.«

Perplex rutschte ich zur Seite. Wio legte sich neben mich. »Gib mir deine Hand.«

»Was machst du?«, fragte ich mit großen Augen.

»Ich halte dich, Billie. So eine Untersuchung hatte ich auch schon mal. Alle haben vorher zu mir gesagt, ich müsse keine Angst haben, das sei harmlose Routine. Sie hatten recht, aber ich hatte trotzdem schreckliche Angst. Jetzt entspann dich. Ich bleibe bei dir.«

Darauf konnte ich nicht antworten.

Hand in Hand lag ich mit Wio in meinem Krankenhausbett und schaute mit ihr einen Film, an den ich mich nicht mehr erinnere.

Kurz bevor ich einschlief, flüsterte ich: »Wio ... was wird denn das hier ... ich kann damit nicht umgehen ...«

»Das wird nicht, Billie. Das ist schon. Man nennt es Freundschaft. Und du gehst ganz großartig damit um.«

Bevor ich entlassen wurde, redete der junge Doktor in seinem Sprechzimmer eindringlich auf mich ein. Man habe bei der Untersuchung nichts Besorgniserregendes gefunden, offenbar seien das Herzstolpern und die anderen

Symptome eine Stressreaktion meines Körpers gewesen. Ich sollte regelmäßig zur Kontrolle gehen, mich konsequent gesund ernähren und viel bewegen, ich sollte nicht rauchen und wenig Alkohol trinken und Stress unbedingt vermeiden. Die ganze Zeit nickte ich folgsam wie ein Wackeldackel auf der Hutablage, fragte mich aber insgeheim, ob dieser junge Schnösel sich überhaupt vorstellen konnte, was in meinem Leben los war. Natürlich konnte er das nicht.

Stress vermeiden. Sehr witzig. Wie denn? Die Situation mit Jonas war nun mal stressig. Und auch das Leben als Ersatzmutter für mein Enkelkind war stressig, meine Güte, es war doch nicht mehr so wie vor fünfundzwanzig Jahren, als Jonas Erstklässler und ich noch gerade mal dreißig gewesen war.

Alles andere war kein Problem, ich rauchte niemals, trank kaum Alkohol, außerdem bewegte ich mich weiß Gott genug. Sport war nicht mein Thema; ich hatte noch nie Sport getrieben und hatte auch nicht vor, damit jetzt anzufangen.

»Fragen Sie Ihre Krankenkasse, ob sie Ihnen Nordic Walking bezahlt, das ist sehr effektiv«, hatte der Arzt geraten.

»Bestimmt«, sagte ich lakonisch. »Ist ja total in deren Sinne, wenn wir früh genug lernen, an Krücken zu gehen!«

Im Auto, auf dem Weg nach Hause, plapperte Thilo die ganze Zeit, außerdem legte er immer wieder seine Hand auf mein Bein. »Mensch, Billie, ich hab echt Angst gehabt! Gott sei Dank ist es nur der Stress. Den können wir abschalten. Das schaffen wir mit links. Die Bude ist tipptopp, Anna hat sich um alles gekümmert. Sie hat einen

Gemüseauflauf vorbereitet, den müssen wir nur noch in den Backofen schieben, außerdem holt sie die Kinder von der Schule ab, obwohl sie heute bei uns keinen Dienst hat.«

Anna. Die hatte ich total vergessen.

»Soso. Sie hat sich also um alles gekümmert«, bemerkte ich spitz. »War sie dabei angezogen?«

Thilo prustete los. »Ob sie angezogen war? Nee, Billie, natürlich nicht! Sie hat nackt geputzt, wie immer, wenn du aus dem Haus bist, und sie war nahezu willenlos, wenn ich sie auch nur angesehen habe!«

Jetzt musste ich auch lachen.

»Im Ernst, lass alles langsamer angehen, ich brauche dich noch ...«

Sein Ton war fürsorglich und liebevoll, ich unterbrach ihn dennoch. »Ich bin nicht krank, das hab ich schriftlich. Das war ein nur bisschen Überanstrengung in einer ungewohnten Lebenssituation, nichts Wildes. Nächste Woche ist Weihnachten, Jonas kommt am Dienstag nach Hause, ich muss viel vorbereiten, ich wollte schmücken und muss Geschenke einpacken und ...«

Bevor ich das Haus betrat, bestand Thilo darauf, aufzuschließen und vor mir reinzugehen. »Tadaaa!«, rief er und breitete theatralisch die Arme aus.

Wow. Die Zimmerdecken in der Diele und über der Treppe waren fertig und mit Buchenholz vertäfelt. Mir gefiel das überhaupt nicht, aber das war nicht wichtig.

Was mir aber gefiel, war die bombastische Weihnachtsdekoration: rosa, weiß, grün. Geschmückte Tannengirlanden und Lichterketten in allen Fenstern, ein wunderschöner Adventskranz auf dem Esstisch, und im Wohnzimmer ein Tannenbaum, der bis an die Decke reichte, aber noch nicht geschmückt war. »Gitta, Elfie und Charly haben das vollgebracht. Gitta hat mit August die Girlanden gebastelt, er ist ganz stolz darauf! Hat Wio nichts verraten?«

Wio. Die herzensgute Wio. Nein, sie hatte die ganze Nacht meine Hand gehalten und mir diese entsetzliche Angst vor der Herzuntersuchung genommen.

»Heute ruhst du dich aus«, befahl Thilo. »Morgen können wir deine Besorgungen machen, August kann so lange bei Charly bleiben. Und Freitag machen wir für August eine Adventsparty, bei der er mit den anderen den Tannenbaum schmückt. Damit haben sie ihn nämlich die letzten Tage abgelenkt.«

»Wovon abgelenkt?«

»Ach Billie ... du warst im Krankenhaus ...« Er schüttelte den Kopf, dann hatte ich das Gefühl, *er* wolle ablenken. »Du musst dich um nichts kümmern, jeder bringt was zum Essen mit, und ich grille.«

»Grillen? Draußen? Ende Dezember?«

»Ja, drinnen ist das mit dem Holzkohlengrill eher ungünstig ... wer sagt, dass man nur im Sommer grillen darf?«

Da hatte er auch wieder recht.

Kurz darauf kam August aus der Schule, jauchzte, als er mich sah und flog mir um den Hals, dann drückte er mich so fest, dass ich kaum Luft bekam. Als er sich von mir löste, sah ich, dass er weinte.

Und plötzlich begriff ich, welche Angst der kleine Mann gehabt haben musste. Seine Mama war oft im Krankenhaus gewesen, und sie war dort gestorben. Vor lauter Theater um mich hatte ich überhaupt nicht daran gedacht, was es für August bedeutete, wenn jemand, den er lieb hatte, ins Krankenhaus kam.

Das also hatte Thilo eben gemeint, als er mich so komisch angesehen hatte: Charly, Gitta und Elfie hatten August eingespannt, damit er sich keine Sorgen um mich machte. Und Wio hatte mich quasi betreut.

Ich war verdammt nah am Wasser gebaut – schon wieder kamen mir die Tränen. Aber es waren glückliche Tränen, weil ich langsam begriff, welch ein Geschenk Freunde sein konnten.

16

Die Adventsparty begann am Freitag nach der Schule. Gitta hatte einen Karton voller Kugeln, Engel und Herzen mitgebracht, in dem August wie in einer Schatzkiste begeistert herumwühlte. Mir wurde warm ums Herz, als ich sah, wie liebevoll und vertraut Gitta und August miteinander umgingen. Charly stand auf der Leiter und befestigte die elektrischen Lichterketten am Tannenbaum. Elfie kümmerte sich in der Küche um mehrere Bleche mit Keksen, die sie vorher mit August ausgestochen hatte, und Wio hatte eine Art Bastelset für ein Lebkuchenhaus mitgebracht, das sie mit ihm zusammensetzte und mit Zuckerperlen, Mandeln und Baiser-Schnee verzierte.

Thilo und Gus standen im Garten am Grill. Und ich saß im Sessel, hatte die Füße hochgelegt und durfte mich nur bewegen, wenn ich die Kaffeetasse zum Mund führen oder einen Keks essen wollte.

Thilo, August, Gus und Charly trugen rote Nikolausmützen, Wio, Gitta, Elfie und ich hatten Haarreifen mit Rentiergeweihen auf dem Kopf. Und zu alledem lief in ziemlicher Lautstärke eine Weihnachtslieder-Playlist mit Rolf Zuckowski.

»Geht das ein bisschen leiser?«, hatte ich Thilo gefragt, aber er hatte nur gelacht und per Lippenbewegung seinen üblichen Spruch gebracht: »Ist es zu laut, bist du zu alt!«

August war eingeschlafen. Er war in seiner vorweihnachtlichen Stimmung total beschäftigt gewesen und hatte nicht bemerkt, dass Jonas ihn heute nicht angerufen hatte.

Gegen halb neun schickte ich eine WhatsApp. *August schläft. Bist du okay?*

Die Nachricht wurde nicht zugestellt, ich sah es an dem Häkchen neben dem Text.

Ich legte das Handy weg und widmete mich wieder unseren Freunden. Wir saßen am Esstisch, außer mir tranken alle noch einen letzten Wein. Die Musik war jetzt leise, Kerzen flackerten auf dem Adventskranz, der Schein der Lichterketten tauchte die Wohnung in gemütliches Licht. Wio, Elfie und Gitta hatten die Küche wieder aufgeräumt, die Spülmaschine lief. Die Tür zur Diele war angelehnt.

Ich war zu müde, um mich am Gespräch zu beteiligen, aber ich genoss die Stimmung und das Zusammensein mit diesen Menschen, die ich vor einem halben Jahr noch gar nicht gekannt hatte. Und nun hatten wir schon so viel gemeinsam erlebt. Ich dachte an die ersten bizarren Begräbnisse auf dem Tierfriedhof, an die Chorproben und an unser Konzert, an Augusts Einschulung und die wunderbare Party, an unseren Besuch in Krudhof und die deprimierende Feier meiner Schwiegereltern, an die Nacht im Krankenhaus, in der Wio meine Hand gehalten hatte. Kaum zu glauben, was alles in diesen Monaten geschehen war.

Plötzlich rief jemand: »Verdammte Scheiße, was soll das?«

Alle verstummten, wir schauten uns ratlos an.

»War das draußen?«, fragte Thilo.

Die Tür flog auf, und Jonas stand da. Mit zwei Schritten war er bei Thilo und baute sich vor ihm auf. »Was zum Teufel ist das da draußen an der Decke? Papa! Du hast nicht im Ernst dein Scheißbuchenholz an meine Decke genagelt?«

Thilo starrte ihn entgeistert an. »Aber ... ich wollte nur ...«

»Vergiss es, Papa! Diesen Mist kannst du in eurem Haus von mir aus sogar vor die Fenster schrauben, ich will dieses grässliche Zeug nicht!« Er schaute hektisch in die Runde. »Und weil ihr mit Sicherheit davon gewusst habt, könnt ihr ihm morgen alle dabei helfen, das wieder in Ordnung zu bringen. Kann ja wohl nicht wahr sein ...« Er blickte mich prüfend an. »Mama. Du siehst ja schon wieder ganz munter aus. Prima, da hätte ich ja gar nicht Himmel und Hölle in Bewegung setzen müssen, um eher nach Hause zu kommen.«

Dann drehte er sich um und marschierte in sein Schlafzimmer. Es war still im Raum, daher konnte ich verstehen, dass er kurz darauf, offenbar am Telefon, zu jemandem sagte: »Du hättest mir sofort sagen müssen, dass mein alter Herr hier anfängt, alles umzubauen!«

Mehr konnte ich nicht verstehen, weil die anderen unter peinlichem Gemurmel fast zeitgleich aufstanden, ihre Gläser neben die Spüle stellten, mir zuwinkten, in die Diele liefen, ihre Jacken und Mäntel nahmen und gingen.

Mit wem hatte Jonas gesprochen? Und was war das für ein ungehöriger Auftritt gewesen? Aber es gab einen Satz, der mich alle Irritationen komplett vergessen ließ. Jonas hatte gesagt, er sei meinetwegen eher nach Hause gekommen. Und er hatte dafür Himmel und Hölle in Bewegung gesetzt.

An diesem Abend schlief ich mit einem Lächeln auf den Lippen ein.

Tatsächlich halfen Charly und Gus Thilo am nächsten Tag dabei, die Deckenvertäfelung wieder abzunehmen. Thilo sprach kaum ein Wort, er war zutiefst gekränkt. Natürlich, er hatte sich wirklich Mühe gegeben. Aber wenn ich mir vorstellte, jemand würde in unserer Abwesenheit einfach so unser Haus renovieren ...

Gut gemeint war eben nicht gleich gut gelungen.

Die Männer trugen das Holz hinaus zum Baumhaus. Aha, dann würden August und seine Freunde demnächst in Buchenholzvertäfelung spielen.

Jonas ließ sich nicht blicken; er war mit August zum Weihnachtsmarkt gefahren und wollte anschließend mit ihm ins Schokoladenmuseum.

Wie Thilo es dann schaffte, ihn zu besänftigen, weiß ich nicht. Jedenfalls hatten er und Jonas sich auf eine neue Renovierung geeinigt, zu der Jonas zeitnah die Pläne liefern würde. Weiße Hochglanzdecken wollte er, an Metallketten sollten sie hängen und indirekt beleuchtet werden. Das hätte er auch eher sagen können. Thilo hätte sich viel Arbeit, Zeit und Frust erspart. Nun planten sie gemeinsam den Renovierungsneustart – was im Prinzip eine gute Sache war.

Ich ließ in den Tagen vor Weihnachten alles ruhig angehen und übte mich in Gelassenheit. Meinem Herzen tat das gut. Die Rhythmusstörungen wurden seltener.

Komischerweise gefiel es mir auf einmal, Aufgaben abzugeben, einfach dazusitzen und nichts zu tun und zu versuchen, meine negativen Gedanken und Ängste zu ignorieren. Zu denen gehörte auch der näher rückende Termin, an dem Jonas endgültig nach Köln zurückkommen und unsere Mission hier beendet sein würde.

Im Nachhinein denke ich, dass ich unbewusst Kraft gesammelt habe, um das bevorstehende Weihnachtsfest zu überstehen.

17

Der Heiligabend wurde alles andere als ein besinnliches Fest.

Natürlich gab es eine Weihnachtsparty. Eine, wie man sie in Krudhof nie im Leben hätte feiern können. Können oder wollen? In Krudhof ging man in die Kirche, dann spazierte man, fein gekleidet, auf Umwegen nach Hause, damit man von vielen Leuten gesehen wurde. Dann aß man Fondue. Und man betrank sich mit Likör aus den Flaschen, die man übers Jahr geschenkt bekommen hatte. Hier in Köln begannen wir mit einem gemütlichen Frühstück bei Kerzenlicht und fröhlichen Weihnachtsliedern, dann setzten wir uns gemeinsam vor den Fernseher und schauten mit August *Kevin allein zu Haus*.

Es war ein herrliches Vergnügen, August beim Lachen zuzuschauen – und er lachte oft so sehr, dass er sich auf dem Fußboden herumrollte.

Ich bereitete für den Abend ein Büfett vor, zu dem alle Gäste etwas beisteuerten. Das war eine Tradition im Hause Jonas Berthold, die mich an die Bottlepartys meiner Jugend erinnerte und die ich sehr schätzte.

Ich deckte den Tisch für zehn Personen: Jonas und August, Thilo und ich, Gitta, Gus, Charly und Wio würden kommen, außerdem Elfie mit ihrem Jatten Jildo, den ich bisher noch nicht kennengelernt hatte, weil ihm bei jeder Verabredung überraschend ein Toter dazwischengekommen war.

Alle bis auf Gus kamen pünktlich, wir tranken im Stehen ein Glas Champagner, dann drehte sich alles nur um August. Als nämlich die Klingel kläffte, ich den Kleinen zum Öffnen schickte, und er mit dem leibhaftigen Weihnachtsmann zurückkam, wurden wir Erwachsenen ganz still.

August zeigte einmal mehr, wie wohlerzogen er war und wie intelligent er kombinieren konnte. Als nämlich der Weihnachtsmann ihn fragte, ob er auch immer schön brav gewesen war, stutzte er. Ich glaube, er hatte Gus' Stimme sofort erkannt, denn er schaute rasch in der Runde von einem zum anderen. Dann grinste er schelmisch. »Das könnten Sie am besten Gus fragen, aber der ist zufällig gerade nicht hier.« Verschmitzt fügte er hinzu: »Vielleicht ist er auf den Friedlichen Höfchen und stopft ein Rentier aus!«

Der Weihnachtsmann hatte gut zu tun, kramte viele kleine Päckchen aus seinem Sack und musste dann vor die Tür, um noch etwas von seinem Schlitten zu holen: zuerst ein Fahrrad und dann einen Schreibtisch.

»Wie gut der Weihnachtsmann mitgedacht hat! Ein Schulkind muss doch einen Schreibtisch haben«, sagte Thilo und grinste. Er hatte das Teil selbst gebaut, natürlich.

Später aßen wir, schwatzten und lachten und erzählten einander von früheren Weihnachten.

Thilo fing an. »Billie, erinnerst du dich an das Bidet?«

Ich verschluckte mich fast. »O mein Gott ... ja!«

»Scheidungsgrund!«, rief Wio dazwischen. »Fällt in dieselbe Kategorie wie Schnellkochtöpfe, beleuchtete Vergrößerungsspiegel und Fußbadewannen mit Massagefunktion!«

»Mein Vater schenkt gern praktisch. Einmal hat meine Mutter zu Weihnachten ein Leifheit-Bügelcenter bekommen. Wir hielten das Geschenk für die Krönung seines Einfallsreichtums, aber es kam noch besser, als er meiner Mutter ein Bidet schenkte«, erzählte Thilo.

Oh ja, ich erinnerte mich an diesen Abend. Das Bidet stand bei Bertholds unterm Tannenbaum, nicht eingepackt, aber immerhin hatte Kurt eine Schleife drumgezurrt. Er hatte es im Räumungsverkauf des Sanitärladens für »'nen Appel und ein Ei« ergattert.

»Meine Mutter wusste tatsächlich nicht, was das für ein Ding ist«, sagte Thilo. »Und mein alter Herr fauchte sie an: ›Da kannste Socken drin waschen!‹ Woraufhin meine Mutter selig hauchte: ›Oh, wie praktisch, danke schön!‹«

»Alle meine Ehemänner waren einfallslos und haben mir zu Weihnachten die Reizwäsche aus der C&A-Werbung oder Parfüm geschenkt«,verriet Gitta.

Woraufhin Jonas halblaut bemerkte: »Das machen nur Männer, deren Vorname mit H beginnt.«

Ich versuchte, Gittas Blick zu deuten, den sie ihm zuwarf.

Auf dem Tisch lagen Geschenke, die mit Nummern versehen waren. Wir hatten Schrottwichteln verabredet, keiner wusste, wer was eingepackt hatte, jeder zog ein Los mit einer Zahl. Gitta bekam eine Kuchenplatte aus Bleikristall, Elfie Geschirrhandtücher mit Nikoläusen, für mich gab es ein Pflegeset von Nivea. Ausgerechnet Jonas packte eine Großpackung rote Kondome aus, und Thilo weiße

Stofftaschentücher mit Spitzenrand. Charly freute sich über eine Duschhaube mit glitzernden Herzchen und eine Massagebürste aus Naturholz.

Und dann war Gildo an der Reihe.

Elfies Gatte hatte bisher noch nicht viel gesagt. Er war ein kleiner, zierlicher Mann, der im Stehen mit der Schulter unter ihre Achsel passte.

»Jildo, isch bin sowatt von jespannt!«, rief Elfie, als er das Geschenk mit der Nummer drei auspackte.

Es war etwas aus grauem Stoff. Er schaute es ratlos an, hob es hoch und blickte stumm in die Runde.

Sekunden später brach ein solches Gelächter los, dass ich rasch aufstand und die Wohnzimmertür schloss, um den schlafenden August nicht zu wecken.

Elfie hielt sich lachend ihren Bauch – den sie neuerdings als »Feinkostwölbung« bezeichnete. »Jildo, den will isch direkt anjezoren sehn, tu et, bitte!«, keuchte sie zwischen den Lachanfällen.

Die anderen johlten. Und als Gildo im weißen Hemd, mit gelockerter Krawatte, in Socken und Lederschuhen einen grauen Schlüpfer mit einem plüschigen Elefantenrüssel an der richtigen Stelle über seinen Mini-Slip (rot!) zog und durchs Wohnzimmer stolzierte, gab es kein Halten mehr.

Wir tranken, wir lachten, wir erzählten.

Hatte ich je einen so schönen Heiligabend erlebt?

Nein, hätte ich bis zu diesem Moment gesagt, in dem Wio es gut meinte. Zu gut.

Es war spät, fast Mitternacht, und wir hatten alle etwas getrunken. Auch ich hatte mir einen Eierpunsch genehmigt, aber nur einen. Wahrscheinlich hatte ich den klarsten Kopf von allen.

Es war in einer Minute, in der zufällig alles zusammenkam: Ein Lied war zu Ende, niemand redete, der Atemzug einer Stille, in der jedes Gespräch beendet ist.

In diesem Moment sagte Wio plötzlich: »Jonas, ich finde, es ist an der Zeit, dass wir keine Geheimnisse mehr voreinander haben sollten.«

Die Stille wurde lauter.

Alle schauten Wio an. Jetzt lief *Santa Baby*, gesungen von Eartha Kitt.

»Okay, was willst du uns erzählen?«, sagte Jonas.

Sie schüttelte den Kopf. »Nicht ich. Du. Deine Eltern leiden schon so lange unter deinem Schweigen. Ich glaube, du weißt, was du ihnen damit antust. Klär das doch bitte endlich auf. Wir sind deine engsten Freunde, wie eine Familie haben wir viel miteinander erlebt und ausgestanden. Billie und Thilo haben in den vergangenen Monaten bewiesen, wie sehr sie dich lieben und dass sie alles für dich und August tun.«

Jonas wurde blass. Noch nie hatte ich diesen Ausdruck in seinen Augen gesehen, als er mich anschaute. Dann sagte er:

»Ihr wollt das wirklich wissen?«

Ich nickte.

Jonas wandte sich zu Thilo: »Papa?«

Thilo nickte auch, schaute aber genauso verständnislos wie ich.

»Ich kann das nicht!« Jonas schob plötzlich seinen Stuhl zurück, stand auf und verließ den Raum. Wio folgte ihm, ich hörte sie in der Diele reden.

Rudolph, the Red-Nosed Reindeer (den Ohrwurm wurde ich erst Tage später wieder los).

Nach einer gefühlten Ewigkeit kamen sie wieder herein.

»Okay«, sagte Jonas. Setzte sich, stand wieder auf. Lief hin und her. Setzte sich wieder. »Okay. Ja. Also gut. Ihr habt es so gewollt. Papa, Mama ...« Er schwieg. Schüttelte den Kopf. Fing erneut an. »Also das war ... ich konnte nicht mehr mit Mama ... Ich meine, ich wusste nicht, wie ich es Papa ... sagen sollte ...«

Er setzte sich wieder hin. Alle schauten ihn an. Er machte sich gerade, ballte die Hände zu Fäusten, platzierte sie auf dem Tisch wie jemand, der auf sein Essen wartet. Atmete ein, hielt die Luft an, atmete aus.

Mein Herz stolperte, heftig. Bumm, bumm, bumm, Pause, bumm, bumm, bumm, bumm, Pause.

»Papa, tut mir leid. Ihr wollt es wissen. Gut. Ich meine, nicht gut. Ich habe ... Ich habe, das war ein dummer Zufall ... Ich habe ... Mama mit einem anderen Mann gesehen.«

Bumm, bummbummbumm, bumm. Pause. Bummbummbummbumm.

»So«, sagte Thilo heiser.

»Ja. Es war kurz vor meinem Abi ... ich kam früher aus der Schule, und dann ... dann war Mama ... in der Küche ... beim ... mit ... mit dem Postboten ... sie haben ... sie waren ... in einer ... eindeutigen Situation... Sie haben ... mich nicht bemerkt. «

Wio lachte kurz auf. »Der Klassiker! Postbote ...«

Niemand reagierte.

Let it snow, let it snow, let it snow.

Nein, ich fiel nicht tot um.

Nein, mein Herz stand nicht still.

Und ich versank auch nicht im Boden.

Ich saß immer noch an diesem schön gedeckten Weihnachtstisch, mit diesen Menschen, die erst seit wenigen Wochen zu meinem Leben gehörten, und ich wiederholte im Geist die Worte meines Sohnes. Immer wieder. Wort für Wort.

Charly fand zuerst seine Stimme wieder. »Ich verstehe das so: Du hast deine Mutter beim ... also ... mit dem Postboten erwischt.«

»Ja.« Jonas' Stimme war tonlos.

»Und dann bist du leise wieder gegangen, ohne dass sie dich gesehen haben.«

»Ja.«

»Und dann hast du nicht mehr mit deinen Eltern geredet.«

Jonas hieb plötzlich mit beiden Fäusten auf den Tisch, die Kerzen flackerten. Er schrie, dabei überschlug sich seine Stimme. »Was, was bitte sollte ich denn machen? Sollte ich so tun, als hätte ich nichts gesehen? Ja, genau das habe ich getan. Ich bin rückwärts raus und habe mich aus dem Haus geschlichen. Sie haben nicht mal bemerkt, dass ich da war, so beschäftigt waren sie. Sollte ich mich später von ihr umarmen lassen, mit denselben Armen, mit denen sie diesen Typen ... Sollte ich sie darauf ansprechen? Wie denn? Und Papa – was sollte ich um Himmels willen meinem Vater sagen? Sollte ich ihm überhaupt was sagen? Sorry, Papa, aber Mama betrügt dich, ich hab's gesehen, mit dem Postboten, haha, klingt wie ein Scheißwitz, ist aber keiner! Hätte ich das tun sollen? Was sagt man zu seiner eigenen Mutter, die sich auf dem Küchentisch von einem fremden Typen vögeln lässt! Zu wem hält man, wenn man so was sieht? Glaubt nicht, ich hätte nicht alle Varianten durchgespielt! Ich habe mir alle Fragen gestellt, das könnt ihr mir glauben. Hatte mein Vater ein Recht auf die Wahrheit? Hatte meine Mutter das Recht auf meine Diskretion? Verdammte Scheiße, es war meine eigene Mutter, die …«

»Stopp, Jonas«, sagte Thilo. Seine Stimme war ruhig.

Driving home for Christmas.

»Zunächst mal haben auch Eltern ein Recht auf Privatleben. Dass du Mama so gesehen hast, das ist dumm gelaufen.«

Höhnisch rief Jonas: »Dumm gelaufen, ja, so kann man das nennen, saudumm gelaufen.«

Jetzt sprach Thilo leise, aber deutlich. Ich hörte am Ton seiner Stimme, wie aufgewühlt er war und dass er sich bemühte, ruhig zu bleiben. »Du hörst mir jetzt bitte mal zu, Jonas. Wir sind ein ganz normales Ehepaar, deine Mutter und ich, und auch wenn du es nicht mitgekriegt hast, heißt das nicht, dass wir keine Probleme hatten. Damals hatten wir uns auseinandergelebt. So etwas passiert, davor kann sich niemand schützen, das macht man nicht mit Absicht. Ich hatte ein Verhältnis. Ich, Jonas, ich bin zuerst aus unserer Ehe ausgebrochen, ich hatte jemanden kennengelernt.«

Jonas schaute seinen Vater ungläubig an. Sein Mund stand ein bisschen offen.

»Mama wusste davon, und wir hatten uns getrennt.«

Jonas wollte etwas sagen, aber Thilo brachte ihn mit einer Handbewegung dazu, weiter zuzuhören. »Es war eine Trennung auf Augenhöhe, die nicht ohne Tränen und auch nicht ohne Emotionen vonstattenging, aber im Vordergrund standest du! Mama und ich waren uns absolut einig, dass wir dich damit nicht belasten durften. Du warst mitten im Abitur, wir wollten nicht, dass unsere Probleme dich vom Lernen abhielten, das wollten wir um jeden Preis vermeiden. Es konnte nicht sein, dass dein Leben versaut wurde, weil unsere Ehe gescheitert war.«

In meinen Adern kribbelte es, als hätte ich Kohlensäure im Blut. Ich fühlte mich, als sei ich Zuschauerin eines merkwürdigen Films, in dem mein Mann und mein Sohn einen absurden Dialog führten, während die Statisten reglos dasaßen, ab und zu an ihren Getränken nippten und ansonsten mucksmäuschenstill waren.

Jonas trank den Rest seines Weines in einem Zug aus. Er guckte auf seine Beine, schüttelte immer wieder den Kopf, schaute dann auf, sah Thilo an, dann mich. »Mama! Ist das wahr?«

Etwas schnürte mir die Kehle zu, ich konnte nicht antworten, nur nicken.

Ich sah Jonas leiden, zweifeln, nachdenken, ich fühlte seine Zerrissenheit und seine Verzweiflung.

Charly ergriff zuerst das Wort. Ich hatte ganz vergessen, dass wir nicht allein im Raum waren. »Eins kann ich euch versichern: Als schwuler Mann weiß ich, was Schweigen und Missverständnisse anrichten können. Aber ich will nicht von mir reden. Ihr beide habt Jonas schützen wollen, Jonas wollte dich, Billie, nicht verraten, und dir gegenüber, Thilo, loyal sein. Ich verstehe seinen Konflikt. Auch, dass er dich nicht darauf ansprechen konnte, verstehe ich. Natürlich, wenn ich meine Mutter mit dem Briefträger erwischt hätte, hätte ich auch nicht gerufen: ›Hey, Mutti, wie cool, was machst du denn da?‹« Dann fügte er trocken hinzu: »Und, ehrlich gesagt, an dem Tisch hätte ich als Jugendlicher auch nicht mehr essen wollen.«

Diese Bemerkung brach den Bann, denn darüber musste zuerst Thilo lachen, ich stimmte leise ein. Dann bewegten sich alle wieder, Stühle wurden gerückt, Gläser in die Hand genommen, getrunken. Frohe Weihnachten.

Die anderen verabschiedeten sich nach und nach. Es war spät geworden, und alle wussten, dass wir drei jetzt Zeit für uns brauchten.

Jonas, Thilo und ich redeten noch lange, alles kam zur Sprache, so viele Gefühle, so viele Missverständnisse.

Zuletzt sagte Jonas: »Ihr seid aber immer noch zusammen.«

»Wieder«, antworteten Thilo und ich wie aus einem Mund.

Und dann erklärten wir unserem Sohn noch einmal, dass wir dieses Doppelleben aus Liebe und Rücksicht geführt hatten. Und dass unsere Verzweiflung über seinen Auszug uns wieder zusammengebracht hatte.

18

Die Tage zwischen Weihnachten und Neujahr vergingen rasend schnell. Jonas und ich machten lange Spaziergänge am Rhein. Wir sprachen über vieles, das sich in den vergangenen Jahren aufgestaut hatte. So viele Missverständnisse, so viele Tränen, weil wir nicht miteinander hatten reden können. Ich schämte mich natürlich in Grund und Boden, wenn ich daran dachte, mit welchem Bild von mir Jonas die ganze Zeit hatte leben müssen. Eine erotische Szene auf dem Küchentisch der Familie ist gewiss das Letzte, was ein Sohn von seiner Mutter vor Augen haben will.

Aber neben der Scham empfand ich auch eine tiefe Traurigkeit, die ich mit meinem Sohn teilte: Die ersten Jahre mit August waren für uns unwiederbringlich verloren und die Zeit, die Thilo und ich mit Caro hätten verbringen können, auch. Zum ersten Mal weinten Jonas und ich gemeinsam um sie. Ich weinte, weil ich ungerecht gewesen war und ihr die Schuld an allem gegeben hatte, er weinte, weil er nicht auf sie gehört hatte. Und wir weinten beide, weil im Grunde alles so überflüssig gewesen war. Hätten wir ihm damals erzählt, dass wir uns getrennt hatten, wäre es nie zu dieser Verkettung unglücklicher Missverständnisse gekommen. Aber: Dann wären Thilo und ich auch nicht wieder zusammengekommen.

»Wie verrückt das im Grunde ist, Mama!«, sagte Jonas. »Papa und du, ihr trennt euch und wollt es mir aus Rücksicht nicht sagen. Ich haue ab, weil ich das nicht wusste und eine Situation falsch eingeschätzt habe, die ich aus Rücksicht auf dich und Papa nicht thematisieren konnte. Und dann findet ihr wieder zusammen ...«

Ich hakte mich bei ihm unter. Das hatte ich noch nie getan. Diese Nähe war für uns beide neu, aber sie fühlte sich richtig und selbstverständlich an. Mein großer, erwachsener Sohn.(Dass er Caro nie von meinem Tisch-Manöver erzählt hatte, fand ich nicht schlimm, im Gegenteil, an dieser Stelle war ich ihm für seine Diskretion ausgesprochen dankbar.)

Inzwischen stand fest, dass Jonas erst zum ersten April wieder nach Köln versetzt wurde. Sein Aufenthalt in London hatte sich damit um drei Monate verlängert.

Ich vermied es, an unsere Rückkehr nach Krudhof zu denken, und ebenso verdrängte ich, dass damit unser Kölner Leben bald zu Ende sein würde.

Meine Herzbeschwerden waren nur vorübergehend besser geworden; ich hatte immer noch diesen stolpernden Puls, den ich mit Atemübungen ein bisschen in den Griff bekam. Eigentlich war das kein Wunder, denn der tägliche Stress stand mir bevor, sobald Jonas abgereist war und der Alltag wieder begann.

Dass er in seinem Urlaub zwischen Weihnachten und Neujahr immer mal wieder ein paar Stunden verschwand, fiel mir nicht auf. Und selbst wenn, ich wäre nie darauf gekommen, was er in dieser Zeit tat.

In der zweiten Januarwoche fuhr Thilo für ein paar Tage nach Hause, es gab Termine, die er persönlich wahrnehmen musste. Ich blieb in Köln, natürlich, für August hatte die Schule wieder begonnen.

Ehrlich gesagt hatte ich auch gar keine Lust auf unser Haus in Krudhof, in dem mir alles düster und deprimierend vorkam. Ich verband mein Zuhause mit vielen traurigen Gefühlen, die ich dort lange ausgehalten hatte, mit schmerzhaften Erinnerungen und mit Einsamkeit.

Natürlich konnte ich mir mein weiteres Leben ohne Wio, Charly und die anderen vorstellen, aber: Ich wollte es eigentlich nicht. Zum ersten Mal hatte ich Freunde, echte Freunde, die mich mit allen Macken akzeptierten, die mich nicht beurteilten, nicht aushorchten, um mich dann zu verletzen. Ich hatte Menschen gefunden – beziehungsweise hatten sie eher mich gefunden –, die mich nicht verlassen würden, sondern von denen ich sicher war, dass ich mit ihnen alt werden konnte. Dennoch – schlimmer war die Frage: Wie sollte ich es ohne August aushalten?

Wie konnte ich es zulassen, dass uns wieder Hunderte Kilometer trennen würden und ich ihn nur ein paarmal im Jahr sehen konnte? Andererseits war ich gesundheitlich definitiv nicht in der Lage, dieses turbulente Leben täglich durchzuhalten, bis August erwachsen war. Wenn Jonas zurückkam, musste er ja den ganzen Tag arbeiten.

Es war schon ein Kreuz: Ein großes Problem hatte sich aufgelöst, da stand das nächste vor der Tür. Aber ich musste es nicht allein lösen, ich war nicht mehr allein. Ich hatte Freunde. Und die hatten die Idee des Jahrhunderts. Aber der Reihe nach.

Einen Tag nach Thilos Rückkehr aus Krudhof saßen wir im Wohnzimmer. Es ging um die Kostüme für den bevorstehenden Karneval. Gitta und Gus waren nicht dabei, sie besuchte überraschend eine Fortbildung des Floristenverbandes und er hatte in seiner Werkstatt zu tun. Wio hatte seit Wochen fleißig genäht, nun fehlten nur noch die Details. Elfie schloss sich dem Treffen an, weil sie nichts Besseres zu tun hatte. Sie war im Moment viel allein, Jildo, den ich nun für den Rest meines Lebens mit einem Elefantenrüssel im Schritt vor mir sehen würde, war ständig im Einsatz.

»Vier Jrippetote in einer Woche, dazu ein Schlaganfall und ein Unfall, der Jute hat alle Hände voll zu tun«, erklärte Elfie. Auf dem Tierfriedhof fielen Feiern und Prozessionen wegen des schlechten Wetters kürzer aus, und August flötete sein *Halleluja* nur noch nach der Schule.

Wir hatten es uns im Wohnzimmer gemütlich gemacht. Es war ein Dienstag, Anna war noch im Haus, hatte in der oberen Etage und später im Bügelzimmer zu tun. Heute war sie in einer Art Leggings aus schwarzem Lack aufgetaucht.

»Meine Güte, hat man Sie in die Hose reingeschossen oder wie funktioniert das?«, entfuhr es mir, als sie in der Haustür stand.

Anna reagierte lässig. »Nö, die dehnt sich, ist elastisch.«

»Genau wie der Pulli, der ist auch elastisch, oder?«, bemerkte ich spitz.

Er war pink, lang und weit und hatte einen so großen Ausschnitt, dass er immer wieder über Annas nackte Schulter rutschte. Was zum erneuten Hinschauen animierte, weil sie keinen BH trug. Jedenfalls hatte ich Thilo mit dem Rücken zur Tür platziert, damit er nicht hingucken musste, wenn sie reinkam.

Bei Kaffee und Keksen besprachen Charly, Thilo und Wio die Details: Einmal wollten Thilo und Charly als Zar und Zarin zur Sitzung in den Gürzenich gehen, dafür wollte Wio noch Pelzmützen aus dem Theaterfundus besorgen und entsprechend dekorieren. Als Outfit für Rosenmontag waren Asterix und Obelix geplant.

Gerade war August in die Küche gekommen, um sich was zu trinken zu holen, als Thilo meine Frage nach dem Veedelszoch am Sonntag in Rodenkirchen beantwortete: »Da ist Jonas dabei, wir gehen als die drei Musketiere.«

August sprang augenblicklich in eine Art Fechtposition und rief: »Cool! Einer für alle, alle für einen! Ich will mitmachen, ich will auch ein Muskeltier sein!«

Charly lachte. »Okay! Du hast natürlich recht – es sind auch eigentlich vier: D'Artagnan, Athos, Porthos und Aramis. Du bekommst auch ein Kostüm, Wio kriegt das hin!«

August ließ seinen Arm hochschnellen, als sei er in der Schule und würde sich melden: »Ich bin Aramis!«

»Klar, Sportsfreund!«, sagte Charly.

August verschwand wieder in seinem Zimmer.

Ich schaute auf die Tür, die hinter ihm zugefallen war. »Er wird mir so fehlen, wenn wir wieder in Krudhof sind.«

»Glaube ich dir«, meinte Wio. »Aber du kannst ihn nicht großziehen, du bist nun mal die Oma und nicht die Mutter. Und mit deinen Herzrhythmusstörungen musst du auf dich achten.«

»Ich weiß. Aber wer soll sich um ihn kümmern, wenn wir nicht mehr hier sind? Jonas muss arbeiten, er kann seinen Job nicht hinschmeißen oder nur noch halbtags in die Bank gehen. Wie soll das bloß funktionieren?«

Aus dem Augenwinkel sah ich, dass Anna drüben in die Küche gekommen war und begann, die Spülmaschine auszuräumen.

»Habt ihr denn noch nicht mit Jonas besprochen, wie es ab April weitergeht soll?«, fragte Wio.

»Doch, er meinte, dass es in der Schule eine Mittagsbetreuung gibt, und dass August an vier Tagen am Nachmittag von Anna versorgt werden kann. Sie ist ja zweimal die Woche hier, und wenn sie in dem anderen Haushalt arbeitet, kann sie ihre Tochter und August mitnehmen.«

Elfie nickte. »Ja, dat is ne jute Lösung. Und wenn se mal krank is, können die Päntz immer zu mir kommen. Jitta, Jus oder isch, einer is immer da, und Schullabeiten können se im Abschiedsraum machen, wenn keine Bestattung ist.«

Ich glaube, wir dachten alle kurz darüber nach, ob es für knapp siebenjährige Kinder in Ordnung war, Hausaufgaben auf einem Tierfriedhof zu machen.

Dann rief Charly: »Ich hab's!«

Alle schauten ihn an. Seine braunen Augen funkelten hinter der Brille, die heute einen fliederfarbenen Rand hatte. »Leute, das ist ganz einfach! Jonas. Braucht. Eine. Frau. Der Junge muss sich unsterblich verlieben, so bald wie möglich wieder heiraten, und alles ist im Lot.«

Okay. Daran hatte ich noch nie gedacht. Jedenfalls nicht so richtig. Natürlich durfte Jonas nicht allein bleiben, dafür war er viel zu jung. Und natürlich musste eines Tages wieder eine Frau in sein Leben kommen.

Thilo nickte bedächtig und kraulte sich den Bart. »Da sehe ich aber ein Problem! Der Bursche arbeitet viel, und bis April kommt er nur am Wochenende her. Wenn er zurück in Köln ist und als alleinerziehender Vater Kind, Haus und Beruf unter einen Hut bringen muss – wann, wie und wo soll er denn eine Frau finden?«

Charly grinste noch breiter. »Muss er gar nicht!« Er machte eine Pause und schaute von einem zum anderen. »Das können wir doch machen. Wir suchen eine Frau für ihn.«

»Wie is dat jetzt jenau jemeint?«, fragte Elfie.

Charly schien sofort einen Plan zu schmieden. »Jeder von uns kann was machen! Ich kenne mich im Internet aus, ich suche auf den Hetero-Flirtseiten, was sich da an Singlefrauen tummelt. Man kann es auch klassisch bei einem Eheanbahnungsinstitut versuchen, darüber hab ich gerade eine Reportage gesehen, die laufen wieder. Kostet aber ein bisschen mehr. Man könnte ein Inserat in den Stadtanzeiger setzen und Bildzuschriften anfordern ...«

Wio fiel ihm ins Wort: »Wir können ihn bei einer Datingshow im Fernsehen anmelden! Ich kenne jemanden, der arbeitet als Cutter für diese Show, bei der sich zwei Leute zum Blind Date in einem Restaurant treffen, das ist total seriös und unterhaltsam!«

Wir beschlossen das »Projekt Kandidatin«. Elfie klatschte vor Vergnügen in die Hände, und nebenan ließ Anna mit lautem Scheppern einen Topf samt Deckel fallen.

»Das war der Tusch, der das Projekt besiegelt!«, kommentierte Charly.

19

Als ich August am Freitag von der Schule abholte, traf ich die junge Klassenlehrerin, die mit den Sommersprossen und den blau lackierten Fuß- und Fingernägeln. Inzwischen wusste ich, dass sie Alicia Winterberg hieß und bei den Kindern ausgesprochen beliebt war. Sie steuerte direkt auf mein Auto zu.

Ich ließ die Scheibe herunter.

»Frau Berthold, ich hatte August eine Einladung zum Verkehrstraining mitgegeben, sind Sie morgen dabei?«

Die Einladung hing zwar in der Küche an der Pinnwand, aber ich hatte eigentlich nicht vorgehabt, mich als Oma unter die vielen jungen Mütter zu mischen. Ihre Gespräche waren einfach nicht meine Welt, Themen über laktose-, zucker-, glutenfreie oder vegane Ernährung waren mir zu unrealistisch, dieses Theater ums Essen ging mir auf die Nerven.

»Ich weiß nicht ...«, wich ich aus.

Alicia Winterberg griff in ihre langen Locken und strich sie mit einer graziösen Bewegung nach hinten. »Die Schüler müssen lernen, den Schulweg allein zu gehen, es werden zu viele mit dem Auto bis vor den Schulhof gebracht. Die Autos verstopfen morgens und mittags die Straße, oft kommt es zu gefährlichen Situationen. Man muss den

Kindern vertrauen, sie sind durchaus in der Lage, zu Fuß zur Schule zu kommen, wenn man den Weg mit ihnen übt oder sie in Gruppen gehen lässt. Und das wollen wir mit ihnen unter Anleitung der Verkehrspolizei tun.«

»Ich bin nicht Ihrer Meinung. Das Haus meines Sohnes liegt ziemlich einsam. Der Schulweg führt über einen Kilometer weit an Feldern und am Wald entlang, und morgens um halb acht ist es um diese Jahreszeit noch dunkel. Solange mein Mann und ich für August verantwortlich sind, bringen und holen wir ihn lieber.«

Alicia Winterberg lächelte freundlich. Plötzlich fiel mir auf, dass sie ziemlich hübsch war. Und dass sie keinen Ehering trug. Ich schätzte, dass sie im selben Alter wie Jonas war. Ob sie einen Freund hatte? Eine Lehrerin und Jonas, wäre das nicht eine prima Verbindung? Ich fand sie mit jeder Sekunde netter und schoss ins Blaue. »Wie machen Sie das mit Ihren Kindern? Lassen Sie sie allein gehen?«

»Ich habe keine Kinder.«

Als hätte ich es geahnt. Forsch sagte ich: »Kommen Sie doch mal zu uns und schauen sich den Weg an!«

»Nein, das geht leider nicht. Ich unterrichte neunzig Kinder in drei Klassen, wenn ich mich um jeden Schulweg kümmern müsste, hätte ich viel zu tun. Nein, da sind die Erziehungsberechtigten gefragt, aber wir geben ihnen ja Hilfestellung. Kommen Sie also?«

Sie war nicht nur hübsch und hatte studiert, sie wusste auch, was sie wollte. Wieso war mir nicht früher eingefallen, dass sie eine Kandidatin für Jonas sein könnte?

»Ja. Sie haben mich überzeugt.«

In diesem Moment kamen August und Hanna um die Ecke, beide winkten, August lief auf mein Auto zu, seine schulterlangen Haare flogen, sein Ranzen hüpfte auf dem Rücken hin und her. Nein, ich würde den Kleinen nicht zu Fuß gehen lassen, dann müsste er ja auch den schweren Tornister tragen, das kam überhaupt nicht infrage.

August riss die hintere Autotür auf, warf den Ranzen in den Fußraum, kletterte in den Kindersitz und schnallte sich an. Als ich losfahren wollte, sah ich, dass Anna am Bürgersteig stand und auf Hanna gewartet hatte. Jetzt kam sie an mein Auto, um mich zu begrüßen. Höflich war sie ja.

Aber wie sie wieder angezogen war! Sie trug einen schwarzen Rock, den meine Mutter als »Arschbetrüger« bezeichnet hätte, weil er so kurz war, dass sie sich damit niemals hätte bücken dürfen. Dazu hatte sie blickdichte Strumpfhosen und hochhackige Stiefel an, die bis übers Knie gingen, und eine glänzende, weiße Steppjacke. Während sie auf mich zu stöckelte, fragte ich mich, ob es überhaupt erlaubt war, mit derart hohen Hacken Auto zu fahren.

»Hallo Frau Berthold, soll ich August morgen abholen und mit den Kindern zum Verkehrstraining gehen?«

Nein, sollte sie nicht. Höflich lehnte ich ab. Ich wollte Jonas mit der Lehrerin verkuppeln – aber das würde ich dem Timo bestimmt nicht auf die Nase binden.

Leider ging mein Plan am Samstag überhaupt nicht auf.

Jonas kam mit, wir erreichten den Schulhof, auf dem bereits zwei Polizisten warteten, um mit den Kindern durchs Viertel zu marschieren. August rannte sofort zu Hanna, wir waren vergessen. Dafür gesellte Anna sich zu uns und begann, mit Jonas über Gefahren auf dem Schulweg zu fachsimpeln.

Gott sei Dank war sie heute ein bisschen unauffälliger angezogen, ihre Absätze waren höchstens acht Zentimeter hoch und die Jacke über ihrem Vorbau war geschlossen. Gut so. Ich wollte nicht, dass die Leute sonst was dachten, als sie mit meinem Sohn und mir im Pulk der Eltern hinter den Kindern herging.

Irgendwie hatte ich das Gefühl, dass Anna und Jonas mehr verband, als mir lieb war. Sie steckten oft die Köpfe zusammen, kicherten manchmal wie Teenager, und überhaupt gingen sie sehr vertraulich miteinander um.

Meine Versuche, Jonas und Alicia Winterberg ins Gespräch zu bringen, scheiterten, es war viel zu trubelig. Aber es würden sich schon noch Gelegenheiten ergeben.

Ich würde jetzt wachsam sein.

Auch die anderen hatten das »Projekt Kandidatin« in Angriff genommen, schließlich blieben uns nur noch zweieinhalb Monate, bis Jonas aus London zurückkommen und unsere Aufgabe in Köln beendet sein würde.

Elfie hatte sich sofort ins Zeug gelegt: Yvonne Nagel, die Besitzerin einer hochbetagten verstorbenen Perserkatze namens Butterfly war ihrer Meinung nach genau das, was wir suchten. »Ende zwanzisch, unverheiratet, keine Pänz, und, haltet eusch fest: Sie ist so was wie ne Unternehmensberaterin. Wat se janz jenau tut, kann isch schlescht erklären, aber Jeld hattse. Die is im Homofiss (Home Office).«

Grundsätzlich hatte Elfie einen wichtigen Punkt angesprochen. Eine berufstätige Frau würde uns wenig nutzen, die hätte tagsüber ja gar keine Zeit für August. Eine im passenden Alter, die nicht arbeitete und kein eigenes Geld verdiente, kam wiederum nicht infrage, die wäre vielleicht nur scharf auf einen Mann mit Haus und gutem Einkommen. Sie musste zudem intelligent sein, das war Jonas schließlich auch, mit einem Dummchen konnte er nichts anfangen. Wir hatten die Risiken diskutiert und achteten nun auch auf die Kleinigkeiten.

Elfie hatte es geschafft, das Begräbnis der Katze auf den kommenden Samstag zu legen. Niemand musste Jonas überreden mitzukommen, denn August würde flöten. Und bei der Gelegenheit konnten wir dafür sorgen, dass Jonas die Katzenmutter unauffällig kennenlernte. Außerdem hatten wir mit der kleinen Besetzung des Chors auf Wunsch der Dame den alten Schlager *Butterfly* in einer A-cappella-Version eingeübt. Elfie hatte ihr diesen Song tatsächlich verkauft, hundert Euro kostete das Ständchen. Yvonne Nagel hatte den Preis akzeptiert, ohne mit der Wimper zu zucken.

Wir waren viel zu früh im Abschiedsraum, ich hatte fast eine Stunde vor der Zeremonie zum Aufbruch gedrängt.

August saß auf einem Stuhl und hatte den Zylinder in den Nacken geschoben. Jonas tippte irgendwas in sein Handy. Ich half Gitta, die Kerzen anzuzünden, sie drapierte einen Kranz aus rosa Rosen mit weißen Satinschleifen auf der kleinen Kiste, Gus kümmerte sich um die Trauermusik, die bestellt worden war (*My Way* von Frank Sinatra). Charly und Elfie warteten vor dem Eingang auf die trauernde Katzenbesitzerin und ihre Begleitung. Yvonne Nagel wollte Butterfly im Kreis ihrer Familie und Freunde beisetzen. Anschließend hatte sie eine Kaffeetafel für zehn Personen bestellt, die Gitta im Shop als »Stehparty« vorbereitet hatte.

Die Tür öffnete sich, und im ersten Moment dachte ich, eine Schauspielerin aus einem Hitchcock-Film käme herein. Yvonne Nagel war groß, schlank, dunkelhaarig mit schicker Hochsteckfrisur. Sie trug ein keckes Hütchen mit Schleier zum schwarzen Kostüm, hatte eine edle Handtasche über den angewinkelten linken Arm gehängt, ihre linke Hand steckte in einem schicken schwarzen Handschuh und hielt den zweiten Handschuh fest. Mit gesenktem Kopf trat sie auf den Sarg zu, ihr folgten Leute in Trauerkleidung und stellten sich im Halbkreis hinter ihr auf. Als ich dachte: *Jetzt fehlt bloß noch das weiße Taschentuch, mit dem sie sich an den Augen rumtupft*, tat sie genau das. Die Kerzen flackerten, es war eng im Raum, auf der einen Seite standen die Trauergäste, auf der anderen unser Chor.

Zuerst kam die Musik aus der Anlage.

»And now, the end is near ...« Frank Sinatra.

Die zweite Strophe sangen wir im Chor, langsam, getragen. Als Charly seine Geige ans Kinn legte und zu spielen begann, gab es kein Halten mehr: Die Leute heulten, als sei die reiche Oma tot und nicht die alte Katze.

Elfie und ich warfen uns einen Blick zu. »Super fürs Jeschäft!«, sollte er heißen.

Anschließend sangen wir den Schlager *Butterfly* mit deutschem Text: »Es ist still, nur der Wind singt sein Lied ...«

Alles ging gut bis zum Refrain. Augusts helle Stimme war natürlich herauszuhören. Und er sang: »Flatterbuy, my Flatterbuy, jeder Tag mit dir war schön ...«

Einer aus dem Pulk der Trauernden lachte zuerst. Verhalten. Der Nächste prustete. Der Dritte geierte laut, und schließlich lachten alle im Raum. Nur Yvonne Nagel nicht.

Die hatte ihren Schleier aus dem Gesicht gewischt und verschoss mit den Augen Giftpfeile. Mit eiskalter Stimme sagte sie: »Wenn dieses unmögliche Gör nicht in der Lage ist, sich ein einziges englisches Wort zu merken, ist es hier nicht an der richtigen Stelle.«

Wie bitte? So redete niemand über meinen Enkel. So eine bescheuerte Tussi! Ich nahm August an die Hand und verließ mit ihm den Raum. Diese blöde Schrapnelle würde Jonas ganz gewiss nicht heiraten. Was bildete die dumme Kuh sich ein? Nur weil das Kind mal ein Wort verdreht hatte, meine Güte ...

In meiner Wut bedachte ich nicht, dass Yvonne Nagel Teil eines Verkupplungplans gewesen war, von dem sie nie etwas gewusst hatte.

Draußen stieß ich fast mit Anna und Hanna zusammen.

»Wir waren spazieren!«, sagte Anna anstelle einer Begrüßung, und ich antwortete: »Und wir waren singen!«

Anna wandte sich an August. »Hast du das Lied gesungen, das du mit Hanna geübt hast?«

»Ja, *Flatterbuy* hab ich gesungen, aber das war, glaub ich, falsch, die Frau von der Katze war gerade richtig sauer!«

Ich marschierte mit August nach Hause, erlaubte ihm fernzusehen und erklärte Thilo, der im Keller herumgewerkelt hatte, dass die zweite Kandidatin auch nicht die Richtige gewesen war.

Dienstag trafen wir uns wieder bei uns.

Es war Anna-Tag, sie putzte im Treppenhaus, ich konnte sie durch die geöffnete Tür sehen. Nicht dass ich sie kontrollierte, aber wenn jemand solche Outfits trug, war eine gewisse Aufmerksamkeit fraglos gewollt.

August und Hanna machten in seinem Zimmer Hausaufgaben.

Wir »Alten« saßen am Esstisch und waren gespannt, was Charly im Internet an Damen gefunden hatte.

Er winkte ab und schnitt eine Grimasse. »Ich hab euch mal ein paar Anzeigen aus den Tageszeitungen kopiert und ausgedruckt, damit ihr wisst, was das ergeben hat. Ich glaube, das ist nicht der richtige Weg. Jonas ist dafür einfach viel zu jung. Frauen in seinem Alter sind wohl eher online auf Tinder oder so unterwegs, die inserieren nicht in den Printmedien.«

Er ließ die Blätter herumgehen. Thilo schüttelte den Kopf und las zuerst vor: »Ich bin hübscher als Barbie, aber nicht ganz aus Plastik. Grips nachweislich vorhanden. Getunte Figur – weitgehend knitterfrei. Suche Mann für Tisch und Bett, Berge und Meer, bis vierzig Jahre.« Er ließ das Blatt sinken und zog ein Gesicht, das halb amüsiert und halb entsetzt wirkte. »Getunte Figur ... das heißt Gummibrüste?«

Ich zuckte mit den Achseln. »Wahrscheinlich.«

»Wer's mag«, murmelte Thilo.

Dann las ich: »Wo bist du? Bist du der Mann, der, großzügig, vermögend, mir ein sorgenfreies Leben bieten kann? Bin sehr attraktiv, 28J/170cm/55kg/80C, habe Herz und Verstand! Dauerhafte Beziehung gesucht!« Empört warf ich das Blatt auf den Tisch, als sei es schmutzig. »Ich glaube, es hakt, sorgenfreies Leben! Die sucht doch bloß einen solventen Versorger!«

Charly hatte noch einen schönen Text: »Mopse deinen Schampus aus dem Kühlschrank, hole deine Wurst genüsslich von deinem Brötchen und trage dabei das schönste deiner Designerhemden. Ich wecke dich mit meinem bezaubernden Lächeln, blockiere Ewigkeiten dein Badezimmer, suche nackt, mit der Tasse Kaffee in der Hand, deinen Porscheschlüssel. Wenn du aufgestanden bist, ist der Duft meines Parfüms noch im Raum, und du stolperst verträumt über meine High Heels. Sie, 31 Jahre, attraktiv, intelligent, bei Bedarf verpeilt und frech, sucht Pendant.«

Vielleicht waren wir alle zu alt, um so etwas witzig zu finden. Nach der Anzeige »Blonder Engel sucht Weihnachtsmann mit großen Christbaumkugeln für nicht ganz stille Nächte« machten wir Schluss.

»Da sin ja nur Bekloppte unterwejs«, stellte Elfie fest.

Im Treppenhaus hörte ich Anna auflachen. Ich flüsterte: »Pst, Feind hört mit, sie muss nicht alles wissen.«

Inzwischen hatte ich nämlich den Verdacht, dass sie ein Auge auf Jonas geworfen hatte, und ich würde dafür sorgen, dass Jonas nicht in Versuchung kam, ihren üppigen Reizen zu erliegen. Anna. Das Timo. Die fehlte mir noch.

Wir waren uns einig, dass wir über Kontaktanzeigen, egal, ob sie in einer Zeitung oder im Internet standen, nichts erreichen würden.

»Vielleicht ergibt sich beim Karneval was?«, meinte Thilo. »Caro hat er ja damals auch da kennengelernt.«

»Dann müssten wir auf einen Zufall hoffen. Oder vorher eine geeignete Person finden, die wir unauffällig dazu bringen, sich beim Veedelszoch in seiner Nähe aufzuhalten. Das wird schwierig!«, gab Charly zu bedenken.

Da hatte er recht.

»Ich weiß, was wir machen. Es ist seriös, unterhaltsam und ziemlich Erfolg versprechend«, sagte Wio. Und dann erzählte sie von dieser Fernsehshow, die sie neulich erwähnt hatte und die *Ein Glas auf das Glück* hieß.

»Einer unserer Bühnenbildner hat da vor ein paar Jahren seine Freundin kennenlernt und schwärmt heute noch von der Sendung. Über eine Internetseite kann man sich bewerben, da gibt man im Vorfeld Wünsche bezüglich des Partners oder der Partnerin an. Die Redaktion sucht ein passendes Gegenstück aus, wahrscheinlich machen die das anhand der Vorgaben, oder mit einem Computerprogramm, keine Ahnung. Jedenfalls werden die Singles in eine Live-Show eingeladen.«

Wir hörten ihr gebannt zu. Die Show fand in einem Restaurant in Bonn statt, die Gastgeber, im Wechsel ein berühmter Schauspieler, eine berühmte Köchin und ein berühmter Talkmaster, begrüßten die Kandidatinnen und Kandidaten einzeln, führten sie an die Bar und stellten sie einander vor.

»Die beiden Singles sehen sich dann zum allerersten Mal«, sagte Wio. »Beim ersten Glas stoßen sie auf das Glück an und können quatschen. Dann werden sie an einen Tisch gebracht, wählen ein Menü und essen und trinken gemeinsam. Dabei plaudern sie über sich, ihr Leben und ihre Wünsche bezüglich einer Partnerschaft. Am Ende der Sendung sitzen sie nebeneinander und werden dabei gefilmt, wenn sie sagen müssen, ob sie ein zweites Date möchten. Manchmal ist es sehr peinlich, wenn der erste Ja sagt und der andere kein weiteres Treffen möchte. Aber so ist es im richtigen Leben auch. Bei der nächsten Show wird eingeblendet, was aus den Kandidaten der letzten Sendung geworden ist.« Wio sah von einem zum anderen. »Was meint ihr? Ist das eine Chance für Jonas? Es ist in jedem Fall seriös, weil die Teilnehmer da nicht vorgeführt und lächerlich gemacht werden.«

Gitta schaute regelrecht angewidert. »Auch wenn ich jetzt als Spielverderber und Spaßbremse rüberkomme:

Das finde ich nicht gut. Diese ganze Aktion ist in meinen Augen würdelos und übergriffig. Und überhaupt, ich glaube nicht, dass es richtig ist, wenn wir uns so in Jonas' Privatangelegenheiten einmischen!«

Wir beachteten ihre Einwände nicht, überstimmten sie und waren uns einig: Das klang prima.

»Wie groß ist die Chance, dass Jonas genommen wird und in die Show kommt?«, fragte Thilo.

Wio überlegte. »Ich denke, ziemlich groß. Weil die Sendung in Bonn gedreht wird, ist es für den Sender billiger, wenn er keine lange Anreise zahlen muss. Eine Staffel dauert drei Monate, die Show läuft dann fünfmal die Woche, immer mit fünf Paaren. Sie brauchen also ständig Nachschub. Außerdem kommt es darauf an, wie Jonas seine Bewerbung formuliert. Die muss natürlich was Besonderes sein und auffallen. Am besten mit einem schönen Video.«

Nun mischte Elfie sich ein. »Klarer Fall. Und wie sollen wir Jonas dazu kriejen, sisch dafür filmen zu lassen?«

Das war ein wichtiger Punkt, den ich nicht sofort beantworten konnte. Es war eine Weile still, man hörte nicht mal Anna draußen werkeln.

Gitta hatte eine Nachricht aufs Handy bekommen und beantwortete sie. Sie wirkte unkonzentriert und äußerst übellaunig, so kannte ich sie gar nicht.

Thilo strich sich über die Glatze und kraulte anschließend seinen Bart.

Ich stieß ihn mit dem Ellenbogen an. »Sag du doch auch mal was, anstatt immer nur Löcher in die Luft zu starren!«

Seine buschigen Brauen schnellten in die Höhe. »Wer keine Löcher in die Luft starrt, sieht nichts.«

Das kommentierte ich nicht.

Charly tippte auf seinem Tablet herum. »Ich bin auf der Webseite des Senders. Wir könnten ihn heimlich anmelden. Es gibt eine Telefonnummer, da kann man anrufen, wenn man nicht selber einen Partner sucht, sondern jemanden verkuppeln will.«

Das musste ich entschieden ablehnen. »Nein! Ihr wisst, was bei uns jahrelang wegen Heimlichkeiten los war. Wir sollten mit Jonas darüber reden. Ganz offen. Ihm vorschlagen, sich dort zu bewerben. Ich meine, so abgeneigt wird er nicht sein, oder? Niemand will allein leben, jeder wünscht sich ein bisschen Liebe.«

Thilo grinste unverschämt. »Und manche wünschen sich mehr als ein bisschen, mein Mäuschen!«

»Heute ist Dienstag, entschuldige mal bitte!«, sagte ich unüberlegt. Woraufhin wir den Nachmittag mit herzlichem Gelächter beschließen konnten, denn diesen Geheimcode zwischen Thilo und mir verstand jeder sofort.

20

Ich hatte für Jonas gekocht. Linseneintopf mit Kassler und Rauchendchen. Thilo und August waren zum Flughafen gefahren, um ihn abzuholen.

Schon seit ein paar Tagen hatte ich mir zurechtgelegt, wie ich anfangen wollte. Ich meine, dem eigenen Sohn zu erklären, dass er sich übers Fernsehen eine Frau suchen könnte, ist kein alltägliches Thema, das muss gut vorbereitet sein und entsprechend eingeleitet werden.

Sicherlich hatte Jonas sich längst Gedanken gemacht, wie es mit August ohne uns weitergehen sollte, aber ich hatte keine Ahnung, ob er auch auf eigene Faust eine aktive Suche nach einer neuen Partnerin plante.

Doch mein eigentliches Problem war ein anderes: Immer häufiger dachte ich darüber nach, ob ich überhaupt zurück nach Krudhof-Oederort wollte. Weder vermisste ich mein altes Leben noch die Leute, die dazugehört hatten. Die, mit denen wir früher unsere Zeit verbracht hatten und zu denen ich nie wirklich einen Draht gefunden hatte, würden nicht mal merken, wenn ich nicht mehr dort wohnte. Wie oft hatte ich früher gedacht, ich sei eine schwierige Person, mit der einfach niemand zurechtkommen konnte. Unzählige Gründe hatte ich mir selber dafür gegeben. Weil ich selten Alkohol trank und somit bei Festen einen anderen Humor hatte, weil mir Shoppingnachmittage und Mädelsabende nichts bedeuteten, weil ich keine Lust auf Kaffeekränzchen hatte, bei denen immer über die eine Person hergezogen wurde, die gerade nicht dabei war. »Wer bei dir schlecht von anderen redet, redet auch bei anderen schlecht von dir«, hatte Mutter immer gesagt.

Was würde mich in meinem alten Leben erwarten, wenn ich dahin zurückkehrte? Verbitterte Nachbarn, ein schöner Garten, viele leere Räume und viele leere Tage.

Natürlich wäre Thilo bei mir, wir hatten unsere Gemeinsamkeiten, gingen gern spazieren, sahen zusammen fern, aßen manchmal im Restaurant, saßen auf der Terrasse und hörten den Vögeln zu, fuhren jede Woche zum Supermarkt. Ich würde das Haus in Ordnung halten, vielleicht einen Halbtagsjob finden, damit ich mal vor die Tür kam. Und was noch? Ich dachte an unser Haus, an die Dinge, die darin standen. Möbel, Teppiche, Lampen, Hausrat. Eben Dinge. Natürlich hing ich an diversen Erinnerungsstücken, aber die konnte man im Falle eines Umzuges mitnehmen.

Welches Wort war das gerade gewesen? Umzug?!

Den Gedanken wagte ich nicht zu Ende zu denken, er war zu groß, zu einschneidend. Wir hatten immer in Krudhof gelebt, hatten lange für unser Haus geschuftet, es war so etwas wie der steinerne Beweis dafür, dass wir es im Leben zu etwas gebracht hatten. Konnte man das denn einfach so hinter sich lassen?

Ich hatte das Thema mit Thilo besprechen wollen, ließ es aber dann doch. Vielleicht freute er sich auf seine Werkstatt, vermisste seine Kumpels, seine gewohnte Umgebung. Außerdem waren da seine Eltern. Wer wusste schon, wie lange Grete und Kurt noch im eigenen Haus leben konnten, sie gingen immerhin auf die neunzig zu.

Aber ich, was war mit mir? Welche Wünsche hatte ich? In wenigen Jahren wurde ich sechzig. Mein Gott, wie uralt das klang. Statistisch gesehen befand ich mich längst im letzten Drittel meines Lebens. Was wollte ich damit anfangen? Mich in Krudhof über die Nachbarn ärgern? Mit der Zwitscher-App Vogelstimmen erkennen? Johannisbeeren ernten und daraus Marmelade kochen, die niemand aß? Das Feuerwehrfest, Beerdigungen und Jubelhochzeiten als Highlights empfinden?

Die Menschen, die mir am wichtigsten waren, mein Sohn und mein Enkel, lebten hier, in Köln, weit weg von dem Ort, den ich bisher als mein Zuhause bezeichnet hatte.

Zu Hause. Was war das überhaupt? Ein Ort, an dem man sich auskennt, oder einer, an dem man sich wohlfühlt?

Ich setzte mich an den Tisch und sah mich um.

Das hier war das Zuhause von Jonas und August. Ich hatte mich an diese Umgebung gewöhnt, so, wie man sich an eine Ferienwohnung gewöhnt, in der man sich während eines Urlaubs wohlfühlt. Es war aber nicht das Haus, das mich nachdenklich machte. Es waren die Menschen.

Wie wäre ein anderes Leben? Eins in der Nähe der Kinder? Ein Leben, in dem ich mich auf Wio, Charly, Elfie und Gitta einlassen konnte, weil ich keine Angst davor haben musste, dass ich eines Tages doch wieder ohne sie sein würde.

Ich sehnte mich nach einem Alltag, zu dem Jonas gehören würde, ich wollte August aufwachsen sehen, und vielleicht würde ich noch eine zweite Chance bekommen und wieder eine Schwiegertochter haben, eine, die ich nicht in eine Schublade stecken würde (Indianerehrenwort!).

Wir denken immer, wir hätten noch so viel Zeit. Caro hatte nicht viel Zeit gehabt. Vielleicht hielt das Leben für Jonas bald eine neue Liebe bereit? Dann wäre ich gern dabei.

Mein Handy klingelte, es war Charly.

»Deine Stimme klingt belegt, ist alles okay?«, begrüßte er mich, nachdem ich mich gemeldet hatte.

»Ach, na ja, ich denke gerade darüber nach, dass wir bald zurück nach Krudhof müssen ...«

»Klingt nicht so, als würdest du dich darauf freuen?«

»Im Gegenteil, ich habe eben gewagt, mir vorzustellen, dass wir vielleicht in Köln leben könnten«, sagte ich ehrlich. »Nicht mit Jonas in einem Haus, aber in der Nähe, vielleicht im selben Stadtteil. Ich weiß aber nicht, ob das geht ...«

»Verstehe«, sagte Charly. »Billie, das klingt jetzt abgedroschen, ist aber wahr: Geht nicht gibt's nicht. Du bist es, die entscheidet, ob du etwas Neues schaffen und Bewegung in dein Leben bringen willst. Du bestimmst, ob deine Zukunft was Neues sein wird oder die Fortführung der Vergangenheit. Niemand muss in einer Zeitschleife leben und darin gefangen sein. Du hast in den letzten Monaten so viel Neues gelernt, hast entgegen all deinen früheren Überzeugungen sogar begonnen, Freundschaften zuzulassen – hör nicht wieder damit auf!«

Ach Charly. Wie gut mir seine Worte taten. Wie aufbauend sie waren, wie sehr sie mir Mut machten.

»Du hast aber nicht angerufen, um mich zu trösten«, versuchte ich dennoch abzulenken.

Charly hatte wissen wollen, ob wir heute Abend mit Jonas über das »Projekt Kandidatin« reden würden. »So viel Zeit bleibt uns nicht bis zum Ende der Staffel, wer weiß, wie lange die Vorlaufzeit beim Sender ist. Vielleicht bewerben sich jede Woche hundert Singles.«

»Es ist alles vorbereitet. Heute Abend rede ich mit ihm! Nach dem Linseneintopf geht's los.«

Ich war froh, mich nicht mehr mit mir selber beschäftigen zu müssen. Mich um meinen Sohn zu kümmern war einfacher.

Kurz entschlossen kochte ich ihm noch einen Karamellpudding.

Jonas war ausgesprochen gut gelaunt. Nach dem Essen hatte er mit August rumgealbert und ihm eine Geschichte vorgelesen, dann kam er zurück an den Esstisch.

Thilo und ich versuchten, harmlos und unschuldig auszusehen.

»Glas Wein?«, fragte Jonas.

Er wunderte sich gar nicht, dass ich auch eins nahm. Wir ließen ihn zuerst von der Arbeit erzählen. Ich freute mich, dass er so locker war und heute nicht so früh ins Bett wollte wie an vielen anderen Freitagen. In den letzten Wochen war er am Samstag oft für ein paar Stunden mit dem Fahrrad verschwunden, allein, um nachzudenken und runterzukommen, wie er sagte.

Ich machte den Anfang und gab meiner Stimme einen harmlosen Klang: »Jonas, was hast du denn morgen so vor?«

»Ich feiere mit August Geburtstag nach, weißt du doch. Wir gehen ins Hallenbad und dann Burger essen, warum?«

Ich nahm eine Serviette, die nach dem Essen auf dem Tisch liegengeblieben war, und faltete sie zu einem Dreieck. Das Dreieck faltete ich langsam und gewissenhaft zu einem weiteren, kleineren. »Ja. Also ... Weil ... Es ist so.«

Jonas runzelte die Stirn und sah mich abwartend an.

»Wir haben darüber nachgedacht, dass du schon lange allein ... das Trauerjahr ist ja schon lange rum ... und ich weiß auch, dass Caro für immer in deinem Herzen sein wird ... aber es muss nicht sein, dass du immer noch ... leider ... Single ... und dass es für August ...« Ich entfaltete die Serviette wieder und legte sie zu einem Quadrat zusammen. »Ich meine, August ist jetzt schon sieben, und ob es immer gut ist, dass er von relativ alten Menschen erzogen wird ... und du bist auch noch so jung ...«

»Mama? Was möchtest du mir sagen?«

Ich zupfte die Papierserviette wieder auseinander und drehte sie zu einer Rolle. »Ich wollte gar nichts sagen, Jonas. Nur mal anregen, ob du, wenn du, also nur, wenn du willst ...«

Thilo kam mir zu Hilfe. »Jonas. Deine Mutter und ich haben uns, in Absprache mit deinen Freunden, gedacht, dass es für dich und August möglicherweise vorteilhaft wäre, wenn du dich wieder an jemanden bindest.«

Wenn er sich so geschwollen ausdrückte, war er fürchterlich nervös.

»So, habt ihr das gedacht«, antwortete Jonas, lehnte sich zurück und lächelte fast unmerklich, nur mit den Augen, seine Miene blieb unbewegt. Er wirkte regelrecht belustigt, als er Thilo beim Stottern zusah.

»Ja, weil, es ist leider so, deine Mutter und ich können nicht ewig hierbleiben, wie gesagt, leider, aber du hast selber schon überlegt, dass du die Betreuung von August mit verschiedenen Personen regeln kannst … Das ist natürlich gut so, aber vielleicht wäre es ja auch gar nicht so schlecht, wenn du langsam mal wieder darüber nachdenken könntest … oder würdest … oder wollen würdest … wenn du … also wann … oder besser: ob du schon bereit für eine neue Bindung wärst. Also ich meine, eine feste, dauerhafte Beziehung wäre für August auch schön …«

»Hm«, machte Jonas und strich sich mit der gleichen Bewegung über den Kopf, wie Thilo das immer tat, keine Ahnung, ob es eine unbewusste Geste war oder nicht. »Ihr denkt, ich sollte mir wieder eine Frau suchen, so kann ich das zusammenfassen? Hab ich das richtig verstanden?«

Fast erleichtert sagten Thilo und ich gleichzeitig: »Ja, genau!«

Jonas knetete sein Kinn und nickte bedächtig. Ich konnte seiner Mimik überhaupt nichts entnehmen, er machte ein unlesbares Pokerface. »Hm. Eine Frau. Okay. Vielleicht.« Plötzlich grinste er frech. »Keine schlechte Idee, ich bin ein Mann und habe natürlich meine Bedürfnisse …«

»Keine Details, Jonas!«, kreischte ich. Das fehlte noch, dass ich über solche Bedürfnisse meines erwachsenen Sohnes nachdenken musste.

Er lachte, wurde aber gleich wieder ernst. »Jetzt kommt mal auf den Punkt! Mama, Papa, deswegen ziert ihr euch so und stottert rum? Weil ihr auf den Gedanken gekommen seid, dass ich zu lange Single bin? Steckt da nicht mehr dahinter?«

Er kannte uns wohl doch besser, als ich vermutet hatte. Und so erzählten wir ihm von der TV-Show.

Ich beeilte mich zu erklären, dass es sich keinesfalls um ein Trash-Format handelte, bei dem Leute sich nackt auszogen, sich stritten oder Känguruhoden essen mussten. »Die Show ist seriös. Du müsstest dich nicht schämen, falls dich ein Vorgesetzter oder ein Kollege aus der Bank sieht.«

Zu meiner großen Überraschung kannte Jonas die Sendung und wusste genau, wie sie ablief. »Und da soll ich mich anmelden? Oder habt ihr das etwa schon erledigt?«

»Nein, wir hatten zuerst überlegt, dich heimlich anzumelden, weil wir nicht wussten …«

Thilo führte den Satz für mich fort: »Dann haben wir aber daran gedacht, dass wir nie wieder Heimlichkeiten haben wollten.«

»Darauf trinken wir!«, sagte Jonas und hob sein Glas.

Wir redeten noch eine ganze Weile über die Sendung, und zu meiner Verwunderung schien Jonas dem Plan gegenüber total aufgeschlossen zu sein. Und ich fiel fast hintenüber, als Jonas aufstand, seinen Wein austrank und sagte: »Was hat Oma immer gesagt? Was du heute kannst besorgen, das verschiebe nicht auf morgen. Ich gehe in mein Zimmer und fülle alles aus. Worauf sollen wir warten?«

Sprach's, amüsierte sich über unsere erstaunten Gesichter und verschwand grinsend.

Thilo und ich sahen uns fassungslos an. Er hatte sofort zugestimmt. Konnte das denn wahr sein?

Ich hatte mich innerlich für eine lange Diskussion gewappnet, und auch Thilo hatte sich etliche Argumente zurechtgelegt, und nun machte Jonas einfach so mit? Komisch.

Als wir später an seiner Tür vorbei nach oben gingen, wunderte ich mich, weil ich ihn leise reden hörte. Ich blieb einen Moment stehen und lauschte, konnte aber nichts verstehen. Ob er jemandem von der Sendung erzählte?

21

Zu gerne hätte ich gewusst, was genau Jonas in seine Bewerbung für die Show geschrieben hatte, aber obwohl ich immer wieder diskret und durchaus gewitzt nachfragte, verriet er nichts. Er war auffällig gut gelaunt, alberte beim Frühstück mit Thilo und August rum, half mir beim Einkaufen, ging nachmittags mit August wie geplant schwimmen und Burger essen und verkündete gegen Abend: »Ich glaube, ich fahre mal in die Südstadt und gehe ein Bier trinken.« Als ich ihn verdutzt anschaute, erklärte er: »Ich habe nicht nur Freunde älteren Semesters, ich kenne auch junge Leute. Und solange ihr noch hier seid, nutze ich aus, dass August in guten Händen ist, okay?«

Älteren Semesters, damit meinte er Wio, Charly, Elfie und Gus, klar. Thilo hatte neulich die Vermutung geäußert, dass sie für Jonas so was wie Ersatzeltern gewesen sein könnten. Gitta war mit Anfang vierzig eher eine Zwischengeneration.

»Du willst bestimmt mehr als ein Kölsch trinken, soll ich dich hinfahren? Zurück kannst du mit dem Taxi kommen. Oder Papa holt dich ab?«

Jonas lachte mich aus. »Nur wenn du mir Taschengeld mitgibst und eine Zeit, zu der ich zu Hause sein muss!« Er zupfte an meinem Ohrläppchen. »Mama, entspann dich, ich bin schon groß.«

Dazu sagte ich nichts; ich konnte natürlich nicht zugeben, dass ich schrecklich neugierig war und wissen wollte, mit wem er sich traf. Vielleicht hatte unsere Idee mit der Single-Show ihn auf die Idee gebracht, es tatsächlich zu versuchen?

Er war schon eine Weile weg, da hatte ich plötzlich einen spontanen Verdacht: War er etwa bei Anna? Kurz entschlossen nahm ich mein Handy und wählte ihre Nummer. Sie ging sofort ran.

»Verzeihung, störe ich bei was Wichtigem?«, fragte ich scheinheilig.

»Nein, ich koche Hühnersuppe, Hanna hustet, und Hühnersuppe ist immer noch die beste Medizin.«

»Natürlich, die Hühner bekommen während der Aufzucht so viele Medikamente, dass man nach einer Tasse Hühnersuppe kein weiteres Antibiotikum mehr braucht«, frotzelte ich.

»Soll ich Ihnen welche vorbeibringen, für alle Fälle?«

Diese Person war nicht zum Aushalten. Offensichtlich war Jonas aber nicht mit ihr unterwegs. Ich fragte nach einem Putzmittel, das ich im Keller angeblich nicht finden konnte, und legte auf.

Nun, unser Sohn ging also aus, und Thilo und ich hüteten das Kind. Es war anders als an den anderen Tagen, wenn wir mit August allein waren. Jetzt bekam ich eine Ahnung davon, wie es hätte sein können, wenn unsere letzten Jahre nicht von Missverständnissen gesteuert gewesen wären, wenn wir August in den Ferien bei uns gehabt hätten, Wochenenden mit ihm verbracht oder auf ihn aufgepasst hätten, als Caro noch lebte und wenn sie mit Jonas ausgegangen wäre.

Wir saßen am Esstisch. Ich hatte eine Kerze angezündet, das Radio lief. Thilo trank ein Kölsch, ich hatte mir einen koffeinfreien Kaffee gekocht.

»Irgendwie finde ich es schwer, mir vorzustellen, dass wir bald wieder in Krudhof sind«, sagte er.

Ich horchte auf. »Daran denke ich auch jeden Tag.«

»Freust du dich darauf, zurückzugehen?«

»Nein. Du?«

Er schüttelte den Kopf. »Komischerweise nicht. Aber: Was wäre die Alternative? Ich meine, Oederort und unser Haus sind doch Teil unserer Geschichte. Unser ganzes Leben haben wir in Krudhof verbracht. Nicht dort zu leben, kann ich mir schwer vorstellen. Soll ich nie wieder in meiner Werkstatt wurschteln, laut Musik hören und heimlich rauchen? Sollen wir nie wieder auf der Terrasse sitzen, den Vögeln zuhören, und du sortierst ihr Gezwitscher mit deiner App? Werde ich nie wieder den ersten Apfel des Jahres von dem Baum pflücken, den ich nach Jonas Geburt gepflanzt habe?«

Ich rührte mit dem Löffel in meinem Kaffee herum und starrte in die kleinen Wellen in meiner Tasse. »Ich verstehe dich. Dir bedeutet das Haus viel. Aber vielleicht gibt es für uns auch noch mal ein anderes Leben. Wir hatten immerhin die Gelegenheit, es auszuprobieren.«

Thilo stutzte. »Solche Töne von dir? Worauf willst du hinaus?«

Ich sah ihm in die Augen. »Mir ist was klar geworden. Beziehungsweise stelle ich mir die ganze Zeit viele Fragen, obwohl ich die Antwort darauf schon weiß. Es sind einfache Fragen, zum Beispiel: Sollen wir immer nur als Gäste dabei sein, wenn August morgens verwuschelt aus dem Bett kommt? Sollen wir nur an besonderen Feiertagen als Besucher mit ihm beim Essen sitzen, ihn vielleicht nur in den Ferien bei uns haben? Wie lange bleiben wir gesund und rüstig? Wie lange sind wir fit genug, um mit ihm zu schwimmen, Rad zu fahren, zu singen, zu spielen? Und wie lange wird er das überhaupt wollen? Thilo, er ist jetzt sieben! Gestern wurde er geboren, vor einer Stunde haben wir mit ihm im Auto gesessen und mich hat fast der Schlag getroffen, als er mich *Oma* nannte, und vor zehn Minuten ist er sieben geworden. So fühlt es sich jedenfalls für mich an. Noch zehnmal Geburtstag feiern, dann wächst ihm ein Bart, und er hat eine tiefe Stimme, dann interessiert er sich nicht mehr für uns, dann hat er eine Freundin und ganz andere Interessen. Wir haben so viel Zeit verloren. Lass uns darüber nachdenken ...« Ich zögerte, den Satz auszusprechen den ich bisher nicht mal zu Ende gedacht hatte. »Lass uns darüber nachdenken, nach Köln zu ziehen.«

Thilo lehnte sich zurück, verschränkte die Hände hinter dem Kopf und seufzte. »Ich unterschreibe alles, was du sagst. Ich habe Jonas in den vielen Jahren auch vermisst, und ich konnte es oft kaum mit ansehen, wie sehr du darunter gelitten hast. Aber glaubst du, du bist glücklicher, wenn du dein Leben total auf Jonas und August ausrichtest? Er muss sein eigenes Ding machen, so wie wir auch. Du kannst deine Seligkeit nicht vom Oma-Dasein oder von Mutter-Ritualen abhängig machen. Und du darfst nicht vergessen, dass ich auch noch da bin, Billie. Wir beide wollen zusammen alt werden, oder?«

»Ja, natürlich. Warum sagst du das?«

Die Hand, die Glatze, der Bart. »Weil ich dich liebe und mein Leben mit dir leben will. Wir haben eine schlimme Zeit gemeistert, bevor wir unseren Sohn zurückgewonnen haben. Wir haben unsere Schwiegertochter verloren, bevor sie die Chance hatte, zu uns zu gehören. Und wir haben jetzt endlich August. Ich weiß, dass du in Krudhof nie Freunde gefunden hast, und dass du die Schuld daran immer bei dir gesucht hast. Glaube nicht, dass ich nie bemerkt hatte, wie unglücklich du warst.«

Er hatte es gewusst. Und wir hatten auch darüber nie geredet. Mein Herz stolperte wieder. Ich dachte kurz ans Krankenhaus und an die Gespräche mit dem Arzt. Meine Güte, wie zum Teufel sollte ich Aufregungen wie diese vermeiden? Ich atmete tief ein und aus.

»Deswegen müssen wir gut abwägen, was wir tun«, sagte Thilo.

»Deswegen? Abwägen?«

Er stand auf, kam um den Tisch herum und setzte sich neben mich. Das machte meinen Herzschlag auch nicht ruhiger. Er nahm meine Hand zwischen seine beiden. »Billie, ich sehe, dass du jetzt gerade Atemübungen machst, um ruhig zu bleiben, ich bin nicht blind. Diese Herzkaspergeschichte, deine Tage im Krankenhaus, ich hatte, nein, ich *habe* Angst um dich. Die letzten Monate haben mir wieder gezeigt, dass nichts für immer ist. Was ist, wenn wir krank werden? Wer weiß, wie viel Zeit wir beide noch haben.«

Was redete er denn da? Ich wollte etwas sagen, aber er schnitt mir das Wort ab. »Lass mich ausreden. Ich weiß, ich weiß, du bist ein zähes Luder und wirst mindestens neunzig, und dann muss ich immer noch deinen Linseneintopf essen …«

Bevor ich protestieren konnte, gab er mir einen Kuss auf den Mund. »War ein Scherz. Deine Linsen sind legendär. Aber im Ernst. Ja. Wir könnten es wagen. Hier zu leben, meine ich. Neu anfangen, an einem neuen Ort, mit Jonas und August und mit diesen tollen Menschen, die wir durch die beiden kennengelernt haben. Aber wir müssen auch an uns denken, wir müssen auch als altes Pärchen nicht nur für und mit den anderen leben, wir haben auch noch uns.«

Ich versuchte, der Situation das Pathos zu nehmen, zog ein Gesicht und sagte: »Ach, Käuzchen, du willst mehr als den Mittwoch?«

»Bleib ernst, Billie, auch wenn du Muffensausen kriegst, weil dir deine eigenen Vorstellungen Angst machen. Wir können es tun. Ich bin dabei. Wir können das Haus verkaufen.«

Mein Herz wummerte, aber es stolperte nicht.

Vorsichtig überlegte ich: »Wir müssen nicht gleich verkaufen, vielleicht erst mal vermieten? Für ein Jahr oder so?«

Er schwieg lange, dachte nach. »Nein. Keine gute Idee. Wir suchen uns hier kein Haus oder eine Wohnung, ziehen mit Sack und Pack her, vermieten in Krudhof und machen in einem Jahr alles rückgängig. Entweder ganz oder gar nicht!«

Wow. Das war eine Ansage.

Er hatte recht.

Die Zeit war reif für eine Entscheidung.

»Sollen wir mit Jonas darüber reden? Ihn vorher fragen, ob es ihm überhaupt recht ist, wenn wir in seiner Nähe sind …«

Thilo haute mit den Fingerspitzen auf die Tischkante. »Mit Jonas ist alles geklärt! Er muss sein Leben doch auch neu sortieren, was soll er dagegen haben, wenn wir für ihn da sein wollen und uns trotzdem etwas Neues aufbauen?«

Auf einmal klang Thilo regelrecht euphorisch, so, als habe sein Herz den Entschluss schon gefasst. Meine Güte, welch theatralische Gedanken – jetzt gingen die Emotionen aber wirklich mit mir durch.

Den ganzen Abend über schmiedeten wir Pläne, spielten »Was wäre wenn«-Szenarien durch, stellten uns vor, was für ein blödes Gesicht Schlabber-Else ziehen würde, wenn wir uns endgültig von ihr verabschiedeten.

Plötzlich sprang Thilo auf. Seine Wangen waren vor Aufregung gerötet, er hatte richtige Apfelbäckchen, und auch ich spürte ein Kribbeln im Bauch, eine Art Abenteuerlust, wie ich sie zum letzten Mal empfunden hatte, als ich mit dem Briefträger ...

»Komm, Billie, wir stoßen an! Ich habe eine Idee.«

Da war ich gespannt. Er lief in den Keller, kam mit einer Flasche Sekt wieder rauf. Wir standen am Esstisch, machten feierliche Gesichter und stießen an.

»Auf das, was da noch kommt!«, sagte Thilo.

Und ich wiederholte: »Auf das, was da noch kommt!«

Dann setzten wir uns wieder, und er beschrieb seine Idee. »Wir machen das so: Wir suchen hier eine Wohnung zur Miete. Was richtig Schickes, mit Fahrstuhl und tollem Badezimmer. Du bekommst eine neue Küche ... »

»Und weiße Zimmertüren!«, rief ich dazwischen.

Er lachte. »Und weiße Zimmertüren.«

»Und kein Buchenholz!«

Thilo zog ein Schüppchen wie ein kleiner Junge. »Erpresserin!«

»Nee, komm, wenn wir schon von vorn anfangen, will ich nichts von dem um mich haben, das ich nie leiden mochte!«

Er tat, als müsse er weinen. »Du hast meine Buchenholzarbeiten nie geliebt?« Aber dann rollte er mit den Augen, und ich wusste, dass er jetzt nicht mehr zu bremsen war. Er fuhr fort: »Ich frage Jonas, ob ich den Schuppen im Garten zur Werkstatt umbauen darf. Auf meine Holzarbeiten will ich nicht verzichten. Und weißt du, was wir mit unserem Haus machen?«

»Sag es mir.«

»Wir verkaufen es an eine Großfamilie. Bedingung: Sie muss mindestens vier Kinder haben! Und einen Hund!«

Ich lachte. Wie herrlich. Leben in der alten Bude. Die Nachbarn würden wahnsinnig! Wir stießen wieder an. Vielleicht hätten wir diese große Entscheidung, die wir für unsere Verhältnisse sehr spontan getroffen hatten, sonst gar nicht ausgehalten. Wir mussten einfach feiern.

Feiern, dass wir uns trauten, einen neuen Weg einzuschlagen. Feiern, dass wir eine Familie waren, dass wir Jonas zurückbekommen hatten, dass wir August aufwachsen sehen würden. Feiern, dass wir dabei waren, uns einen Freundeskreis aufzubauen, dass es Menschen gab, denen ich vertraute.

Es war gegen halb eins, als ich auf dem Weg zum Badezimmer war und Jonas nach Hause kam. Ich schwankte leicht, drei Gläser Sekt waren für mich definitiv zu viel.

Ich nuschelte dezent, als ich sagte: »Mein Schatz, Papa un ich habn n bisschn gfeiert un wir müssn dir morgn ws sagn un hoffenlich klappt ds mit der Shingle-Sow ... mit der Schingelscho ... mit dem Fernsehen ... ich muss aufs Klo.«

»Jau, Shit happens«, sagte mein Sohn und ging lachend in die Küche, wo Thilo sich gerade über die Tupperdose mit der Mettwurst hermachte.

Als ich zurückkam, verkündete Thilo die Neuigkeit mit vollem Mund und ohne Einleitung: »Junge, deine Mutter und ich werden nach Köln ziehen. Vielleicht kannst du in der Immobilienabteilung eurer Bank mal deine Beziehungen spielen lassen. Kölner Süden wäre toll, gern Sürth oder Immendorf.«

Mit einem Seitenblick auf mich sagte er: »Sobald wir eine Wohnung mit weißen Türen und schickem Bad gefunden haben, verkaufen wir die Hütte in Krudhof.«

Und was sagte Jonas? Nichts.

Er umarmte zuerst Thilo und dann mich. Lange und innig. Er musste nichts sagen. Seine Antwort war eindeutig.

22

Karneval war schon Anfang Februar, was dazu beitrug, dass die Ereignisse mich überrollten.

Die Festivitäten begannen am Weiberdonnerstag, da waren allerdings nur Thilo und Charly unterwegs, und ich sah mir das Spektakel im Fernsehen an. Die Feierei ging weiter über den Karnevalssamstag, an dem Jonas sich als »Kölsche Jung« in Rot-Weiß gekleidet hatte und mit Thilo und Charly (wie geplant als Zar und Zarin) in einer Kneipe feierte. Am Sonntag liefen alle, außer mir, am Veedelszoch in Köln Sürth mit.

Ich stand allein am Straßenrand und staunte. Bisher hatte ich noch nie einen Umzug live erlebt. Ich kannte die Sendungen des WDR und die Nachrichten, wenn es um die Verletzten und Betrunkenen in den Feierzonen der Stadt ging.

Aber die Veedelszöch – zu Deutsch: Viertelsumzüge – waren etwas ganz anderes. Hier ging es nicht um Komasaufen, sondern um Brauchtum. Alle Bewohner des kleinen Ortsteiles schienen auf den Beinen zu sein, und alle, außer mir, waren kunterbunt verkleidet.

Ein altbekanntes, kühles Gefühl des Ausgeschlossenseins wollte sich in mir breitmachen, aber schon im nächsten Moment wusste ich, dass es nichts mit dieser Situation, sondern mit früher zu tun hatte. Ich schluckte, schluckte herunter, was mich wieder an der Freude hindern wollte, verbannte die Gedanken an meine Mutter, an den Vater, der uns nicht gewollt hatte, an Freundschaften, die ich nie hatte schließen können, an die Angst, nicht zu genügen, nicht gewollt zu sein, an den Zwang, mich vor dem Verlassenwerden schützen zu müssen.

Ich schaute auf die Straße, ließ mich auf den Moment ein.

Die Kostüme waren so bunt, so fröhlich und so kreativ, dass ich unvermittelt lächeln musste.

Als die Damen des Schwimmvereins in engen, blau-weiß geringelten Overalls vorbeitanzten, klatschte ich. Sie trugen rote Badekappen, die sie mit blauem Kräuselband zu tollen Lockenperücken gemacht hatten. Es folgten eine Kindergartengruppe als Marienkäfer, eine Schulklasse aus Pippi Langstrumpfs, ein Seniorenturnverein mit Skateboards und bunten Bällen unter den Armen, eine Hula-Hoop-Gruppe, deren Teilnehmer die ganze Zeit die Reifen tanzen ließen, ach, ich konnte mich kaum sattsehen.

Dann tauchte Elfie in meinem Blickfeld auf. Mit beiden Händen hielt sie ein Schild hoch: *Wilde Weißer Wiever*. Ganz in Pink gewandet marschierte sie wie ein Tambourmajor vor den Chordamen her, die allesamt pinkfarbene Gewänder und Perücken trugen. Sie sangen inbrünstig das Lied: *Denn wenn et Trömmelsche jeht.*

Ich kannte es auch, es war bei den Proben der vergangenen Wochen immer wieder geübt worden. Trotzdem hatte nichts und niemand mich dazu überreden können, mich zu verkleiden und bei diesem Zirkus mitzumachen.

Warum zierte ich mich so? Ich hatte mir doch mein Leben lang gewünscht, mal aus meiner Haut zu können. So eine Veranstaltung wie Karneval wäre doch dafür gut gewesen?

Sie sahen mich am Straßenrand stehen, Wio, Gitta und Elfie, scherten nacheinander aus, umarmten mich, küssten mich auf die Wangen (»Bützchen« heißen diese kurzen Küsschen, spitzlippig verteilt). Dabei steckte Elfie mir blitzschnell eine rote Schaumstoffkugel auf die Nase, hob lachend den Zeigefinger: »Dran lassen!« Gitta klebte mir glitzernde Herzchen auf die Wangen, und Wio drückte mir eine Rassel in die Hand und reihte sich mit den anderen wieder in den Zug ein. Ich griff an meine Nase. Die Frau im Biene-Maja-Kostüm neben mir lachte mich an, hob den Daumen und sagte: »So isset besser, dat sieht jut aus! Kölle alaaf!«

Die Zuschauer applaudierten, als die entzückenden Musketiere Thilo, Jonas, Charly und August auf Steckenpferden mit wehenden Mähnen »vorbeiritten«, ihre Kostüme samt Hüten und Spielzeugdegen waren filmreif. Ich hatte mein Handy schon in der Hand und fotografierte so lange, bis sie nicht mehr zu sehen waren.

Die Stimmung am Zugweg steckte mich an: Obwohl ich nichts getrunken hatte, war ich von der Musik, den fröhlichen Menschen, ihrem Winken, Lachen und Rufen irgendwie berauscht.

Als später im Sekundentakt WhatsApp-Nachrichten von unseren Freunden und Jonas eintrafen, mir alle ihren Standort schickten und mich baten, zur Eisdiele zu kommen, ging ich hin. Was soll's, dachte ich. Ich war doch gar nicht mehr die schüchterne, spröde Provinzeule, dann musste ich mich auch nicht mehr so benehmen.

Als ich an der Eisdiele ankam und die »Wiever« mich sofort in ihre Mitte nahmen und mir ein Kölsch in die Hand drückten (welches sie aus einem mitgebrachten Pittermännchen zapften), konnte ich die Musketiere zuerst nicht entdecken. Aber ich wurde so schnell in die fröhliche Runde einbezogen, dass ich gar nicht weiter guckte. Jonas und Thilo würden schon auf August aufpassen.

Und da kamen auch schon Charly, Thilo und mein Enkel. August riss die Augen auf, als er mich sah und fing an zu lachen. »Oma, cool, jetzt bist du ein echtes Kölsch Mädschn!«

Ich fasste an meine Ballnase, die ich total vergessen hatte (Nun wusste ich, warum Kölschgläser so eine kleine Öffnung haben: Damit man auch mit Pappnase daraus trinken kann.).

»Wo ist Papa?«, fragte ich.

»Pippi machen, kann ich ein Eis?«

»Haben, August, es heißt: Darf ich bitte ein Eis *haben*, so viel Zeit muss sein.« Ich kramte Kleingeld aus meiner Tasche und drückte es ihm in die Hand. Als ich mich zufällig umsah, erblickte ich Jonas.

Er stand auf der anderen Seite des kleinen Platzes vor einer Frau, die sich als Schneewittchen mit langen schwarzen Zöpfen zurechtgemacht hatte. Ich sah nur ihren Rücken, ein Kind, als Zwerg mit Zipfelmütze verkleidet, zappelte neben ihr herum. Jonas hielt ihre Hände in seinen und beugte sich vor, flüsterte ihr etwas ins Ohr, sie warf den Kopf mit den Zöpfen zurück und lachte. Sah ich das richtig, hatte er jetzt seine Hand auf ihrem Hintern? Ich stieß Thilo, der neben mir stand, mit dem Ellenbogen in die Seite. »Guck dir unseren Junior an! Er flirtet mit einer Schwarzhaarigen …«

In diesem Moment drehte die Frau sich um, und ich erstarrte. Sie war in Wahrheit keineswegs schwarzhaarig, sondern sehr blond, und ihr Vorbau sprengte fast das Kostüm. Anna. Also doch! Ich hatte es geahnt, dass sie scharf auf ihn war.

Abrupt wandte ich mich ab, trank mein Kölschglas in einem Zug leer und hielt es Thilo hin. »Ich möchte noch eins! Hast du das gesehen?«

»Jau.« Er grinste schief, daran sah ich, dass er schon einiges mehr getrunken hatte als ich.

»Was jau? Hast du dazu nichts zu sagen? Was, wenn er was mit Anna hat?«

Thilo zwinkerte mir tatsächlich zu. »Dann wissen wir, dass er auf dicke Möpse steht!«

Ich schnappte nach Luft und ärgerte mich darüber, dass er mich im Weggehen auslachte.

Verstohlen beobachtete ich die beiden weiter. Inzwischen war August mit seinem Eis neben ihnen aufgetaucht und stand bei seinem Vater, dem Timo und dem Zwerg, den ich nun als Hanna identifizierte. Völlig ungeniert hatte Jonas den Arm um Anna gelegt, flüsterte schon wieder etwas und lachte so laut, dass ich es bis hierher hören konnte.

Kurz entschlossen ging ich zu Wio, die sich im Pulk der Wiever unterhielt. Ich zupfte an ihrem Ärmel. »Hoffentlich war der Plan mit der Show nicht umsonst. Guck dir das da drüben mal an!«

Wio reckte den Hals, zuckte mit den Achseln. »Billie, es ist Karneval! Lass ihn. Und Anna ist doch eine ganz patente Frau.«

»Wie bitte? Du weißt doch, wie sie immer rumläuft?!«

»Nun tu nicht so empört. Willst du eine Frau wirklich danach beurteilen, wie sie sich anzieht?« Wio lächelte schelmisch, stellte sich auf die Zehenspitzen und raunte mir ins Ohr: »Liebelein, wenn du wüsstest, welche Dessous ich heute trage, würdest du auf der Stelle in Ohnmacht fallen!«

Sie weidete sich an meinem Entsetzen.

Gitta kam zu mir. »Was ist passiert, du schaust wütend?«

Ich wies mit dem Kopf hinüber zu Jonas und Anna.

Gitta zuckte mit den Achseln. »Mach dir nicht wieder 'nen Kopp!«

»Also bitte! Wenn er mir Anna als neue Schwiegertochter ins Haus bringt, das muss nun wirklich nicht sein!«

Wio legte den Kopf schräg. »Das letzte Wort hat immer noch er. Oder?«

Himmel, warum war sie denn nun eingeschnappt? Irgendwie nötigte ihre Reaktion mich zur Rechtfertigung. »Ich wollte Jonas nicht reinreden, ich doch nicht. Ihn ein bisschen unterstützen, ihn vielleicht ein wenig lenken, das schon. Und das haben wir als Clique doch auch mit ihm vor, die Idee mit der Kuppelshow war von dir. Also wirklich Wio, das ist doppelmoralisch!«

Irgendjemand drückte mir schon wieder ein Kölsch in die Hand. Ich dachte nicht weiter nach, stimmte in das Kölle-Alaaf-Gejohle ein und dachte, dass Jonas und das Timo mir mal den Buckel runterrutschen konnten.

Am nächsten Tag, Rosenmontag, bekam er per Mail die Einladung in die Show. Er wurde zu einem Vorgespräch gebeten, bei dem er alle möglichen Verschwiegenheitserklärungen unterschreiben musste, was zur Folge hatte, dass er kein einziges Wort mehr über die Show verlor.

Am Tag vor seinem Geburtstag sollte sie aufgezeichnet und am nächsten Tag, ausgerechnet, gesendet werden. Hatte ich auch nicht gewusst, dass eine Livesendung manchmal gar nicht live ist, sondern dass man nur eine Aufzeichnung einer Livesendung sieht.

Jonas nahm sich wegen der Show Urlaub. Als er Freitag aus London kam, seine Reisetasche in den Flur warf und verkündete, dass er erst Sonntag in einer Woche wieder fliegen würde, sah er mein verdutztes Gesicht.

»Ich hab genug Urlaubstage, das geht schon in Ordnung.«

Natürlich platzte ich fast vor Neugier, wollte unbedingt wissen, welche Informationen er vom Sender bekommen hatte, was er von dem Vorgespräch erwartete, wen oder was er sich als Partnerin wünschte, wie er sich dort präsentieren wollte. Man hat als Normalbürgerin nicht alle Tage mit dem Fernsehen zu tun, das war durchaus ein Abenteuer.

Aber Jonas verriet nichts. »Mama, ich riskiere keine Konventionalstrafe, weil du nicht abwarten kannst, was nächste Woche geschieht!«

Das sah ich ein.

Unterdessen schienen sich meine Befürchtungen weiter zu bestätigen: Da lief was mit Anna. An ihren Arbeitstagen scharwenzelte Jonas ständig in ihrer Nähe herum, sie holten gemeinsam die Kinder von der Schule ab, ich hörte sie lachen und kichern, und wenn ich mich bemerkbar machte, zogen sie betont unschuldige Gesichter.

Charly war es, der mich wieder auf den Teppich holte: »Wenn er einen Klüngel mit Anna hat, kann es nichts

Ernstes sein, sonst ginge er nicht in eine Show, in der er eine Frau kennenlernen will, oder?«

Das klang auch wieder logisch.

Dennoch fragte ich Thilo: »Was denkst du, glaubst du, die sind heimlich ...«

Er kraulte Glatze und Bart, fuhr mit der Zunge über seine Zähne und sagte: »Darauf antworte ich mit einem entschiedenen Vielleicht.«

Diese Knalltüte.

Unterdessen hatte Thilo begonnen, sich um die Vorbereitungen für den Verkauf unseres Hauses zu kümmern.

Der Immobilienberater hatte ihm eine akzeptable zu erwartende Summe genannt, leider entsprachen die Krudhofer Immobilienpreise keineswegs denen in Köln. Wir waren uns einig, dass wir in Köln nichts kaufen wollten, Doppelhaushälften für achthunderttausend Euro entsprachen nicht unserem Budget. Der durchschnittliche Quadratmeter kostete in Köln viereinhalbtausend Euro, in Krudhof knapp zweitausend. Und als ich sah, dass der Mietpreis in Krudhof bei sieben Euro pro Quadratmeter lag und in Köln über fünfzehn, fragte ich mich, ob wir noch alle Tassen im Schrank hatten.

»Was sollen wir tun?«

Thilo kommentierte lapidar: »Fragt ein Walfisch einen Thunfisch: Was soll ich tun, Fisch? Antwortet der Thunfisch: Du hast die Wahl, Fisch.«

Ich verdrehte die Augen, amüsierte mich aber insgeheim, weil Thilo seine Flachwitze nicht lassen konnte.

Dann stellte Charly eine Rechnung auf, die uns überzeugte: »Wenn es gut läuft, habt ihr noch dreißig Jahre.

Stellt sich die Frage, wie lange man ein Haus mit Garten bewirtschaften kann. Bei mir um die Ecke wird ein Mehrfamilienhaus gebaut, Niedrigenergie, mit einem Penthouse in der vierten Etage. Dachterrasse, Fahrstuhl, seniorengerechtes Bad, offene Küche, elektrische Rollläden, Kamera an der Tür, also mit allem Zick und Zack. Achtzig Quadratmeter, Miete: einszwei…«

Ich schnappte nach Luft. »Kalt?«

»Ja, aber im Neubau hast du wenig Heizkosten.«

Das Gespräch wurde fachlich, wir rechneten aus, dass unser altes Haus im Unterhalt immer recht teuer gewesen war. Überraschendes Fazit: Mit dem zu erwartendem Erlös aus dem Verkauf unseres Hauses und unseren Ersparnissen konnten wir 333 Monate lang Miete zahlen. Und mit der Lebensversicherung, die mir zu meinem Sechzigsten ausgezahlt würde, waren wir abgesichert.

Zum Leben hatten wir außerdem unsere Renten.

Wenn ich an diese Penthousewohnung bei Charly um die Ecke dachte, bekam ich Bauchkribbeln. Das wäre es! Kaum noch Hausarbeit, keine unbewohnten Räume mehr, kein Keller, in dem wir Dinge aufbewahrten, die wir nicht brauchten, und wenn überraschend Reparaturen anstanden, informierte man den Vermieter. Keine finanziellen Überraschungen, wenn die Heizung kaputtging oder ein neues Dach fällig wurde. Wenn ich mich im Garten austoben wollte, konnte ich das bei Jonas tun, und wenn ich es nicht wollte oder irgendwann nicht mehr konnte, musste ich es nicht.

Fahrstuhl. Weiße Türen. Offene Küche. Dachterrasse.

Was für ein tolles Abenteuer hatten wir vor uns.

23

Es gab eine Bestattung auf den Friedlichen Höfchen, die uns alle herausforderte. Das große Programm war bestellt, hundert Trauergäste, großer Abschied mit Chor, Geiger, dem flötenden August und Ansprache.

Wir probten im Chor außer der Reihe, denn wir sollten unter anderem *Don't leave me this way* und *If you leave me now* singen und hatten beide Lieder nicht im Repertoire.

Bestattet wurde eine Golden-Retriever-Hündin, die zu Lebzeiten auf den Namen Chanel gehört hatte. Die Mutter des verwitweten Besitzers hatte sich um alles gekümmert, ihr Sohn, so berichtete sie, war so verzweifelt, dass er tagelang nicht aus dem Haus gehen konnte.

Die Dame hieß Cäcilie Baumgarten und nahm sogar an den Chorproben teil, um sicher zu sein, dass alles zur Zufriedenheit ihres trauernden Sohnes ausgeführt wurde. Sie war weit über achtzig, trug ihr silbergraues Haar wie eine Primaballerina streng gescheitelt und im Nacken zum Knoten frisiert, und sie war jedes Mal, wenn ich sie sah, von Kopf bis Fuß grau gekleidet. Sie trug graue Sneakers und anthrazitfarbene Netzstrümpfe zu extravagant geschnittenen grauen Kleidern und voluminösen Jacken, dazu immer edlen Silberschmuck. Sie benutzte eine rote Gehhilfe. An einem Griff des Rollators hing ein

Fuchsschwanz, an dem anderen war eine Hupe befestigt. In meiner Jugend hingen derlei Symbole an Opel-Manta-Antennen.

Cäcilie Baumgarten war freundlich, aber sehr bestimmt; die Dame wusste genau, was sie wollte. So erweiterte sie das Abschiedskonzert für Chanel um ein Lied von Demis Roussos und bestimmte, dass Gittas Alt-Stimme genau richtig dafür war. Sie sollte zwei Strophen solo singen, von Charly auf der Geige begleitet, beim Refrain »Goodbye my love goodbye, goodbye auf Wiedersehen« stimmte dann der Chor ein. Außerdem bat sie darum, dass sich alle Anwesenden weiß kleiden sollten. Natürlich, das war kein Problem, Elfie sagte auch das sofort zu. Frau Baumgarten kündigte zudem an, dass ihr Filius (sie sagte wirklich Filius!) einen Text verlesen (ja, *verlesen*, nicht vorlesen!) wollte, zu dem er sich als Hintergrundmusik vom Band ein Musikstück von Tschaikowski wünschte.

Großes Kino, dachte ich, aber ich hatte auf diesem Friedhof inzwischen einiges erlebt und wusste: Der Kunde war immer der König.

Und wie ein König lief zu Chanels Bestattung dann auch der trauernde Besitzer auf: Frederik Baumgarten, groß, breitschultrig, braun gebrannt, um die sechzig, Löwenkopf, weißer Kaschmirpullover, weiße Cordhose, weiße Schaffelljacke, helle Lederhandschuhe.

Zufällig blickte ich in dem Moment, als er den Abschiedsraum betrat, zu Charly hinüber und sah, wie der seine Augen aufriss, schluckte und sodann äußerst charmant lächelte. Mir schien, als stutze Baumgarten auch, bevor er Charlys Lächeln erwiderte.

Wir mussten die Abschiedsfeier nach draußen verlegen. Der Raum reichte nicht für die vielen Gäste aus, die sich von der Hündin Chanel verabschieden wollten.

Sie versammelten sich vor dem Gebäude um den Wagen mit Marmorurne die mit roten Rosen geschmückt war. Ich wusste von Elfie, dass sich in der Urne nicht die komplette Asche des Hundes befand, einen Teil davon würde Frederik Baumgarten in einem Medaillon um den Hals tragen.

Er hatte offensichtlich in der letzten Zeit viel geweint, seine Lider waren geschwollen und gerötet, was jedoch die Schönheit seiner Augen nicht beeinträchtigte.

Ich beobachtete Charly. Und der versuchte, den löwenköpfigen Hünen zu hypnotisieren. Was ihm nicht gelang, denn nun stand Baumgarten vor dem Sarg seiner Hündin, räusperte sich, legte die behandschuhten Hände auf den Rücken und begann mit sonorer Bassstimme zu reden: »Liebe Freunde, die ihr euch so zahlreich zu Chanels letztem Fest versammelt habt, ich danke euch, dass ihr gekommen seid. Dass ihr gekommen seid, um mich bei diesem schweren Abschied zu stützen. Meine geliebte Chanel wird uns von der anderen Seite des Regenbogens aus zuschauen. Lasst mich aber diesen Tag zum Anlass nehmen, an dieser Stelle meinen letzten Willen zu verlesen.«

Gemurmel überall, ich stand zwischen Gitta und Wio, wir schauten uns erstaunt an. Was war denn das für eine Nummer? Charly hing an den Lippen des Redners und schaute dermaßen verträumt, dass es mir unangenehm war.

Baumgarten räusperte sich erneut, das Geraune verstummte.

»Wir hören von Peter Iljitsch Tschaikowski das Capriccio Italien.«

Seine Mutter nickte Gus zu, er startete die CD.

Nach wenigen Tönen hörte ich Charly verzückt seufzen, er legte sofort seine Geige an, setzte ein und spielte zart, ganz leise, mit. Das war nicht geprobt, das war spontan und ungeplant, aber natürlich konnte Charly jetzt nicht widerstehen. Klassische Musik war sein Leben.

Baumgarten vernahm die Geigenklänge, erstarrte, drehte den Kopf, sah Charly, der nun mit geschlossenen Augen spielte. Ein Stück, das ich erkannte, weil der Schmachtsänger Freddy Breck es in den Siebzigern als Coverversion unter dem Titel *Bianca* geträllert hatte. Meine Mutter hatte diesen Freddy und das Lied geliebt und die Schallplatte bis zum Erbrechen gedudelt.

Charly geigte voller Inbrunst, und ich war mir ganz sicher: Dem Baumgarten gefiel es. Er verpasste nämlich ein paarmal den Einsatz, also den Moment, an dem er eigentlich zu reden beginnen sollte. Und in meinem Ohr trällerte nun in Endlosschleife der Schlagerfuzzi: »... du bist die Schönste der Welt für mich, Bianca ...«

Dann machte Baumgarten Gus ein Zeichen, der drehte den Ton leiser und Charly ließ die Geige sinken. Ein langer (ein sehr langer) Blick zwischen ihm und Baumgarten.

»Mein letzter Wille«, sagte der jetzt.

Was? Wollte er sein Testament verlesen? Jetzt? Hier?

Ich reckte mich, um jedes Wort verstehen zu können, was aber unnötig war, denn seine volle, laute Stimme schien über den ganzen Tierfriedhof zu klingen.

»Zieht weiße Kleider an und schwarze Sonnenbrillen, und wundert euch an diesem Tage nicht, es handelt sich um meinen letzten Willen, und wehe euch, ihr respektiert ihn nicht!«

An dieser Stelle drohte Baumgarten lächelnd mit dem Zeigefinger, bevor er die Hände wieder auf den Rücken legte.

»Wenn ich mal gehe, möcht ich eine Feier
mit allen Freunden, die ich gerne hab,
und spielt um Himmels willen nicht die alte Leier
mit Predigt, Chorgesang und Kränzen ab!
Wie meine Kiste aussieht, ist egal.
Ich brauche nichts aus Kiefer oder Eiche.
Man bettet mich doch eh zum letzten Mal,
ab heute bin ich schließlich eine Leiche.«

Er machte eine dramatische Pause, als habe er gewusst, dass die Leute an dieser Stelle leise lachen würden.

Die Rede bitte gern im Kollektiv,
weil das die Harten auch zum Heulen zwingt.
Von jedem nur ein Satz – ganz intensiv.
Ich bin gespannt, was ihr zustande bringt.«

Ich konnte Charly nicht aus den Augen lassen. Wäre er ein Schneemann gewesen, er wäre jetzt warmes Wasser. Sein Blick klebte an Baumgartens Lippen.

Und wenn ihr dann an meiner Kiste trauert,
nehmt euch Champagner, stoßt zusammen an,
und hofft darauf, dass es bei euch noch dauert
und fragt euch nicht: Wer ist als Nächster dran?«

Alle Anwesenden applaudierten, Baumgarten verbeugte sich filmreif. Er erhob seine Hände, machte eine theatralische Geste, nickte dem Publikum huldvoll zu, verbeugte sich wieder und wieder, als stünde er auf einer Bühne und wolle Zugaben provozieren.

»Das war wirklich toll vorgetragen, aber irgendwie hat der sie doch nicht alle, oder?«, fragte ich Wio flüsternd.

Sie raunte mir zu, dass Baumgarten früher ein bekannter Theaterschauspieler gewesen war. »Aha. Und warum liest er auf der Beerdigung seines Hundes sein Testament vor?«

»Weil er einen Auftritt mit Publikum brauchte und das für ihn eine wunderbare Gelegenheit war.«

Das verstand ich. Und ich erfuhr am nächsten Tag, dass Charly nach der Zeremonie zu ihm gegangen war und sich einfach unfassbar verhalten hatte.

24

Charly kam am nächsten Tag zu uns, um die Neuigkeit höchstpersönlich zu überbringen. Er stand nachmittags grinsend vor der Tür, kam grinsend ins Wohnzimmer, reichte Thilo grinsend eine Flasche Sekt und setzte sich grinsend hin. Ich ahnte, dass was Wichtiges kam, aber die nächsten Momente übertrafen alle Erwartungen.

»Ich weiß nicht, was so witzig ist, dass du statt einer Begrüßung nur grinst, aber ich vermute, du wirst es uns gleich sagen?«, fragte ich.

»Warte, bis wir anstoßen können!«

»Ich bin gespannt, worauf.«

Charly grinste ungerührt weiter, wartete, bis Thilo jedem von uns ein gefülltes Glas gereicht hatte, dann hob er seins, feierlich, grinsend. »Billie, Thilo, wir trinken auf das Leben. Auf die Zukunft. Und auf die Liebe!«

»Freunde, Leben, Zukunft, Liebe, kein Thema, darauf stoße ich gerne an«, sagte Thilo.

Da kam noch was, ich ahnte es. Und behielt recht.

Charlys Augen funkelten. Wir tranken einen Schluck. Er legte zwischen den Wörtern wirksame Pausen ein. »Ihr Lieben! Gestern. Habe ich. Frederik Baumgarten. Einen. Heiratsantrag gemacht!« Die letzten beiden Worte kreischte er fast. Ich verschluckte mich.

Thilo begann zu lachen. »Charly! Weißt du, was ich gerade verstanden habe? Ich hab verstanden, du hättest Baumgarten einen Heiratsantrag gemacht!«

Jetzt lachte Charly. »Du hast dich nicht verhört. Das habe ich tatsächlich getan. Es war Liebe auf den ersten Blick.«

Ich erinnerte mich sehr wohl an die Blicke, die wie Blitze zwischen den beiden hin- und hergeflogen waren. Kopfschüttelnd sagte ich: »Deswegen musst du ihm doch nicht gleich einen Heiratsantrag machen!«

»Nicht?«, fragte Charly ungerührt und trank noch einen Schluck Sekt. Meine Güte, er konnte grinsen und trinken gleichzeitig – was war denn bloß mit ihm passiert?!

»Du kennst den Mann doch gar nicht. Wann hast du ihn zum ersten Mal gesehen? Gestern!«

Charly nickte. »Ja. Und ich habe in der ersten Sekunde unserer Begegnung gewusst: Das ist er. Das ist der Mann meines Lebens. Auf diesen Menschen habe ich gewartet.«

»Und dann bist du hinmarschiert, hast ihn mit deinen Samtaugen angeschaut, ihn angeschmachtet und gefragt, ob er dich heiraten will?«

»Ganz genau. Klingt, als wärst du dabei gewesen.«

»Charly! Du kannst doch einem fremden Mann nicht sofort …«

Er unterbrach mich. »Papperlapapp. Wenn nicht sofort, wann dann? Das Leben ist zu kurz für irgendwann!«

Wenn ich außer Thilos Flachwitzen und Pathos noch etwas nicht leiden konnte, waren es Kalendersprüche.

»Können wir deiner Euphorie entnehmen, dass der Mann den Antrag angenommen hat?«, fragte Thilo.

Ja, das war ein wichtiger Punkt, den hatte ich vor Schreck ganz außer Acht gelassen.

»Er hat Ja gesagt.«

Thilo und ich starrten ihn an.

Schließlich erzählte Charly, wie es gestern nach der Beisetzung weitergegangen war. Er habe gar nicht nachgedacht, nur auf sein Herz gehört (schon wieder so was Pathetisches!) und gewartet, bis die Trauergäste sich verabschiedet hatten und nur noch Frederik Baumgarten und seine Mutter da gewesen waren. Ob er ihn bitte sprechen dürfe, hatte Charly ihn gefragt. »Frederik hat mich so angesehen, dass ich mir völlig sicher war. Ich wusste einfach, was nun zu tun war. Ich habe seine Hände genommen und gesagt: ›Ich bin Charly Kaiser, Musiker im Ruhestand, Witwer, und ich habe mich soeben unsterblich verliebt.‹ Und er antwortete: ›Ja.‹«

»Wie jetzt? Nur ja?«, fragte ich.

Charly nickte. Dann sprudelten die Worte aus ihm heraus: »Sie sind der Mann meines Lebens. Vielleicht wissen Sie es noch nicht, aber ich bin der Richtige. Ich bin der, auf den Sie gewartet haben.«

»So ein Schmalz!«, sagte ich, wischte aber verstohlen die Träne ab, die mir vor Rührung über die Wangen kullerte. »Und dann? Was hat er gesagt?«

»Ich weiß.«

»Nein, ich meine, was hat Frederik gesagt, als du meintest, du seist der Mann, auf den er gewartet hätte?«

Charly lachte. In seinem Überschwang wirkte er so jugendlich. »Er sagte: Ich weiß. Und ich habe gesagt: Wunderbar. Dann sollten wir keine Zeit verlieren und heiraten. Er fragte mich, ob das ein Antrag war, natürlich war es einer, was denn sonst. Er hat mich umarmt, wir haben uns geküsst, und er hat Ja gesagt.«

»Auf dem Friedhof«, entfuhr es mir.

Aber ich war gar nicht so schockiert, wie ich vorgab. Ich war glücklich, und ich freute mich für Charly. Und ich war auch glücklich, dass er uns an dieser komplett verrückten Geschichte teilhaben ließ.

Natürlich sorgte die Blitzverlobung im Freundeskreis für Furore, aber niemand zweifelte daran, dass Charly das Richtige tat. Hätte mir vor ein paar Monaten in meinem Krudhofer Leben jemand erzählt, dass ich einen homosexuellen Mann kennen würde, der einem Fremden nach der Bestattung eines Chanel heißenden Hundes einen Heiratsantrag machte, ich hätte auf der Stelle den Notarzt gerufen.

Aber ich lebte nicht mehr in Krudhof.

Ich telefonierte mit Wio und Elfie, ihre Reaktionen waren fast identisch. Wio brachte es auf den Punkt: »Charly ist kein Spinner und erst recht kein leichtfertiger Typ. Aber er hat Menschenkenntnis, Mut, und er vertraut sich selbst. Außerdem ist er Mitte sechzig, was kann ihm schon passieren?«

»Ja, aber wenn das in die Brüche geht?«, wandte ich ein.

»Dann ist er wieder Single, so wie jetzt. Bis dahin hat er eine schöne Zeit.«

Am nächsten Tag war ich aufgeregter als Jonas, dabei war er es, der zur Aufzeichnung der TV-Show nach Bonn fuhr. Thilo und ich hätten ihn gern hingebracht, aber er lehnte dankend ab. »Anna fährt mich. Ist es okay, wenn Hanna bei euch bleibt? Sie kann bei August im Zimmer schlafen, und ich bringe die beiden morgen zur Schule.«

»Wieso fährt Anna dich? Und wieso dauert es so lange, dass Hanna hier schlafen muss?«, fragte ich, und meine Stimme klang ein bisschen zu schrill.

»Anna fährt mich, weil ich sie darum gebeten habe. Hast du damit ein Problem? Und weil wir nicht wissen, wann die Aufzeichnung zu Ende ist, schläft Hanna hier.«

Das war keine Frage, das war eine Anordnung. Der ich mich natürlich fügte. Aber ich dachte: Wenn sie ihn zu der Kuppelshow bringt, hat er wohl nix mit ihr. Vielleicht hatte Wio recht gehabt, und es war bloß ein Karnevalsflirt gewesen. Gott sei Dank.

Und dann rutschte mir ein, zugegeben gehässiger, Satz heraus: »Hoffentlich steigt sie beim Sender nicht aus dem Auto. Wenn man dich mit ihr sieht, könnte man denken, du stehst auf ...« Ich schwieg abrupt, als ich die gerunzelte Stirn meines Sohnes sah und duckte mich unter seiner Antwort.

»Mama! Ich bin froh, dass du jetzt rechtzeitig die Klappe gehalten hast. Anna ist eine tolle Frau, und nur weil dir ihre Klamotten nicht passen, verbitte ich mir, dass du so über sie redest. Denken kannst du, was du willst, aber beleidigende Äußerungen lasse ich nicht zu.« Er drehte sich um und verließ den Raum.

Ich seufzte. Gab es eigentlich ein Fettnäpfchen in der Nähe meines Sohnes, in das ich nicht trat?

Warum regte er sich überhaupt so auf? Ob er doch was mit ihr hatte? Aber nein, das war komplett unlogisch: Wenn sie seine Geliebte war, würde sie ihn keinesfalls zu einer Sendung bringen, in der er sich als suchender Single outete. Das passte alles nicht zusammen.

Anna holte ihn pünktlich ab, blieb im Auto sitzen, hupte. Sie ließ Hanna aussteigen und wartete auf Jonas, der mit federnden Schritten auf ihren Wagen zuging und umwerfend aussah. Er trug ein weißes Hemd und ein schwarzes Sakko zu Jeans und Turnschuhen und hatte einen Dreitagebart. Außerdem hatte er sich die Haare militärisch kurz schneiden lassen, was ihm ausgezeichnet stand. Leider konnte ich vom Fenster aus nicht erkennen, ob oder wie frivol Anna gekleidet war.

Die beiden waren um Mitternacht noch nicht zurück. Thilo schnarchte schon, aber ich konnte nicht einschlafen.

Wie oft hatte ich wegen Jonas schon wach gelegen? Ich dachte an die Nächte, in denen er mich durch sein Geschrei wachgehalten hatte. Dann wurde er größer und weckte mich auf, wenn er schlecht geträumt hatte. Als er noch größer geworden war, konnte ich nie einschlafen, bevor ich hörte, dass er heil nach Hause gekommen war. Und nachdem Jonas ausgezogen war, fing Thilo an zu schnarchen.

Diese Situation, im Bett zu liegen und auf das Geräusch eines Autos und einer klappenden Haustür zu warten, war mir sehr vertraut. Um kurz vor halb eins war er endlich da, und ich schlief sofort ein.

Beim üppigen Geburtstagsfrühstück wusste ich genau, dass er kein Wort über die Aufzeichnung verlieren würde, deswegen fragte ich erst gar nicht. Ich entnahm aber seiner gelösten Stimmung und seinem entspannten Gesicht, dass es ihm gut ging. Vielleicht hing das aber auch mit seinem Geburtstag zusammen: August und Thilo hatten ihm eine Kappe und ein Shirt seines Lieblingsfußballvereins

FC Liverpool geschenkt, Jonas war außer sich vor Freude gewesen. Der Kaschmirschal von mir konnte dagegen nicht mithalten.

Mir fiel auf, dass Jonas sein Handy die ganze Zeit in der Hand hielt und ständig nach neuen Nachrichten schaute.

25

Die Ausstrahlung der Show »Ein Glas auf das Glück« begann abends um Viertel nach acht.

Um achtzehn Uhr trudelten die Gäste schon bei uns ein. Sie kamen alle: Elfie und ihr Jatte Jildo, Wio, Gus, Charly mit seinem brandneuen Verlobten Frederik, der ein Charmeur vor dem Herrn war. Und obwohl ich an diesem Tag zum ersten Mal mit ihm redete, hatte ich das Gefühl, ihn schon lange zu kennen. Ich wünschte Charly und ihm von Herzen Glück.

Jonas hatte auch Anna eingeladen. Der Grund entzog sich sowohl meiner Kenntnis als auch meinem Verständnis. Sie trug wieder ihre unsägliche Lackhose, dazu einen hautengen Rollkragenpulli in Neongrün. Na ja, wenigstens hatte sie einen Büstenhalter an. Wir waren, die Kinder mitgerechnet, zu zwölft. Fehlte nur Gitta, was aber nicht sofort auffiel.

August und Hanna gingen gegen halb acht in sein Zimmer, die beiden freuten sich, dass Hanna wieder bei uns übernachten durfte.

Als wir um kurz nach acht den Fernseher eingeschaltet und es uns auf unseren Plätzen gemütlich gemacht hatten, klopfte mir das Herz bis zum Hals. Man erlebte seinen eigenen Sohn nicht alle Tage im Fernsehen, und schon gar nicht zu so einem Anlass. In wenigen Minuten würde ich wissen, ob er in der Sendung meine zukünftige Schwiegertochter getroffen hatte.

»Weiß jemand, wo Gitta ist?«, fragte Wio plötzlich. Sie holte ihr Handy aus der Handtasche. »Ich ruf sie mal an.«

»Sie ist gleich da«, sagte Jonas rasch. »Ich mach ihr dann auf.«

Ich hatte keine Zeit, mich darüber zu wundern, denn in diesem Moment begann der Vorspann der Sendung.

Hätte jemand in diesen Minuten meinen Herzschlag gemessen, ich wäre direkt ins Krankenhaus eingeliefert worden. So viel zum Thema »Stress vermeiden«.

Die Eingangsmusik kam mir endlos vor, die eingeblendeten Fotos der verschiedenen Moderatoren auch. Dann sah man das Lokal, in dem sich die Bar für die erste Begegnung befand, es gab einen Blick in die Küche, das Personal wurde in Minispots vorgestellt, zuletzt wurden die Zuschauer vom heutigen Moderator Hans Vorderteich begrüßt. Wenn ich das richtig verstand, war er ein Schlagersänger im Ruhestand, der aussah wie ein Skilehrer. Er erzählte von einer früheren Sendung und deren Kandidaten, es wurden Fotos von ihnen eingeblendet, die mit Untertiteln darüber Auskunft gaben, ob es ein zweites oder drittes Date gegeben hatte. In dieser Show hatte es offenbar bei keinem der Paare gefunkt. Okay, das hieß nichts. Wenn die Leute vom Sender Jonas Bewerbung kompetent ausgewertet und unter den Bewerberinnen eine ebenbürtige Kandidatin gefunden hatten, konnte er durchaus Glück gehabt haben.

Jedes Mal nach den Werbeblöcken wurden die suchenden Frauen und Männer vorgestellt. Im ersten Part war Jonas nicht dabei. Aufstöhnen im Wohnzimmer.

»Gutes Zeichen«, fand Wio. »Das Beste kommt zum Schluss.«

Ich war so aufgeregt, dass ich nur auf den Bildschirm starren konnte. Ich sah einem korpulenten Berufskraftfahrer namens Rainer zu, wie er voller Hingabe sein Ohrläppchen knetete. Sein Alter (50) war neben seinem Namen eingeblendet, Familienstand: geschieden. Rainer hatte auffallend große Zähne und eine Knollennase. Sein schütteres Haar hätte dringend einen Schnitt gebraucht.

Rainer suchte: » ...eine schlanke, jüngere Gefährtin, gerne blond und langhaarig, die sich beim ersten Date küssen lassen möchte.«

»Manschmal frare isch misch, ob solsche Typen keinen Spiejel haben«, kommentierte Elfie.

Als die Rainer zugedachte Dame ins Bild kam, erhob sich kollektives Gemurmel.

»Is klar, voll dat Beuteschema vom Rainer!«, rief Elfie.

Eveline war sechs Jahre älter als Rainer und noch nie verheiratet gewesen. Sie hatte eine rabenschwarz gefärbte, asymmetrische Kurzhaarfrisur und bekam beim ersten Glas an der Bar sichtbare Hitzewallungen. Sie trug, weil sie nach eigenen Angaben ein flippiger Typ war, zwei verschiedenfarbige Turnschuhe. »Das gleiche Paar habe ich noch mal zu Hause«, scherzte sie.

Rainer hatte, man sah es sofort, kein Interesse an ihr. Und er entblödete sich nicht zu sagen: »Du, sorry, ich hatte mehr so an den Barbie-Typ gedacht!«

Immerhin war Eveline schlagfertig, sie griff ihre Tasche und sagte: »Du, sorry, Barbie war heute aus, aber George Clooney leider auch ...« Dann rauschte sie erhobenen Hauptes durch die Tür. Draußen wurde sie vom

Moderator abgefangen, der sie freundlich betrübt befragte, warum sie gegangen sei.

»Junge, Junge«, sagte Charly, »wenn die sich beim Sender überhaupt nicht daran halten, welche Eckdaten man für den Wunschpartner angegeben hat, kann das doch nichts werden? Jonas, worauf hast du dich bloß eingelassen ...«

Alle sahen Jonas an. Er hob die Schultern und lächelte.

Die Krankenschwester Janina und der Schornsteinfeger Bastian stellten sich vor, beide Ende vierzig, beide kamen aus Dortmund, waren sich aber nie begegnet. Zwischen ihnen lief es besser, wenigstens optisch schien keiner enttäuscht zu sein. Außerdem fuhren beide gern Rad. Sie flirteten beim ersten Glas an der Bar. Der Moderator führte sie nach wenigen Minuten an ihren Tisch und kommentierte gut gelaunt: »Zwei Radfahrer, wenn das nicht ein toller Zufall ist! Lieber mit dem Fahrrad zum Strand als mit dem Mercedes zur Arbeit, oder?«

Die beiden fanden den Spruch lustig, ich nicht, er hätte auch von Thilo sein können.

Wieder Werbung.

Ich holte mir ein Glas Wasser aus der Küche.

Jonas saß die ganze Zeit im Sessel und lächelte verschmitzt. Hinter ihm stand Anna. Er hatte seine Hand über seine Schulter gelegt und hielt ihre Hand fest.

Diese vertraute Geste gefiel mir ganz und gar nicht. *Bitte, nein, ich möchte das nicht, bitte nicht Anna*, dachte ich, suchte Thilos Blick und wies mit dem Kopf auf die beiden. Er machte genauso ein ratloses Gesicht wie ich.

Nach der nächsten Werbung war Jonas immer noch nicht dran. Ich schaute ungeduldig zu, wie Gabi und Uwe sich vorstellten. Sie suchte einen Mann, der mit der

Bohrmaschine umgehen konnte, und war bei Uwe offenbar genau richtig. Er sei schon als Kind eine Art Heimwerker gewesen. Er zwinkerte in die Kamera: »Und Heimwerker wissen, wie man mit den Händen umgeht.« Dieser Ton ermutigte Gabi, sie gab beim ersten Drink richtig Gas, aber ich hatte das Gefühl, dass Uwe mit dem Tempo dann doch überfordert war.

Die nächsten Kandidaten waren Ende sechzig: Inge und Wolfgang hatten sich sofort was zu erzählen. Beide liebten ihre bunt bepflanzten Balkone und Mittelmeer-Kreuzfahrten und begannen direkt, über beide Themen zu fachsimpeln. Sie lachten von Anfang an. Da hatten sich vielleicht die Richtigen gefunden.

Wieder Werbung. Fragend sah ich meinen Sohn an. »Wie lange dauert das denn? Haben die dir nicht gesagt, an welcher Stelle du gezeigt wirst?«

Jonas schaute plötzlich auf sein Handy, antwortete nicht, sprang auf, lief zur Tür und kam mit Gitta zurück. Offenbar hatte sie ihm eine Nachricht gesendet, als sie vor der Tür gestanden hatte. Aber warum? Warum hatte sie denn nicht geklingelt? Sie winkte in die Runde und blieb mit ihm in der Tür stehen. Anna hatte sich in Jonas' Sessel gesetzt.

Meine Aufregung wuchs, das Herz sprang mir fast aus der Bluse. Jetzt war es wirklich so weit, im nächsten Teil der Show war Jonas endlich an der Reihe.

Alle waren gespannt wie Flitzebögen, ich spürte kollektives Lampenfieber. Elfie hatte den Arm um Jildo gelegt, er schmiegte sich unter ihre Achsel.

Anna krallte sich mit beiden Händen in den Sessellehnen fest.

Als Charly aufstand, Frederick es ihm gleichtat und die beiden im Stehen weiterschauten, standen alle auf.

Nur Anna blieb wie festgenagelt sitzen.

Dieser Werbeblock kam mir noch länger vor als die anderen. Der letzte Spot war zu Ende, ich hielt die Luft an.

Jetzt, jetzt, jetzt.

Ich ballte meine Hände zu Fäusten, sie waren vor Aufregung so feucht, als hätte ich sie ins Wasser getaucht und nicht abgetrocknet. Meine Güte, wie freute ich mich – und gleichzeitig war ich neugierig darauf, wie Jonas sich in Szene gesetzt hatte. Selbst wenn er in dieser Sendung keine Frau kennengelernt hatte, egal! Gleich konnte jeder sehen, wie attraktiv unser Junge war, wie charmant, höflich und freundlich, und auch beruflich hatte er einiges vorzuweisen. Die Weiber würden ihm danach die Bude einrennen. Ich sah den Postboten schon Wäschekörbe voller Liebesbriefe anschleppen.

Mein Lächeln reichte von Ohrläppchen zu Ohrläppchen, alle meine Gesichtsmuskeln waren an diesem Lächeln beteiligt.

Dann erstarb es.

Ein blonder Mann kam ins Bild.

»Ich heiße Fabian, bin dreiunddreißig, sportlich, koche gern und suche eine Frau, die es liebt, Frau zu sein und wie ich davon träumt, eine Familie zu gründen.«

Dann wurden Szenen aus Fabians Alltag gezeigt.

Ich fühlte mich beim Ausatmen wie ein Ballon, aus dem die Luft herausgelassen wurde. Wieso Fabian? Wieso nicht Jonas?

»Wie lange dauert dat denn noch? Oder haben se disch rusjeschnitten?«, fragte Elfie.

Charly rief: »Hast du was Unanständiges gesagt, das sie nicht senden können?«

Alle lachten, zeitgleich rief Gus etwas, und Thilo und Frederik meldeten sich zu Wort. Geschnatter wie in einer Schulklasse während der Pause.

Dann wechselte das Bild, und es wurde sofort mucksmäuschenstill. Wir starrten fassungslos auf die Mattscheibe. Sahen ungläubig in das Gesicht, das in Großaufnahme gezeigt wurde. Hörten, was die Person sagte.

Sie sagte: »Ich bin Anna, Anfang dreißig, Alleinerziehende einer siebenjährigen Tochter und arbeite als Haushaltshilfe. Ich möchte mich verlieben, heiraten und eines Tages eine große Familie haben.«

26

Es schien, als hätte jemand den Ton am Fernseher abgestellt, aber das kam mir sicher nur so vor, weil nach wenigen Sekunden des Schweigens alle durcheinanderriefen.

Nur Jonas, Anna und Gitta sagten nichts.

Anna sah aus, als würde sie gleich anfangen zu weinen, Gitta hatte sich an die Wand gelehnt und die Hände tief in den Taschen ihrer Jeansjacke vergraben, Jonas wirkte amüsiert und abwartend.

Ich verstand einfach nicht, was hier vor sich ging. Wieso war Anna in der Sendung, wieso wollte sie heiraten, warum wurde ihr dieser Fabian als Blind Date zugewiesen, wann sollte Jonas auftreten? Hatte er seinen Platz etwa an Anna abgetreten? War er demnach ganz sicher nicht mit ihr verbandelt?

Es ergab alles überhaupt keinen Sinn.

Auf einmal rief Elfie: »Ruhe im Salon!«

Stille.

Dann sprach sie aus, was wahrscheinlich alle dachten. »Vielleischt jeht et eusch wie mir, isch fühl misch ziemlisch ratlos.« Sie wandte sich an Jonas. »Und isch hab dat Jeföhl, du kannst dat rejeln. Isch bitte um eine verständlische Erklärung.«

Jonas nahm die Fernbedienung und schaltete den Fernseher aus. »Zuerst mal finde ich es ausgesprochen schade, dass ihr euch so wenig dafür interessiert, was Anna in der Show erlebt hat«, sagte er streng.

Betretene Gesichter.

Wio reagierte zuerst. »Das hat weniger mit Annas Auftritt als mit unserem Erstaunen zu tun, und das weißt du auch. Heute ist dein Geburtstag, wir sind hier, um ihn mit dir zu feiern und um uns die Fernsehshow anzusehen, in der du auftreten solltest. Unter anderen Umständen hätten wir natürlich zugesehen, wie es Anna ergeht, schließlich gehört sie fast zur Familie.«

An dieser Stelle musste ich husten.

Anna sackte in ihrem Sessel noch weiter in sich zusammen.

Charly mischte sich ein. »Wio hat recht. Wir haben natürlich auf deinen Auftritt gewartet, du hast uns bewusst die ganze Zeit in dem Glauben gelassen, dass der bald stattfindet. Jetzt schaltest du die Kiste aus? Kommt da nichts mehr? Ich bitte um Aufklärung!« Zu Anna sagte er: »Meine Liebe, bitte nicht falsch verstehen, das richtet sich nicht gegen Sie, wirklich nicht. Ihr Auftritt ist aber eine Überraschung, die uns alle überrumpelt hat.«

Anna lächelte gequält.

In meinem Gehirn herrschte Gedankensalat. Ich versuchte wieder und wieder, mir die Situation zu erklären, aber es gelang mir einfach nicht.

»Jonas«, sagte ich, »wenn das von Anfang an eine abgekartete Sache war und du dich in der Show gar nicht verkuppeln lassen wolltest, hättest du es uns sagen müssen. Wir haben uns viel Mühe gegeben und es wirklich gut gemeint. Dass wir jetzt vorgeführt und lächerlich gemacht werden, haben wir nicht verdient. Ich respektiere dein enges Verhältnis zu Anna. Ich habe es wahrscheinlich falsch gedeutet, also ich meine, ich dachte, du und Anna, ihr seid ... ihr habt ... aber jetzt ist sie als Single da aufgetreten, und nicht du ... dann ... Mensch Thilo, nun sag doch auch mal was!«

Er strich mit der flachen Hand auf seiner Glatze hin und her. »Ich sage dazu überhaupt nichts. Der Einzige, der jetzt etwas sagt, bist du, Jonas!«

Jonas musterte einen nach dem anderen. »Kein Grund zu solcher Aufregung«, sagte er dann ruhig. »Ich weiß, dass ihr die Aktion gut gemeint habt. Ihr macht euch Sorgen um August, um seine Zukunft, und natürlich auch um meine. Dafür liebe ich euch alle. Ihr denkt, dass ich zu viel arbeite, um mich um mein Liebesleben kümmern zu können, dass ich einsam bin und dass das ein Ende haben muss. Und ihr denkt, dass sich diese Situation auch nach meiner Rückkehr aus London nicht ändern wird. Ihr seid der Meinung, dass August eine weibliche Bezugsperson braucht. Mama, Papa, entgegen eurer Einschätzung seid ihr nicht zu alt, um ihn zu begleiten, bis er erwachsen ist. Aber das ist nicht das Problem. Ich hab's schon oft gesagt: Ihr macht das großartig, danke!«

Die anderen nickten.

An dieser Stelle war ich ziemlich gerührt und sah, dass auch Thilo schlucken musste.

»Es ist toll, dass ihr euch entschlossen habt, nach Köln zu ziehen«, fuhr Jonas fort. »Ich bin total happy, dass ihr dieses Kuhdorf verlasst. Ich hab mich in diesem öden Ort nicht mehr wohlgefühlt, seit ich ungefähr zwölf war.

Wenn ich nur an diese schrecklichen Nachbarn denke ... Mama, ich würde mir wünschen, dass du deine neu gewonnene Lebensfreude und die Freundschaften hier pflegen und vertiefen kannst. Du hast dich verändert, seit du hier bist – und ich liebe es. Es wird toll sein, wenn wir im Alltag zusammen sind, wobei bitte nicht jeden Tag Alltag sein muss. Ihr habt in der Großstadt viele Möglichkeiten, das Leben zu genießen, also genießt es auch! Wir werden dennoch eine Familie sein ...« Er hielt inne, blickte mir in die Augen und sagte: »Auch wenn es mit einer Frau sein wird, die ich mir selbst ausgesucht habe!«

Mir stockte der Atem. Also doch Anna? War sie gestern in der Show gewesen, um sich auszuprobieren, um zu testen, was an Männern auf dem Markt ist? Hatte sie sich dann doch für Jonas entschieden? Unwahrscheinlich. Aber ich hatte eben gesehen, wie sie Händchen gehalten hatten. Es war zum Aus-der-Haut-Fahren.

Jonas bemerkte meine Reaktion. »Wenn ich mich in Anna verliebt hätte, hättet ihr das ohne Wenn und Aber zu respektieren.«

Ich stöhnte leise auf. Also doch. Das Timo. Unsere Schwiegertochter? Stiefmutter für August? Für immer Teil der Familie. Aber Moment, er hatte gesagt, *wenn* er sich in Anna verliebt *hätte*. Hieß das, er hatte, oder er hatte nicht?

Wieder ergriff Wio das Wort. »Liebelein, du startest ein Rätsel nach dem anderen, so geht das nicht. Mach mal bitte ganz langsam für ältere Damen: Als Billie dich gefragt hat, ob du dich zu der Show anmelden willst, hast du zugestimmt! Das bedeutet, du warst damit einverstanden, dich öffentlich als Single vorzustellen und auf diesem Weg eine Frau zu finden. So weit kann ich der Geschichte folgen. Aber wieso ist Anna jetzt im Fernsehen und nicht du? Und nun deutest du an, dass ihr zusammen seid, obwohl wir eben gesehen haben, dass Anna einen Ehemann sucht. Jonas, warum denn, wenn ihr ein Paar seid?«

»Weil wir kein Paar sind!«, antwortete nun Anna. »Wir sind Freunde. Wir reden über alles, auch darüber, dass ich mir schon lange einen neuen Partner und einen Papa für Hanna wünsche. Aber ich weiß auch, wen Jonas liebt. Ich bin die Einzige, der er sich von Anfang an anvertraut hat. Als ich vor ein paar Wochen in der Küche zufällig gehört habe, dass darüber geredet wurde, ihn zu verkuppeln, habe ich ihn sofort in London angerufen und ihm alles erzählt. Das konnte ich nicht zulassen, ich wusste doch, dass er mit ...« Sie sah Jonas fragend an, der schüttelte leicht den Kopf. »Dass er mit jemandem zusammen ist«, beendete sie den Satz.

»Ich erinnere mich an diesen Abend«, sagte Charly. »Wir hatten uns verschiedene Möglichkeiten überlegt, um dem Glück auf die Sprünge zu helfen, und dann haben Sie nebenan einen Topf fallen lassen ...«

»Jenau! Und du hast jemeint, dat wär der Tusch, der allet besiejelt«, rief Elfie.

Anna nickte. Das Neongrün ihres Pullovers war so grell, dass ich Punkte vor den Augen sah.

»Ja, es ging um Zeitungsannoncen, Internetportale und so. Das Haus ist nicht groß, es war nicht meine Schuld, dass ich mitgekriegt habe, was geplant wurde. Die Versuche mit der Lehrerin Alicia Winterberg, mit der Frau, deren Katze Butterfly hieß, und diese unsäglichen Kontaktanzeigen ...«

Jonas grinste. »Ich gebe zu, wir hatten Spaß daran mitzuspielen. Euer Eifer und euer Einfallsreichtum – allererste Sahne! Ihr müsst das nicht so eng sehen. Es ist gut ausgegangen, immerhin war Fabian gestern ein toller Kandidat, Anna und er werden sich bald wiedersehen.«

»Dat is natürlisch prima, isch drück eusch de Däumschen!«, sagte Elfie.

Anna stand auf, sie war jetzt sichtlich entspannt und beantwortete all die Fragen, die Charly und Frederick ihr nun stellten. Wio, Elfie, Gus und Gildo beteiligten sich an der Unterhaltung, die immer turbulenter wurde.

Thilo stand neben mir.

Ich hatte alles aufmerksam verfolgt.

»Denkst du, was ich denke?«, fragte ich ihn leise.

Er zwirbelte seinen Bart. »Hm. Glaub schon. Wenn es nicht Anna ist, mit wem ist er dann zusammen? Warum wissen wir das nicht? Hatten wir nicht beschlossen, keine Geheimnisse mehr voreinander zu haben?«

»Ganz genau.«

»Ich weiß nicht, was ich denken soll, Billie. Haben wir wirklich das Recht auf totale Offenheit? Ist es nicht eher so, dass Jonas das Recht auf Privatsphäre hat und uns keinesfalls erzählen muss, mit wem er in die Kiste geht?«

Mein Blick fiel plötzlich auf Gitta, die immer noch abseits stand. Aus dem Augenwinkel hatte ich bemerkt, dass sie uns beobachtete. Jetzt schaute sie schnell weg. Zu schnell.

Jonas ging zu ihr, nahm ihre Hand, sie kamen herüber. Dann standen sie vor uns, Händchen haltend, mit angespannten Mienen.

Ich fand kaum Worte. »Was soll das heißen? Was willst du uns damit sagen, Jonas? Ihr seid … seid ihr … Gitta, du?«

Jonas antwortete für sie. »Wir sind zusammen.«

»Aber Gitta ist dreizehn Jahre älter!«

»Mama, auch wegen solch völlig unpassender Bemerkungen haben wir so lange gezögert, darüber zu reden.«

»Unpassende Bemerkung? Von mir?« Ich schnappte vor Empörung nach Luft. Gitta? Gitta! Meine Güte, *das* war unpassend, nicht meine Bemerkung – diese Frau war Anfang vierzig und dreimal geschieden! Ich dachte an den Abend, an dem sie ihre Ex-Männer aufgezählt hatte, deren Vornamen allesamt mit H begannen: Hanjo, Holm, Heiner und Hubert. Gitta hatte eine erwachsene Tochter, die nur wenig jünger war als Jonas. Verflixt noch mal, was war das für eine absurde Geschichte? Wie sollte ich denn auf so eine Eröffnung angemessen reagieren?

Inzwischen hatten die anderen mitbekommen, dass es hier um etwas Ernstes ging. Es wurde ruhiger im Raum, dann verstummten die Gespräche. Wie auf ein Kommando wandten sich alle uns zu.

Jonas machte sich gerade. »Wir haben es bisher erfolgreich für uns behalten, aber nun ist es raus. Meine Eltern versuchen soeben, den Schock zu überleben. Gitta und ich sind zusammen.«

»Jitta, Jonas, nä, watt schön«, quiekte Elfie.

Charly grinste. »Alle Achtung, ich hab gute Antennen, aber das hab ich nicht geahnt. Warum habt ihr ein Geheimnis daraus gemacht?«

»Hab ich's doch gewusst«, murmelte Gus.

Und Wio riss ihre Augen auf und wirkte zum ersten Mal, seit ich sie kannte, fassungslos.

Nun äußerte sich Gitta. »Wir haben nicht mit euch darüber geredet. Nicht, weil wir euch nicht vertraut haben, sondern weil wir erst mal selber sehen mussten, ob es mit uns was Ernstes ist. Dass so ein Altersunterschied nicht ohne ist, wissen wir auch. Aber das war nicht der Hauptgrund. Wir wollten nicht, dass August es zu früh merkt. Der Kleine vermisst seine Mama immer noch, natürlich. Ihm eine neue Frau an der Seite seines Vaters zu präsentieren, bevor wir beide uns absolut sicher waren, hielten wir für unverantwortlich.«

Jonas zog sie an sich und küsste sie auf die Stirn. Er sah glücklich aus. »Aber inzwischen sind wir sicher. Wir werden zwar in absehbarer Zeit nicht heiraten, aber wir wollen zusammenleben.«

Das musste ich erst mal verdauen. Jonas und Gitta. Gitta und Jonas. Wie konnte es möglich sein, dass ich nichts bemerkt hatte? Wann war das passiert? Wo hatten sie sich getroffen? Jonas war doch die meiste Zeit in London und nur am Wochenende hier gewesen? Wir waren alle so eng miteinander, wie konnte es sein, dass niemand Verdacht geschöpft hatte?

Charly stellte die Frage, die auch mir auf den Lippen brannte: »Warum hast du dich Anna anvertraut und nicht den anderen?«

»Anna kommt schon lange zu uns ins Haus, sie und Caro haben sich gut verstanden. Außerdem sind Hanna und August eine Art Bindeglied. Wir sind beide alleinerziehend mit unseren Kindern, die in eine Klasse gehen. Da gibt es viele Berührungspunkte. Wir haben unsere

Freundschaft überwiegend über Facetime und WhatsApp gepflegt, seit ich in London bin.«

Während die anderen sich unterhielten, hing ich meinen Gedanken nach und beobachtete, wie Jonas und Gitta miteinander umgingen. Vertraut, ja, liebevoll durchaus, aber eigentlich waren sie so wie immer.

Thilo kam mir mit meiner Frage zuvor: »Seit wann geht das denn schon?«

Jonas lächelte. »Erinnert ihr euch an den Abend, als wir gegrillt haben und den Wodka-Pudding gegessen haben?«

Und ob ich mich erinnerte, ich war total betrunken gewesen und hatte nicht verstanden, wieso. Und ich hatte den Sonnengruß vorgeführt.

»Gitta ist in der Nacht nicht nach Hause gegangen, sie ist hier geblieben.«

Empört dachte ich: *Unter unserem Dach?* Aber dann fiel mir ein, dass es nicht unser Dach war, sondern das meines Sohnes, und dass er darunter machen konnte, was er wollte.

Es waren viele Gefühle und Gedanken, die ich gleichzeitig hatte. Gitta war zu alt für ihn.

Jonas war zu jung für sie.

Sie könnte Augusts Oma sein.

Aber andererseits: Sie war eine sympathische Frau, bis vorhin hatte ich noch nie etwas Schlechtes über sie gedacht. Und dazu bestand auch jetzt kein Anlass. Im Grunde hatten die beiden sich verantwortungsvoll verhalten. So was gab es ja, dass man ein Verhältnis beginnt, sich alles toll anfühlt und dass man dann erkennen muss, dass es nicht für länger reicht. Ich dachte ganz kurz an meinen Briefträger und an Thilos Verhältnis.

Jonas sah, wie sehr ich mit mir um eine angemessene Reaktion rang, er kannte mich gut genug.

Und dann tat er etwas Wunderbares. Er kam zu mir, reichte mir seine Hand, zog mich hoch und ging mit mir hinaus in die Diele.

Wir setzten uns auf die unterste Treppenstufe, er legte den Arm um mich. Mir liefen Tränen übers Gesicht, ich weiß nicht warum, aber so war es eben. Vielleicht hatte ich Angst, ihn wieder an eine Frau zu verlieren, obwohl Caro damals gar nicht der Grund gewesen war, sondern ich. Und unsere Unfähigkeit, miteinander zu reden.

»Komm, Mama, nicht weinen. Meine Entscheidung für Gitta ist keine Entscheidung gegen dich. An unserem Verhältnis wird sich nie mehr etwas ändern, versprochen.«

Jetzt musste ich noch mehr heulen.

»Es hat sich ergeben, niemand konnte das vorhersehen. Es ist doch ein großes Glück, dass wir zusammengekommen sind. Gitta und du, ihr habt euch bis heute prima verstanden. Ich wünsche mir sehr, dass es so bleibt. Bitte, mach es ihr nicht schwer. Sie ist eine wundervolle Person, ich liebe sie, und August mag sie.« Mein Sohn fummelte ein Taschentuch aus seiner Hosentasche und wischte mir die Tränen ab.

»So ändern sich die Zeiten, früher hab ich dir die Nase und den Hintern abgewischt ...«, murmelte ich.

Jonas lachte auf. »Es gibt Grenzen, Mama, Taschentücher sind das höchste der Gefühle!«

Wir saßen eine ganze Weile aneinandergeschmiegt auf der Treppe und redeten nicht. Wir spürten beide, dass es jetzt keiner Worte bedurfte.

Thilo kam aus dem Wohnzimmer. Jonas und ich standen auf, umarmten uns. Wir drei, Vater, Mutter, Sohn, legten die Stirnen aneinander. Ein inniger Moment.

Bevor wir wieder ins Wohnzimmer gingen, putzte ich mir noch mal die Nase, atmete tief ein.

Gitta sah mich mit großen Augen an, als ich auf sie zuging und sie in meine Arme schloss.

Es war lange nach Mitternacht, als Jonas Wio in den Mantel half. Sie gab ihm einen Kuss auf die Wange und sagte: »Ganz schön turbulente Ereignisse in sehr kurzer Zeit, das muss ich sagen. Und jetzt erleben wir das Happy End.«

»Hoffentlich nicht!«, rief Jonas. »Auch ein glückliches Ende ist ein Ende. Wahre Liebe endet nie, das sieht man doch an meinen Eltern.«

Ach du liebe Güte, immer diese großen Worte und Emotionen, woher hatte der Junge das nur?

Also von mir sicherlich nicht.

27

Ein Jahr später

Als es zu regnen begann, spannten wir rasch die großen Schirme auf und hielten sie umgedreht wie Schüsseln über unsere Köpfe. Sofort prasselten Kamellen und Strüßjer hinein – ein Regen bunter Blumen und Bonbons.

»Oma Gaga!«, rief der Knirps oben auf dem Wagen, und Gitta, Wio, Elfie, Anna und ich winkten ihm wild zu.

Es war nicht zu fassen, aber wir fielen in unseren Kostümen unter all den bunt gekleideten Jecken nicht auf: Gitta ging als Frau Antje aus Holland, hatte die Haare zu Zöpfen geflochten, trug eine fesche Haube und Holzpantinen. Wio hatte sich als Hexe in roten Tüll gekleidet und einen Reisigbesen unter den Arm geklemmt. Anna hatte sich als eine Art Alien in ein superenges silbernes Kostüm einnähen lassen, anders konnte sie das nicht angezogen haben. Elfie ging mit orangefarbener Lockenperücke und Pappnase als Läppschenclown. (Das ist ein traditionelles Kostüm aus bunten Stoffresten, also aus kleinen Lappen, auf Kölsch »Läppschen«.) Und ich hatte mich mit blonder Schleifenperücke, verrücktem Make-up mit imposanten falschen Wimpern und einem Fummel aus drapiertem grünem Satin als Lady Gaga zurechtgemacht. Wenn schon, denn schon.

Ich schaute hinauf zu dem Prunkwagen mit der Nummer 77. Wie schmuck sie aussahen in ihren rot-weißen Uniformen und den federgeschmückten Kappen: Thilo, Jonas und August. Wie die Orgelpfeifen hatten sie sich aufgestellt, winkten, griffen in die Säcke mit den Süßigkeiten und warfen sie in die Menge. Ich schaute zu Thilo, für den sich heute der Traum seines Lebens erfüllte. Unsere Blicke trafen sich kurz, er lachte glücklich und sagte mir damit: *Ich liebe dich!*

Ich riss die Arme hoch und spreizte Mittel- und Zeigefinger beider Hände, bei YouTube hatte ich mir abgeguckt, dass Popstars das so machten.

Jonas warf Gitta mit weiß behandschuhten Händen Kusshände zu, die sie erwiderte. Sobald August sich auf dem Wagen bewegte, jubelten die Menschen ihm besonders begeistert zu. Der Kleine sah aber auch zum Knutschen aus in seiner Uniform.

»Da simmer dabei, dat is prihima« dröhnte es aus den Lautsprechern, beim Refrain »Viva Colonia!« sang auch ich inbrünstig mit. Irgendwie steckten die Leute einen mit ihrem Frohsinn an. Man konnte gar nicht anders, als fliehen oder mitmachen. *Man* war in diesem Falle ich.

Die Flucht vor Karneval war keine Option gewesen; seit wir in Köln wohnten, wurden wir von unseren Freunden einfach mitgenommen. Ich musste zugeben: So schlecht war das alles nicht. Und ob ich jetzt sang, tanzte und meinen Nebenmann küsste – war doch egal! Ich war heute schließlich Lady Gaga und nicht Billie Berthold.

Plötzlich tauchten Charly und Frederick oben neben meinen Jungs auf und winkten uns zu. Sie fuhren eigentlich auf der anderen Seite des Wagens mit, ebenso wie

Fabian, der nette Typ, den Anna bei der Fernsehshow kennengelernt hatte. Sie waren seither ein Paar.

Der Moderator des Rosenmontagszuges, der uns gegenüber mit einem Kamerateam in einem Glashäuschen saß und die Gruppen und Wagen kommentierte, sagte plötzlich: »Liebe Jecken, liebe Zuschauer zu Hause an den Bildschirmen, nun kommen wir zu einem Ereignis, das es in der Geschichte des Kölner Rosenmontagszuges noch nie gegeben hat! Sie werden Zeuge eines einmaligen Geschehens. Wir halten den Zug hier für ein paar Minuten an, alle Kameras sind auf Wagen 77 gerichtet, wir übertragen auch auf den Leinwänden und im Fernsehen. Passen Sie bitte gut auf, was passiert!«

O mein Gott, was sollte denn das bedeuten?

An der Severinstraße standen Tausende bunt kostümierte Menschen, die ihre Hälse reckten. Wagen 77 hielt direkt vor mir, er war aber viel zu hoch, als dass ich hätte erkennen können, was oben geschah.

Plötzlich beugten sich zwei Männer über die Brüstung und ließen eine Leiter herunter.

Der Moderator sagte auf Kölsch: »Isch bitte nu Jitta Kuhn und Anna Weißbrod, vorsischtisch auf den Waren zu steijen!« Zwei weitere Helfer standen plötzlich unten auf der Straße und hielten die Leiter fest. Gitta drückte mir kurzerhand ihre Holzpantinen in die Hand und kletterte auf Socken hinauf. Anna sorgte in ihrem Alienaufzug, der ihre Kurven glänzend in Szene setzte, für Seufzer und Pfiffe aus dem Publikum.

Jetzt verfolgte ich alles auf dem großen Bildschirm an der gegenüberliegenden Hauswand. Ich sah den Wagen von oben.

Was sollte das?

Plötzlich standen August, Fabian und Frederik auf der einen Seite, sie hielten Blumensträuße in den Händen. Ihnen gegenüber standen nun Gitta, Anna und Charly.

Thilo hatte ein Mikrofon in der Hand, strahlte, wie ich ihn noch nie hatte strahlen sehen, und rief: »Los!«

Jetzt knieten August, Fabian und Frederik.

Was ging da ab? Was hatten sie vorbereitet, von dem ich wieder nichts wusste?

Ich glaube, alle Menschen, die diese Szene sahen, hielten die Luft an. Ich auch.

Thilo hielt Fabian das Mikrofon vor den Mund und nickte ihm aufmunternd zu.

»Anna«, sagte der. »Ich frage dich hier und heute in aller Form: Willst du meine Frau werden?«

Die Kamera zoomte Annas Gesicht heran. Sie riss die Augen auf und hauchte: »Ja.«

Geschrei, Gepfeife, Beifall, Jubel, Thilo rief ins Mikro: »Und ein dreifaches Kölle Alaaf für Anna und Fabian!«

»Kölle Alaaf! Anna Alaaf! Fabian Alaaf!«, johlte die Menge und riss dabei die Arme hoch.

Ach, wie schön! Das war eine großartige Überraschung für Anna, das hatten die Männer wirklich prima eingefädelt.

Plötzlich wurde es wieder still, als Thilo mit dem Mikro zu Frederik ging. Der räusperte sich. Dann klang die tiefe Schauspielerstimme aus den Boxen. »Liebster Charly. Du bist der wunderbarste Mensch der Welt. Unsere erste Unterhaltung begann mit deinem Antrag. Dann ist viel geschehen. Jetzt möchte ich es wirklich tun und frage dich: Willst du mein Mann werden?«

Und Charly, mein geliebter Charly, der schöne Maharadscha, neigte sich zum Mikro und sagte klar und deutlich: »Ja. Ich will.«

Ich musste so weinen, weinen vor Freude, dass sich die angeklebten Wimpern an meinem rechten Auge lösten. Ich riss sie ab, warf sie weg und klatschte wie eine Verrückte.

»Hat man je bei einem Kölner Rosenmontagszug so einen Jubel gehört?«, fragte der Moderator, und die Zuschauer schrien und applaudierten erneut.

Thilo forderte erneut ein dreifaches »Kölle Alaaf!« ein – und bekam es.

Die Kamera schwenkte auf August. Er kniete auf einem Bein und hielt den Blumenstrauß mit beiden Händen fest.

Plötzlich legte jemand einen Arm um mich und hielt mich. Es war Wio. Und ich spürte, dass wir beide ahnten, was kam.

»August, möchtest du es jetzt sagen?«, fragte Thilo.

Stille.

August stand auf, ging ganz nah ans Mikrofon. Er hatte rote Bäckchen vor Aufregung. »Gitta«, sagte er, und die Kamera zeigt nun Gittas Gesicht. »Gitta, willst du meinen Papa Jonas heiraten?«

»Ja!«, hörte ich mich selbst unten auf der Straße schreien.

Der Wagen 77 ging in die Geschichte des Kölner Rosenmontagszuges ein, die drei Heiratsanträge und der begeisterte Jubel der Menschen am Zugweg ebenso.

Minutenlang riefen die Menschen: »August Alaaf! Gitta Alaaf! Jonas Alaaf!«

Der Beifall riss während des ganzen Weg des Zuges nicht ab. Immer, wenn Wagen 77 auftauchte, klatschten die Leute, feierten die drei ungleichen Paare und den kleinen August. Sie feierten die Liebe, das Leben, das Miteinander.

Als der Wagen für uns außer Sichtweite war, umarmte Wio mich, hielt mich ganz fest und fragte: »Wie geht es dir?« »Wunderbar«, sagte ich und strahlte. »Es geht mir wunderbar. Früher war mein Leben grau, jetzt haben alle Tage Farbe. Danke.«

ENDE

Das war toll!

Ich meine, mir hat es Spaß gemacht, diese Geschichte zu erzählen. Aber allein hätte ich das nicht geschafft.

Ich bedanke mich ganz besonders bei Alicia Sommerfeld, die es trotz ihrer Doktorarbeit geschafft hat, mich kritisch, konstruktiv und motivierend zu begleiten. Sie ist jünger als mein jüngster Sohn, eine andere Generation, umso spannender war es, ihre Sicht auf die Geschichte erleben zu dürfen. Und ich bedanke mich wieder bei Vici Daniel, die durch die Arbeit an meinen Texten zu einem Herzensmenschen geworden ist. So viele Ideen und Manuskripte, die sie begleitet hat, so viel Empathie und positive Energie in der Kritik kann nicht jeder weitergeben. Vici kann es. Danke.

Gisella Schleimer ist meine beste Freundin und seit jeher Erstleserin. Ich weiß, man soll das nicht, es heißt, Freunde seien selten kritisch – aber was täte ich während der vielen einsamen Monate im stillen Kämmerlein, wenn es da nicht meine beste Freundin gäbe, die mich immer wieder anspornt weiterzumachen.

Von den vielen Menschen, die sie zu meinen Lesern gemacht hat, ganz zu schweigen. Danke für alles, liebe Gisella!

Und dir, Petra Lichtenberg, danke ich auch! Für diese langjährige Freundschaft, für deinen analytischen Blick und deine vielen Ideen, die mein Leben bereichern.

Ich möchte Anke Göbel vom Heyne Verlag von Herzen für ihre Spontaneität ihre Flexibilität und ihre Geduld mit mir danken – dieses Buch ist unser achtes gemeinsames Projekt, und es hat eine sehr verrückte Entstehungsgeschichte.

Und »meine« Lektorin Steffi Korda will ich unbedingt erwähnen: Auf ihre kluge Besonnenheit, ihren Blick auf die Geschichte und ihren Sinn für Stärken (und Schwächen) in meinen Texten möchte ich nicht verzichten. Danke für die großartige Zusammenarbeit.

Andrea Wildgruber danke ich für ihre Geduld und ihre Weitsicht – auch mit sechzig bin ich oft noch viel zu temperamentvoll. Gut, wenn die Agentin die Nerven und den Überblick behält.

Corinna Schindler danke ich für ihren unermüdlichen Einsatz ebenso wie der wunderbaren Doris Schuck: Hoffentlich können wir bald da weitermachen, wo wir mal waren.

Ihre/eure Carla